乾嘉詩文名家叢刊

張寅彭●主編

錢載詩集

下

【彙評本】

張寅彭　平志軍　黃碩　點校

人民文學出版社

擽石齋詩集卷第二十三

辛巳

錢儀吉： 五十四歲。

上視祈穀祝版於太和殿侍直恭紀

元日齊心豫，天田寶位當。春輝映樓雪，喜氣發爐香。中正三辰泰，平均四仲康。靈符雖應德，祇望歲多穰。欽天監奏，辛巳元旦午時日月合璧，五星聯珠，請宣付史館。上諄諭不行。

燈花并序

正月二十五日，嘉興在朝諸公與會試諸君集於宣南坊屋。酒半點燈，蠟花蓓蕾，若張蓋然，喜而賦之。

歲慶天家壽，春開帝里觴。自然和氣洽，況及漏聲長。照席明丹彩，籠紗靜晝堂。玉蟲先細綴，寶蓋乃高張。韋杜遊斯近，枌榆誼勿忘。華星應冠帶，麗錦屬文章。梅信元宵轉，蘭心列坐將。仰從宸什繹，御制有《燈花詩》。待詔媿馮商。

上御經筵於文華殿侍直恭紀

寶殿晨開迓聖臨，緝熙建極道涵心。殿中御題額：緝熙明德。聯：道脈相承，經籍昭垂千聖緒；心源若接，羹牆默契百王傳。舜之仁義從容合，益以風雷奮發深。是日，進講《孟子》「舜明於庶物，察於人倫，由仁義行，非行仁義也」、《易經》「益動而巽，日進無疆」。跪奉玉筵聆至論，立當丹桂省良箴。春和正送宮城暖，高閣輕雲展翠陰。

上御乾清宮引見殿試貢士十人侍直恭紀

人與卷同進，才因身可甄。軍資三輔後，士氣一流先。錫類德欽主，昌文心卜天。自今鍾渾厚，兩戒古山川。

天佑助威大將軍歌謹序

太宗文皇帝天聰五年春正月壬午，紅衣大將軍礮成，鐫曰：「天佑助威大將軍，天聰五年孟春吉旦造。督造官總兵官額駙佟養性，監造官遊擊丁啓明，備禦祝世蔭，鑄匠王天相、竇守位，鐵匠劉計平。」先是未備火器，造礮自此始。其年征明，久圍大淩河，而功以成，由上肇用大將軍力也。自後師行必攜之。臣載充《續文獻通考》纂修官，得恭閱五朝實錄，具徵是典，作歌以述。

發石以機始曰礮，易之銅鐵銳火攻。銅銃猶小鐵礮巨，轟雷掣電神威洪。天聰四年二月師凱旋，特詔鐵官範巨礮。春正二日黃白青氣沖霄開，出應興符偉抱事忠孝。想當擊槖裝炭翊萬靈，有非鳧㮚鍛桃克承教。其年卽奏淩河功，維大將軍拜封號。乃勝火人火積火輜火庫火隧五變之所籌，又何況於楚昭象、田單牛。天戈四指紅衣行，長驅蕩掃惟所令，百年以來四海清。洸洸大將軍，安坐共太平。殺機不發佑永貞，忠孝之至贊好生。

朱休度：長短句。四轉。

錢聚朝：鍛，《周禮》作「段」。

題張給諫馨年非圖

蘇公憶舊深，偶然佰玉語。君今四十三，只少彭城侶。古藤高壓檐，繁花香應序。令弟況南來，清觴同秉炬。人生年復年，去者渺何所？但持現在心，造物或相許。黄門青鎖闈，恩重職司鉅。黽勉太平朝，剛柔諧吐茹。嗤余非庖人，乃自越其俎。悠悠半百餘，未識今是處。

錢儀吉：「鎖」作「瑣」。

原心亭齋宿

薄靄連宵雨，微涼滿院風。槐花落還綴，螢火碧生紅。秋祭初陪位，明衣倍惕衷。仰惟光烈盛，幸獲聽歌工。

送蔣文恪公喪出朝陽門

積雨霽今朝，翩翩素旐飄。王畿山自遶，官樹意難消。逝水隨春急，歸雲帶露遙。他年來拜墓，一駐尚湖橈。

尊德會詩并序

嘉善縣清風涇蔡封君秋澄所居堂曰「尊德」。乾隆二十六年，封君七十八歲，同縣諸耆德以四月十日會於其堂，戴典簿二蕉八十八歲，程封君纘三八十七歲，蔣長興學博準庵八十二歲，顧光州牧虎仲八十一歲，許閣學竹君七十三歲，謝封君宸園六十八歲，家博山令第五六十七歲，曹明經六圃六十三歲。主客九人齒坐譚讌，即堂名名其會，各賦詩。載，郡人也，樂聞鄉之風，敦禮教，式後賢。且今歲恭遇慈寧萬壽七旬大慶，海宇多三朝長養身被國恩者，歌詠優游，洵足以佐太平景象。爰用唐會昌五年「七老詩」體紀其事。封君令嗣修撰，載同官，屬寄奉堂上並諸耆德。時八月二十日也。

五旬聖壽祝庚辰，辛巳慈寧慶七旬。萬福天邊長道泰，一方海上早風淳。團圞話入枌榆社，瀲灩杯留芍藥春。三揖三終三讓禮，杖鄉杖國杖朝人。句應胡吉盧張匹，題或歐韓范富頻。歐陽文忠公借觀《五老圖》，即次《五老會詩》原韻以謝題卷後。一時拜瞻諸賢，晏元獻而下，皆次韻以題。聞是會亦擬繪圖。歷歷魏塘多致頌，佳秋更約佩萸新。

夕月壇陪祀

禮數如朝日，秋分祭夜明。雲開經緯列，露下舞歌成。皓色三霄正，澄輝萬國清。西郊禾已穟，延望靜村聲。

詹事府齋宿九月廿八日

又過玉河東，蕭蕭馬尾風。庭寒千葉碧，屋古一燈紅。大祀冬方孟，清齋夜正中。被蒙思所報，循步警微躬。

主簿廳作

蘇州程童塾師名以臯，臯年十八父住梅家橋，其年六月母袁病不瘳憐蕭切。一解。姊家橋南近，臯避姊家割股肉。以肉作湯，進母橋北。二解。七月八月九月十月十一月股創合，稚弟九歲告母知。母驚呼臯哭，奪視其臂，宛轉釋他辭。十二月母歿，今難追思。三解。臯年十五，嫂聒翁析箸。父析與臯百金，使隨舅賈去。嘗買賣走浙江東西，十九自武昌歸。明年舅死，臯失提攜，獨販酒三百甕，薄荷六十擔斤。江船搖搖，病且達漢口，薄荷濕爛，甕甕生菌，無一氤氳。棄歸父憐慰，勸留之傍家門。四解。奈何婦翁挈之入京，教之爲傔從，初役於我百不更。中庭花，手所植直吏切，召臯鋤土見臯臂。雨風九月晦，齋宿主簿廳。問臯臯泣述母病，臯泣不止語忍聆。五解。

板橋

秋獮迎旋蹕，寒鴉望列村。太行遮遠塞，斜照隱高原。燭炯茅檐短，羹香土銼昏。蚤應趨道左，無寐戒行軒。

上御紫光閣閱武舉技勇侍直恭紀

仲冬太液濱，武貢試重親。校藝弓刀石，論才勇智仁。旭高非勒柳，冰薄欲升鱗。寶閣今年宴，歌功聖藻春。

十一月癸丑上恭閱加上皇太后徽號奏書於中和殿侍直恭紀

晨光初展碧霞天，黃案春凝黼座前。大聖人修尊禮至，嗣皇帝繕御名虔。曰恭曰懿揚慈範，惟質惟文奉寶篇。更度金輿躬拜進，兩行冠佩引爐烟。

甲寅上恭閱加上皇太后徽號金册金寶於太和殿侍直恭紀

壽星南照日升東，藹藹鴻儀正殿中。金葉聯輝金篆古，册文闡德寶文同。九如福履天爲厚，萬國徽音歲與隆。欣際昌期慈寧茂，小臣攄頌潔丹衷。

甲寅恭上皇太后徽號禮成上御太和殿頒恩詔於天下侍直恭紀

崇上徽稱慶慶辰，鳳書錫爾普臣民。一陽盎盎常旋泰，萬福緜緜足藴仁。經訓雖聞人主孝，古來未有我家春。直從列廟思貽燕，愛敬深加戴紫宸。

慈聖萬壽詩九章謹序

聖人統御萬邦，孝治光昭嘉運，丕應龍集。辛巳十一月長至前一日，恭遇聖母皇太后七十萬壽慶辰，清寧協化，鳳律効祉。皇上至愛至敬，稽典諏吉，祇告圜丘、方澤、太廟、社稷。恭奉奏書，恭進金册金寶，加上崇慶慈宣康惠敦和裕壽純禧皇太后徽號，曰「崇慶慈宣康惠敦和裕壽純禧恭懿皇太后」。恩詔普頒，大譙壽安宮。皇上躬舞皇太后壽筵前，率皇孫皇曾孫聯舞，上萬年觴，歡洽家庭。爰自朝堂達郡國，中外臣民咸歌舞，祝慈壽萬年。仰惟皇太后至聖，誕育我聖主，鞏列祖皇圖，文德武功，兼守創以光前。巍巍式廓，天下大治。實惟上承懿教，皆皇太后鴻仁垂蔭所致。皇上建極綏猷，兢兢業業，至於今乾隆二十有六年，統御中外萬邦，以天下大治，敬爲皇太后壽。昊穹孚祐，申錫萬年，實惟善慶崇隆，皆皇太后至德深培自裕之福基。臣載被蒙聖恩，備員史職，恭獻《慈聖萬壽詩九章》，拜手稽首，謹上其詞曰：

維天篤我清，鍾慶聖母。逮事仁皇，孝德維茂莫後切。久道之澤，貽福膺壽昌。懋昭內治，丕贊憲皇。天隆構我家，誕育我聖主。今孝治之敦，光於列祖。

右第一章十二句

維聖母德，洽于宮闈。逮事仁憲仁壽，藹承慈暉。維德之益儉，維德之益勤。履享以恭，基命以純。思我列朝母儀，育聖而壽。育聖而壽，長受聖子尊養，維皇太后。

右第二章十三句

維聖母德，丕贊憲皇。式六宮，暨萬方，化闡五常。維居之以謙，丕受百祥。天命聖子，丕光宗社。歲以尊崇，徽儀天下。

右第三章十一句

聖母昭祖訓，丕成聖子。修我政，醇我治直几切。爲天下君，爲天下師。乾乾惕若，用其中也以時。今廿有六年，皇帝至聖，皇帝大仁孝。維皇太后德，維皇太后教。

子子孫。曰維慈德之茂，以有萬年壽，爲我清鴻祐。

右第四章十三句

慈覆宮廷，如天如春。俾我皇德，浹于族，徧臣民。天祖鑒焉，百祥用申。鴻祐聖母聖子，鴻祐聖

右第五章十二句

慈覆天下，至於岱，至於嵩。載臨江南，景祖烈于遼東。歲臨木蘭，翼我聖，撫諸藩。今歲復受釐，清涼之山。維慈儀普臨，超于隆古。維慈心丕單，自天之下後五切。

右第六章十四句

慈心之仁，綏文耆武。辛未慶慈壽，而蜀疆既我撫。辛巳慶慈壽，而極西皆我土。天敬爲慈壽，用丕篤皇祐。維天兆我貞符，庚歲慶聖壽。辛歲慶慈壽，慶如輻輳。嗣今慶與天齊，萬福是茂。

右第七章十四句

維聖母德，有聖子孝。治天下以承歡，萬福是召。維皇帝德，奉皇太后慈。宮廷怡怡，偕天下熙熙。我宇清寧，中鞏我家。維慈孝至德，萬福是懷戶花切。

右第八章十二句

敷天之歡，咸舞而頌。由苑達城，瑞如雲從。初陽協慶，貞以元旋。崇上徽音，大讌壽安。皇帝躬舞奉觴，子孫臣工稽首。慈聖萬年，維萬福是受。

右第九章十二句

冬至上大祀天於圜丘侍直恭紀

駕入燔柴仰帝臨，圓壇蒼璧徹居歆。風翔廣漠環清氣，舞協雲門會正音。三祖二宗升配盛，神孫聖子肅將深。貞元適際開慈慶，受福彌歡小大心。

以吾郡李翁琪枝蘭竹貼齋壁款云七十三人康熙甲戌秋也賦之

後甲戌過七臘，依然竹翠蘭芬。寫山樓上殘墨，宣武坊南夕曛。節節枝枝嶰谷，花花葉葉湘雲。小庭積雪如許，正憶溪園徑分。

上祫祭太廟陪祀恭紀

文廟創精禋，章皇定制遵。太宗文皇帝天聰三年，卜建太祖高皇帝山陵成。自後歲之除夕祭陵寢。十年四月，盛京立太廟，於是歲之除夕祭太廟。世祖章皇帝撫有天下，立太廟京師，猶仍除夕之祭。至順治十六年始祫，即歲之小除定爲大祫日。禮該大禘說，聖祖仁皇帝朝，監察御史李時謙疏請舉行禘禮，下九卿詹事科道會議。禮部尚書張玉書等議，今太廟四孟分祭於前殿後殿，以各伸其尊。歲暮祫享於前殿，以同將其敬。一歲之中，自肇祖以下，屢升裸獻，仁孝誠敬已無不極，五年一禘之祭不必舉行。從之。歲舉小除辰。酒醴維皆合，生存在必親。咸來瞻至孝，磬折逮微臣。

揅石齋詩集卷第二十四

壬午

錢儀吉：五十五歲。

元日上詣慈寧門率諸王公大臣行慶賀禮侍直恭紀

宸極三元正，徽儀八秩開。鏄鐘春氣入，爆竹好聲來。躬拜依長慶，翹瞻藹上台。靈花頌澄景，萬福集南陔。

齋宿同梁少詹錫璵

少尹勤所省，直坊勉所訓。于今實備官，竊祿際嘉運。孟春吉斯卜，時享太廟，孟春則諏吉，孟夏、孟秋、孟冬以朔。三日齋厥分。專致庶精明，北廊適相近。讀《易》對介山，薦書採令聞。益之在遷改，損之惟慾忿。雪庭廣有陰，天月纖無暈。啜茗領清言，更籌莫頻問。

上祈穀於祈年殿陪祀恭紀

七日維辛丑，崇隆大享將。帝臨春穆穆，祖配瑞穰穰。星向燔牲麗，風如啓蟄昌。降甘誠既格，田畯荷時康。

題周編修遺像

脱帽披襟迥立尊，可如官本致同論。當初直與嗟桑扈，對此寧須引虎賁。泉壤兄弟嘗語笑，君歿於癸酉，十年矣。君兄松巖教諭歿于丙子，七年矣。京華子姓數入聲過存。冬寒又報夫人逝，早種梅花築墓門。

左都御史金先生輓詞二首

贅壻來同郡，論交倚至情。師於畦侍御，晚列小門生。先生爲載壬申鄉試本房，畦公辛酉江南座主。際聖儒風古，超塵道骨清。詩篇黄魯直，著處見攄誠。

曉雪春纔轉，西齋化已俄。前身誠有自，後死乃如何？篋在尋觀蹟，庭空佇撫柯。兩行知己淚，不及蔣生多。蔣編修士銓爲先生丙寅督學西江所識士。

飲趙侍御佑齋歸畫梅以謝

閒坊僦屋又新遷，冷語圍爐亦好緣。鄉夢枝南甚枝北，酒人燈後續燈前。仲文且教一杯對，錢山《路見梅》詩：「重憶江南酒，何因把一盃。」子固翻看三萼傳。何必西溪溪最曲，相攜畫榼進篷船。錢儀吉：「教」，疑「放」。

蔣侍御和寧招飲先畫墨花以送

丞相胡衕近卜居，春盤歲爲潔庖廚。花游政要更番會，墨戲安辭卽次圖。惱我風前繡衫襖，笑人燈下雪髭鬢。任教漏鼓鼕鼕報，堅坐還能罄百觚。

國子監古槐歌

腰可十圍朽立危，心空頂禿半去皮，皮所僅留側綴枝。一枝盈把一枝拱，如石罅迸高葳蕤。紀在慈寧六十大慶歲，御製五言六韻詩敍曰：「當辛未一枝再苗之初，適慈寧六旬萬壽之歲。」今監臣勒石西講堂壁。壽考作人逢盛際。辟雝瑞應枯再榮，元氣斡迴乎上帝。只今春暉八秩開，轉益青條蔭西砌。彝倫堂即崇文閣，邈想根蟠始爰託。昨者重修學舍奚翅三十區，愛茲博士廳邊夏張幕。琉球官生祇見蓊鬱晻藹生意多，琉球國奏，遣其秀士入監，以敬一亭西廂爲舍居之，別設教習。不知前十餘年我見曾婆娑。讀碑撫樹占好春，以陪祭入丁卯辰。

朱休度：長短句。五轉參差。

社稷壇雙樹歌

曉趨闕右陪祀壇，禮畢巽隅觀古樹。一株空腔鐵立短不仆，於鐵叢生十百榦森布。一株三尺一折兩折倒地枯，折入深土旋作品字三根粗。第三根活昂首重扶疏，折折仰裂半乃膚。株雙種一梢曲直，嘉實西羌騫所得。其樹俗名核桃。朝衣手攬匝繞之，春風自吹畫者誰，敬之敬之神扶持。

朱休度：長短句。句句韻。四轉。參差。

尋春同家侍讀大昕三首

經隆禧廢寺至弘善寺憩靜觀堂

永定門前駕蹇驢，東皋村午已春舒。蘆芽欲見溪圍處，柰子猶思雪壓初。賦寫青藤陳太守，畫存白鶴禹鴻臚。西齋題句休棖觸，短髮勝簪且笑余。堂東壁，康熙戊子陳奕禧書徐渭《畫鶴賦》；西壁，禹之鼎畫雙鶴老松蕉石。齋壁，二十三王子號桂峯《看海棠詩》十首，其一云：「花花葉葉愜良辰，燕燕鶯鶯惜暮春。記取靜觀堂上飲，朱顔相間白頭人。」

登法藏寺無量諸佛傳燈寶塔

得偕閒侶趁閒尋，樹色烟光總繫心。徑曲又投前代刹，塔空曾費內官金。晴開千里黄圖大，春擁三霄紫極深。那不上頭名字署，朝鮮生亦解登臨。塔上層有高麗人監官生題名。

過金魚池

僕夫知意緩車行，歸路春聲接市聲。幾姓屋低遮柳冷，數窪冰淺抱堤横。瑤池忽恍金朝廢，錦鬣從容碧浪生。館近底須賒酒飲，奎章閣老太多情。

題齋壁

近務營雖寡，前修讓已多。峨冠韓子客，廣廈杜陵歌。春仲雪舍凍，晚來風展和。琴書且端坐，理屐未蹉跎。

翁方綱：「近務營雖寡，前修讓已多」：坤一嘗以此二句題屋楣。

題金員外焘小影卽送假歸太倉

尋壑復經丘，歸歟豈卧遊？漫爲齊祭酒，行卜魯菟裘。鄰里弇園廢，軒窗翠竹稠。同年吾雪鬢，憶爾幾沙鷗。

尋春復同家侍讀大昕三首

長椿寺

城西偕訪乍西偏，見寺停車不爲禪。金塔莊嚴丹閣靜，水齋澹泊翠珉堅。雙槐交葉多春雨，一衲安單自午烟。鄰宅已無馮相國，佳山堂上幾吟筵。馮益都邸舊在寺左。

善果寺

丁香花記唐安寺，十五年來忽重遊。客面也如僧面老，春光還共佛光浮。循文䵺點殘碑誤，踏影摩挲古柏遒。開講小師何復爾，趙州原説喫茶休。

歸義廢寺

風味沙土未春蘇，隔堞高株望轉枯。宣化坊來官騎二，《彌陀邑起院碑》一文，有咸雍元年賣地契云：「今賣在京宣化坊門裏面街西小巷子内空閒地，有井一眼。宋東鄰人，南鄰人，西北鄰人。」蓋今白紙坊，遼宣化坊也。井尚存。會同年仆佛幢孤。《陀羅尼幢記》一，末云：「會同九祀。」是遼太宗時物。碑陰大段名銜在，記彌陀邑眾姓名。卷尾諸般像供無。契後字可斷續錄者，硬幢九壇、軟幢四壇、十二面觀音一。又經法隨部竹帙手帛帶全供具鐵曼陀羅火籠子一對，銅鍮鉐、燭臺各一。笑向鄰人作檀越，留詩可勝刹竿扶。

朝日壇陪祀畢謁東嶽廟

東望滄溟拜曉暾，碧霄春盛布絪縕。陽光實荷離明煦，生氣常占泰畤蕃。脫活塑傳劉正奉，宗師碑賸趙王孫。尋虞集、趙世延所書二碑不得。迎鑾今歲神多喜，應贊鴻施遍魯原。

畫柳枝送蔡修撰以臺歸覲

南宮第一狀頭仍，僂指吾禾得未曾。堂上老人顏共喜，里中陰德後方興。蹔辭曉日螭坳直，迴向春風鷁首乘。等是長條攀最好，三千驛路別情勝。

乍暖

歲閏春禁冷，朝晴月破三。日烘簾額快，風解硯池諳。市擔將研酪，家園早浴蠶。庭前撒花子，寸土自鋤堪。

歷代帝王廟陪祀有賦

阜城門近鬱清光，景德峨峨寶殿蒼。傳道心推均創守，解祠義擴徧馨香。聖祖仁皇帝康熙六十年、六十一年疊詔，增定歷代帝王祀典。世宗憲皇帝登極未改元，即從廷議諏吉增祀。御製碑曰：舊崇祀帝王二十一位，今增一百四十三位。從祀功臣三十九人，今增四十人。我皇上乾隆元年七月詔，追謚明建文皇帝曰「恭閔惠皇帝」，九月詔以明恭閔惠皇帝入祀歷代帝王廟。大猷列廡天工賴，春火中庭曉氣翔。葺構只今趨將作，親行還見翊文昌。

慈仁寺禮甆觀音敬瞻御詩書畫并序

乾隆丙子，奉勑修寺，迎像入内，製龕，上畫竹石小幅，書題寺詩于上方，貼龕中座後。又七言聯貼龕門裏向，又刻御識於龕前下方，送還寺以虔供。

寶龕深啓寶雲流，無量莊嚴院已修。金粟藏經牋竝寫，如來我佛語長留。數竿慈竹春陰靜，片石靈山筆力遒。顧列星：端莊流麗，應制上乘。大士只今應證得，楊枝露向聖人酬。

上巳二首

孫主事夢逵夏進士蘇約遊陶然亭適金詹事甡亦至遂同遊法源寺

對門招我祓茲辰，近黑龍潭水意春。圃後佛幢纔剔蘚，遼佛頂尊勝陀羅尼幢，壽昌五年立。林陽宮相也停輪。畫欄北淀悭松雨，書簏西泠寂寞塵。詹事說介師海淀寓園棠花昨歲盛開。又道倪廣文濤錢唐人，遺書未刻。共向石壇聊啜茗，僧來不問采師倫。

翁方綱：此種清真七律，今人罕有。

過翁編修方綱偕訪聖安崇效二寺

更叩齋扉趣駕便，東湖笑指柳村烟。伽藍記當名園讀，曲水杯須令日傳。擣杵此方還造紙，栽蔬鄰叟自澆泉。餘情豈爲唐貞觀，一抹斜暉亂塔邊。

先農壇陪祀有賦

鵠立天門候禮行，宗潢肅進瓣香清。絳雲幄敞初陽照，翠靄林周細草生。恤穀耤田惟告稔，扶犁京尹便催耕。鑾輿正問東南俗，麥隴桑畦遍聖情。

獨遊四首

陸地春如海，隨心問五坊。獨吟須繫馬，何處有垂楊。
望月槐樓近，披烟柳巷空。梁家園裏水，不照牡丹紅。
未賣龍鬚菜，長街聽曼聲。桃花新酢好，亦是細孃情。
東便門西路，芳菲總不開。客思蘭槳打，濠濱玉泉來。

寒食六韻

漸老惜寒食，因之懷故山。樓窗東海曲，松樹北湖灣。上塚雨飄翠，通鄰花放殷。峯陰劚筍去，籬腳采茶還。地是先人愛，春常好夢關。他年藟窩築，未必卽緣慳。

右安門外踏青

麥苗菜甲逶村栽，楊柳初黄葉未開。惆悵城西南路熟，百年中又一回來。

保定陳節婦

于歸十改月，之死四經霜。年乍三旬及，貧真百苦嘗。有姑今失婦，無子孰號孃。尚限旌門例，題詩重可傷。

城西春遊四首

春人相喚挈都籃，又叩隋家七寶函。綠動廣寧門外柳，不勝烟露憶江南。
太極宮深鵲語膺，半庭雲氣石欄凭。開花結子匆匆事，合傍瑤臺第幾層。
修林矮屋翠連畦，趁得山光一帶西。指點玉鈎斜近在，忍寒偏不放棠梨。慈惠寺相去即明宮人斜。
戒壇開未問金仙，播祭稀來郭有烟。約略杏花紅到白，便翻沙土種新田。

同邵編修嗣宗秦學士大士翁中允方綱秦吉士承恩過法源寺看海棠有感壬申癸酉舊遊卻次諸贊善錦壬申韻

青天一握高覆花，上元嘗共王母瓜。幔亭宴罷各何似，蝴蝶枝閒宿猶爾。暮柳年年疾風節，刻石不刻許昌薛。如來坐臥我經行，紫縣色亦休區別。相攀且復相和南，短髮屢欹冠與簪。儻逢平子笑絕倒，綠巵未向斜陽酣。新者諸人舊者樹，獨我舊人見人去。住僧偏豔佛前春，過客難顛花下句。水遠山長餘夢在，鶯飛燕語繁紅度。齊奴步障底須誇，片斷慈雲淺深護。只今豈愛昌州香，松陰還指穠桃光。欄干寂歷繡旛動，纖雨黃昏煞可量。若問東鄰謝家畫，脂痕數朵重迴腸。癸酉遊後，載畫花一幅，同人寫詩其上，留寺東謝編修齋。

集邵編修養餘齋詠白丁香花禁體

簇得春心未放歸，柔枝小朵太菲菲。恰於淡淹葳蕤暖，翻以青蔥的皪肥。靜院風迴沐蘭澤，空階露立粲靈妃。天光低亞陰還碎，可有中間蛺蝶飛。

端範堂齋宿對丁香花

春寒驟暖驟多花，枳棘芟來樹轉嘉。向夜清齋安篁竹，就香深坐拓窗紗。爐烟裊裊頻疎密，鈎月纖纖半整斜。古井牆陰甘可汲，雲腴一琖試新芽。

顧列星：精深華妙，似王荊公晚年詩。

陶郎中其愫移居招飲海棠花下分韻得氣字

乍陰倏乍霽，甚惜清明既。輕暖復輕寒，猶疑穀雨未。好風吹此花，恰得晚春氣。豔不假扶將，穠能自矜貴。賃屋全爲伊，俸錢肯辭費。近遊少名園，且用壓姚魏。白玉椀躊躇，碧雞坊髣髴。醉須插帽歸，手拗一枝乞。

觀褚中令臨蘭亭序第十九本墨蹟

記來枯樹賦相同，逸態横生駘宕中。誰是鑒書元博士，色綾重認洛陽宫。

翁方綱：此是僞物，如何可以作詩？並無褚臨第十九本之事。此馮氏《快雪堂帖》之不考耳。

佚名：　完作。

盧孝子詩

寧都盧氏子，未冠病失明。父既官于朝，隨母乃至京。身長平聲不離母，戀母猶孩嬰。三年使歸娶，强使登車行。淚落牽母衣，母亦難爲聲。明年戊寅秋，母病壽不延夷貞切。十月之七日，父書返山城。爬地爪出血，一哭不欲生。數日强食粥，必自炊其鐺。糢糊兩眼淚，宛轉粥鐺間舉鄉切。哀哀至正月，夜夜達五更。其日爲十一，隨母于黄泉徐盈切。九十有五日，竟死傷人情。二十有四歲，立沅乃其名。

游貞女詩

臨川游氏女，十六張子殤。臨俗殤子殮，聘女附衣裳。張來女家取，父母持以將。其日中堂中，有大蝴蝶翔。顔色了可異，鼓翅繞柱梁。女時伸掌立，如其爲張郎。集我掌中間，立祝默無聲尸羊切。翾翾卻且前，三集掌中央。女日遂不食，父母日徬徨。急之乃喟答，願奠殯所殤。許之乃起食，食已服如常。登輿乃變服，出郭號聲長。眼口鼻皆血，滴滴于殯旁。兄弟勸之還，剪刀落懷中陟良切。我死復何之，其日遂如張。張家聞突來，哭迎于室堂。從容拜舅姑，奉主禮自行。父母念之哭，知此不可更居良切。年年復日日，女貞獨支當。舅歿所嗣殤，養姑不倉皇。紡車力有蓄，置箧備後喪。小叔私鬻去，復置何復商。姑歿更無依，父母況已亡。兄弟勸之歸，仰面看滄浪。我今不如死，豈難免周章。其時四十餘，今又三十霜。乾隆歲庚午，朝命爲建坊。給金下其家，衹領告墓堂。以修舅姑墓，夫墓添土黄。族人乃率錢，建坊于康莊。

顧列星：住得老。

迎駕涿州過良鄉縣南弘恩寺

曉靄霏霏萬善橋，周遮夏樹接青條。深開別館金鋪掃，靜迓回鑾玉膳調。乍讀碑文知舊店，尚藏經卷自前朝。古香齋墨瞻三相，迥出吴裝筆法超。寺殿供御畫如來、普賢、文殊相石刻拓本。

宿王瓜塍農舍

官路淖如何，西巒雨方晚。同行忽我先，悵望不知遠。草屋取徑投，農人自田返。喚婦出茶湯，點燈照門楗。問答衹數言，蕭然見勤懇。充腸餺飥堪，何必具餐飯。夜冷起驢鳴，隙風來宛宛。布衾相借覆，土炕獨休偃。

埋白驢

驢氏巾箱若，車驅六歲遒。力殫梅雨候，坎掩麥風秋。豈曰貧無蓋，誠如首正丘。火光元可衣，別是滑稽優。

擘石齋詩集卷第二十五

閏端午

萬古椎心日，堂萱午節摧。那堪逢閏又，況是哭王孫。前五月二十九日晦夏至，孫善元七齡夭。對雨腸千結，呼旻奠一杯。菖蒲自言好，爲我莫爭開。

錢儀吉：旻，穹。

王五秋曹三月初三日歿於里閏五月初八日爲位法源寺如意寮而哭之

高閣東偏此道場，憶年與君吟海棠。棠今葉青濯雨涼，檐交飛瀑珠濺廊。椀有佳茗爐有香，香隨我心達君堂。少去聲弱多疾憂夭亡，歲五十七已壽康。蓬萊獻賦才稍彰，終養太公甫居喪。以衰絰殮淚在眶，母殯三十三秋霜。卜壤卜壤井槨將，我昨書示君兩郎。考妣中兆君祔旁，用慰君孝毋彷徨。

君之窮交僉曰襄，足徵君行於平生師莊切。僧廚供齋無一觴，亦非悲力仗空王。繡旛寶蓋風微颺，永念遊翱覲舊朋蒲光切。若朱明府陳明經居良切，施南司馬徵君張。徵君萬暨孝廉汪，聊可娱兮未渠央。遺草必出緩所商，凡曾說者詎敢忘。

朱休度：《柏梁》。七陽。

晚飯哭善元二首

對案窺斜景，行行淚滿揮。此時來我揖，迎汝學堂歸。

肉味同嘉果，何曾手與憐。妄心求後福，翻悔似慳錢。

重哭王五秋曹

君家坊西我坊東，中夾羅城浜，碕岸南北通。君就塾，竝水南；我就塾，竝水北。日未相呼日相識，豈意相交過半百？浩歌今尚同心迹，君兄我弟不好書。兩家父母視君與我兄弟如，兄弟師友樂且餘。我嘗七日病方已，君亦七日病方已，菊花門巷相料理。我醉君亦醉，君貧我更貧。貧以文章見本性，醉憑天地爲陽春。精華漸銷難結束，暮景相連登小錄。功名縱使讓古賢，嗜好終須別流俗。甲戌之秋我歸葬，甲戌之冬君歸養。羡君上壽封公八秩躋，祿不逮親我獨悽。青山青山杵力齊，築壙築壙霜雲低。鵓鴣叫，寒食雨，君來草堂語苦語。疎蕪先壠清泰橋，母厝別村猶淺土。其月吳棹買，其夏韓江行。其秋在金陵，其冬我還京。已矣而今忍相負，佳城佳城高起阜。他日松根踞澆酒，一年輪君長我差，不得哭我蒙君詩。前身後身果若輪迴之，何必就塾逢有時？

朱休度：長短句。十二轉。參差。

座主佟公輓詞四首

素業元勳裔，清風外戚門。身猶依禁籞，歲屢從邊垣。古句陶韋傚，真書趙董論。斜暉方下直，獨樹自開軒。

簡在先皇早，恩霑聖主多。寅清咨典禮，喜起拜賡歌。經笥壁奎朗，公門桃李羅。豈惟熊孝感，盛事欲兼過。公四爲會試總裁，兩主順天鄉試，一主江南鄉試，一主浙江鄉試。

講幄承皇子，詞林式眾仙。帝巡河海日，臣扈雨暘天。伏枕醫來亟去吏切，乘舟命返遄。葵心終報國，屬纊尚纏緜。

都統蒙加秩，朱棺許入城。賜金資大事，權厝傍先塋。壽母難悲苦，孤兒未長成。感恩求所慰，號慟徹門生。

寄善元檆于南窪僧屋過而撫之雜寫五首

不知汝病起，我務日偶忙。及爲汝請醫，我又不知方。平時隱然恐，恐汝日就尫。欲屬汝母待汝健，母卽督汝入書堂。其夜四更汝母叫，我與祖母起倉皇。急中聞汝大呼母，及至見汝絕在牀。既甦復絕甦轉眩，天黑急請醫誰良。我貧汝父出授讀，呼汝父歸天未明謨郎切。

門生蔣翰林，急汝送醫氏。盡日相挼搓，於勢半可止。黄昏與母說，燈火兒不喜。厥明我稍安，豈謂終難理。我心車輪旋，出入雙腳屣。洎乎三晝夜，守汝看不已。雨風夜更長，呻吟痛在耳。模糊時一呼汝母，我四人者淚如水。

常時見汝好，敬父而愛母。動輒告母知，歸房歡笑走。懷果必與母，歡走惟恐後。母時或鞭扑，勸母哭且受。我常與祖母，讚歎羨新婦。孝順得是兒，新婦福應厚。日前汝來問我字，我曰此字當讀某。汝疑恐我錯，謂母教則否。卻走告母乃改之，依依成誦在牕牖。

念汝生於家，四歲拜我于京師。昨春始上學，秋病冬愈顏華滋。念我方七歲，我父京師遊。我母教我就里塾，素衣梯上章家樓。日中腹乍飢，母已遣僮挈。米湯伴以棗，或常粉餌熱。師曰爾甫失生母，賢母力貧鞠汝切。讀書報母當若何？我聞且食且哽咽。昊天之德養不逮，教子塾行如我轍。今春汝七歲，孫公對門居。攜汝數步往就塾，猶勝我昔百步餘，晚飯歸我揖迎汝。嘗憶我母憐，諮嗟此景宛此歲，舉家不知獨愴然。今非向汝說，我實負母重自鞭。

汝牽母懷去，諒汝非我孫。汝母不能不汝哭，使我想汝孤棲魂。我貧無一物，衹有骨肉人。遭讒忽奪我之人，傷我枝則培我根。連宵雨風冷，獨息佛堂塵。卽秋覓南船，附汝還江邨。迢遙驛程忍汝獨，不得不爾夫何言。

錢泰吉：此詩五首，全讀章法乃見，首尾乃備。且命意在第四、第五兩首，僅選此首，未爲能知宗伯也。

善元小衣

見汝常規矩，勝衣獨往來。領圍紅淺擁，帶束翠低開。微汗熏猶染，清軀塑或迴。如何不燒卻，卷疊使心哀。

晴

江外黃梅信，北來霈不休。虔祈屢豐兆，早切至尊憂。青見天檐角，喜聞鵲樹頭。恭惟陽德母，晚壠麥催秋。

和許宣平庵壁韻

不須遊五岳，但選一峯顛。臥月雲鋪石，澆花竹引泉。西湖鳩杖底，東海蟻尊前。笑向家人謝，焉能畢我年。

錢儀吉：章法、句法、氣象、神意，無美不備，而選家都未之及。

哀善元

獨自去何所，曾聞歸有期。雨風聲盡泣，燈火影昏思。笑捧書囊地，驚銜藥椀時。來生孰相鞠，病或莫求醫。

種草花作

不出兼旬廢應酬，放歌一室當遨遊。自知小病元非病，人道長愁始欲愁。壁上好山真面目，欄前芳草富春秋。從來落落天堪信，何取沾沾食是謀。

述懷

寶澤堂高燬不存，百年尚亦有田園。馮宜人產垂今後，侍御公支遠獨蕃。先戶部巨源公行五，孝廉魯南公子，奉常海石公孫，是爲我支祖。元配馮宜人，太常弟子大參諱臯謨女，子四，長高祖侍御孚于公，今析居郡城內外者，皆侍御下諸孫。次從祖，下則俱乏傳嗣矣。寶澤堂者，戶部授侍御之宅。生漸飢寒徒自廢，心難孝義亟相敦。衰顏媿向爾曹說，夙夜將何保舊門。

曉課

雷電奔空雨徹更，燈釭欲盡夢難成。有何許事關君事，無奈勞生屬我生。早看砌花紛偃仄，元聞庭樹太縱橫。扶持政賴閒中力，畚鍤寧忘迫所營。

蔣編修士銓畫左都御史金先生像以藏竝記下方永示其後而屬載題詩

匪直恩門感倍饒，師承夙實受規條。摯虞禮自心喪議，宋玉魂終像設招。香火託存生卒具，子孫畱展歲時遥。我今十八旬纔隔，仰覿淒然憶性標。先生卒于正月十一日，載以六月十日題。

不寐

開幌擁衾裯，攬衣何所求。極天風送雨，浹月夏成秋。書可隨身徙，牆難趁隙修。呼晴如有術，在樹願爲鳩。

早起

早起勘書開我堂，門中村意滿秋芳。葫蘆垂架露花白，蛺蝶逶畦風影涼。江水斗升都定分，郭田餬鬻竟何嘗。職閒稟重陪東觀，慙媿優游食太倉。

戴儀部文燈齋飲沈存周錫斗作歌

蠟花搖搖客半醉，重爲主人拈舊器。吾州薄技近已無，可憐流轉還供士女娱。張銅爐，黄錫壺，匏尊王周銀盌朱。張鳴岐、黄元吉、王太樸、周北山、朱碧山，俱嘉興元明以來各名其所工者。後來沈老亦煎錫，粉合茶匳常接覿。只如此斗方口酌酒多，環鐫杜甫《飲中八仙歌》。我今一斗三斗五斗過，欲放未放愁摩挲。款記康熙歲戊戌，是歲僕齡纔十一。鬢絲迴憶春波橋，沈老門前綠楊密。

朱休度：長短句。五轉。

吴應和：此題無典可徵。方物伴說，亦難生發興趣。忽憶舊遊之地，情景俱到目前，不覺感慨系之矣。

近藤元粹：故顛倒錯綜人姓器物，以眩惑人眼，是這翁得意處。○亦失詩體。

觀董吉士元度所攜畫竹卷

從君觀畫叩寓齋，展一卷映清秋佳。案頭寒具屏所置，段段銘心錄其自。東坡《枯木叢篠怪石圖》，大德五年徐琰還三衢，八月瀕行乞示鮮于樞。伯機跋所云容齋當是徐琰。紹興內府前用乾卦印，杭士王井西本應無殊。至正乙未謹識此，伯顏不花蒼巖氏。舊藏蘇墨已足豪，又得文湖州一紙。一梢鸞尾風倒吹，幅小尺量與蘇似。非幻道者先對臨，也吹一梢出春林。始憐熙寧己酉偶爾筆，隔二百年神交深。柯敬仲臨文本題云：「熙寧己酉湖州筆。」合裝二妙成一珏，柯蹟隨之秀相擢。遂令鄱陽周伯溫，題向蒼巖監郡情繇邈。周詩五言古七韻。元谷道人王彥貞，雙竿繼寫濃葉逾縱橫，斷句一首竝贊坡老可翁丹丘生。濟南邢侗鑒定精，久歸於董今乃攜來京。君方謁選將出宰，早有清風滿懷在。清風在君君之官，我詩留當畫記看。

顧列星：直是一則有韻畫跋。結處關合，妙在絕不黏滯。

朱休度：長短句。轉韻。

哭善元樰南

幼小已忘鄉所在，行行飢寒恩孰逮。迢迢去汝祖父母，去汝父母叔嬸妹。秋風秋風穩吹帆，運河運河盼青衫。家來路同返先獨，將掩于山汝莫哭。

朱休度：七言。三轉。八句。

小南城

復辟追懷夜半聲，居人爲指巽隅行。雨風見有高墉壞，瓜菜聞嘗隙地生。橋入秀巖巖幾疊，水環圓殿殿何名。向非司馬前勞在，焉得呼卿不失卿。

皇史宬

鐍歷門旁啓，秋晴轂乍停。五朝尊簡冊，萬禩翊神靈。石室雲涵紫，瑰階草積青。敬襄螭右職，繩武訓爲經。

邵編修招同年飲養餘齋分賦二首

秋宇寥寥坐有聲，�深對石庭清。合歡萱草疎枝葉，且乞先生論養生。

明河絡角露初溥，可欠商量蟋蟀寒。射覆謾嚴觥録事，也勝紅袖拂骰盤。

詹事府晚步

庭柏身何瘦，堦苔跡自蒼。望中金闕迴，雨後玉河涼。隸少塵聲靜，官閒古意長。不因碑額在，誰復指春坊？詹事堂左仆碑於徑，出入者坐卧，石滑如砧。惟額字大猶可識，明左春坊題名也。

題王中丞恕瑟齋圖遺像

五十師蘧瑗，磋磨誦武公。李銘黄記在，中丞座主李臨川寄以銘，同年黄中允唐堂爲之記。夜寐夙興中。江國遺民老，巴山落照空。長安值賢子，有斐見家風。

觀前蜀王鍇書妙法蓮華經殘葉

顧君先得信解品第四，鄭君後得卷第一。奇零數葉各傲余，前蜀時人王鍇筆。潼川寺，名琴泉。紺塔圮，丙寅年。塔中出經僧燬半，識者攫寶今流傳。鄭云別卷署尾次，硃書武成三年字。君官蓬溪曾拾塔甎無，獨此歸與顧篋相嬉娛。顧君得之合州牧，出較鄭本轉清熟。軆祥鍇字是年已平章，嘗寫藏經工且速。白藤擔子晨趨朝，兀兀於中勤自鈔。唐末衣冠多避蜀，遺風文物猶嘐嘐。可憐乾德匆匆了，蒲禹聊言執政藐。此筆青蓮華奈何，李嚴入來草降表。青城山，終古青。琴泉塔，無一鈴。孟家卻有毋昭裔，舊本成都仿石經。

朱休度：長短句。八轉。參差。

弘仁寺同博爾濟特中允博明

太液池西叩，如來佛共瞻。康熙四年十月遷鷲峯寺栴檀像于此。優填形慕戀，忉利付端嚴。碧柳回飆響，斜陽白塔尖。入雲樓十二，香氣擁層檐。後樓曰雲蔭。

觀唐貞觀淤泥寺心經石幢於鷲峯寺

委巷不鳴鐘，淤泥卽鷲峯。經畱貝多語，筆辨率更蹤。迴堞雲陰晚，寒階柏翠濃。何年置銅像，亦弗髻鬔鬆。

翁方綱：此碑非真。

高麗營農舍與吳學士鼎夜話

山外寒山雪，日邊秋日花。寒威遲棧軫，暝色靜田家。夢似依丹扆，朝將迓翠華。紛綸及經說，已作後棲鴉。

觀顧阿瑛畫罌粟

園林新綠已遮檐，想近闌干又近簾。不是錦袍翻舞隊，寶瓔珞現佛莊嚴。阿瑛自題詞云：「春事將闌，紅凝綠靄藏深谷。鶯啼喬木，消受清閒福。靜捲珠簾，五色芬芳簇。看罌粟，可誰移玉，窈窕闌干曲。」

宋編修弼屬畫秋葵

春來乞種宋家分，秋院朝開歛夕曛。朶朶黄金風動側，叢叢碧玉露垂紛。態含漫傳趙昌色，心向彌紬曹植文。遣報高齋作清供，素交差以結殷勤。蘇文忠《題趙昌黄葵》云：「真態含陰陽。」《古詩》：「采葵莫傷根，傷根葵不生。結交莫羞貧，羞貧交不成。」

送施編修培應乞養還昆明

厥初見子來，儀度何雍容。授經仍取給，登瀛既五冬。世賢歧不一，蹇蹇弗與從。語常念雙親，老健待所共。辛巳介慈壽，推恩奉鸞封。壬午典晉闈，復命趨陛重。仰承上問周，天霽春爲濃。畢事卽請歸，院長難留蹤。綽然家國身，造物意有鍾。一力擔囊隨，一車背寒衝。滇池雖無雪，山隔望已顒。年皆近八十，出入相扶筇。一日拜於堂，非徒桑梓恭。吾人安及此，始信庸德庸。

雪夜端範堂齋宿

夫子廟趨右，一陽爻動初。攬衣心與寂，聽漏夢爲虚。大駕羣靈竢，圜壇上瑞書。歲功行可祝，民氣樂先舒。

冬至上大祀天於圜丘陪祀恭紀

霧歛迴含光，歌陳近燎芳。報天臨上帝，迎氣發青陽。五世德功配，三垓仁孝將。獻誠肇禋頌，祈福萬年長。

蘇文忠公墨貓歌畫於元豐四年六月九日，自題云：「相傳危危日，畫貓可以辟鼠。」茲蓋危危日畫也。又縣竹羽客楊世昌題云：「東坡居士向曾見其畫狗，今又見其畫貓。豈唐人有一生作詩，乃得力於貓狗耶？」

黑睛如線日正午，瞥見青蛙口欲取。前脚撲地尾倒豎，班班者紋食彘虎。曰磔穴蟲嚋怨咨，驊騮騏驥實遜之。畫方占日逢危危，此吉彼凶非假威。是時黄州歲安置，築室東坡號居士側吏切。其春獲鑑周尺二，其月畫渠渠未醉。道人子正新釀香，洞簫吹徹偕相羊。楊世昌，公所謂西蜀道人也。遺以《密酒歌》正在此時，蓋卽明年壬戌赤壁吹洞簫者。吴匏庵詩云：「西飛孤鶴記何詳，有客吹簫楊世昌。」今覩其印，又知其字。亦畫短喙耳則長，不吠不捕吠捕良。公上書論新法，有云：「養貓以去鼠，不可以無鼠而養不捕之貓。畜狗以防盜，不可以無盜而畜不吠之狗。」儻欲得力徵平生師莊切，嬉笑怒駡皆文章。平生投謁公卿，不意得力于貓兒、狗子也。《北夢瑣言》記唐盧延讓詩事。

我今玉叉挂書堂，銀燈靜照毋跳梁。

朱休度：七言。句句韻。四句四轉，末多一韻。

錢儀吉：密，蜜。

上御太和殿受朝侍直恭紀

和藹陽生月，光華日出天。鑾儀象惟備，樂部德相宣。九叩分班肅，諸王上殿虔。賜茶還坐飲，臣亦後羣仙。

范侍御棫士紀侍御復亨邵編修嗣宗秦學士大士戴儀部文燈秦編修黌過飲

新釀聖賢間，寒燈且照顔。海疆纔使節，學士典閩試歸。江表各家山。共學身嫌老，同朝職忝閒。憑伊更鼓再，深坐但留關。

和張給諫馨編修坦寒齋三詠

盆梅

蔭此寒苔色，盛將定武瓷。翦多真老榦，紮久半橫枝。書屋避風處，紙窗延月時。孤根蟠最得，卻愛著花遲。

水仙

清氣發銀蒜，神光流玉葩。翛然雪以後，不語江之涯。廟憶杭州在，圖逢趙氏賒。素琴何用操，已可息箏琶。

木瓜

素柰葉差近，紅棠花較多。登盤偏不食，合釀正當歌。木瓜酒出揚州。百益投先及，齊桓美若何？枕函香入靜，還更配蘋婆。

立春日同范侍御紀侍御邵編修秦學士秦編修集戴儀部齋

京尹與禮臣，九天曉進春。右史上瑤冊，告藏及令辰。乾隆辛巳起居註冊適以今旦奏成。從容出東華，日暖街無塵。笑聲過列肆，歲事觀吾人。戴公宿灑掃，遂使停雙輪。且虛唐花對，早有生菜陳。廟堂作雅頌，郊椒畜鳳麟。尚參峨峇直，祇益斑鬢新。維蓬亦望麻，維蘭亦患榛。君子雖曰德，覽緒省厥因。落月已在屋，鳴雞方嚮晨。留連徒醉止，曷以稱嘉賓？

秋瓜紋濠硯歌爲姚員外晉錫賦

綠玉不琢體自然，鏡光開面崖立邊。面紋有瓜瓜臥田，兩葉黄爛蒂脱偏。只無屈曲鬢蔓纏，員外識是濠溪石。九溪之濠山沁碧，類於端溪聞在昔。吴琚進御棄可惜，詎意寒廳供此席。我來試硯發我歌，欲食奈爾秋瓜何。

朱休度：七言。句句韻。兩五句，一二句。

攑石齋詩集卷第二十六

癸未

錢儀吉：五十六歲。

題金山人農爲袁舍人匡肅畫香影庵圖

主人爲古雪，畫者號冬心。但有一椽屋，都無千竹林。水寒寒更澹，月靜靜逾深。此際成趺坐，山空孰與尋。

上祈穀于祈年殿侍直恭紀

圜丘方澤歲親行，祈穀升壇禮又誠。與物休徵若暘雨，惟皇至治感神明。荒陬貢馬新開宴，極西回部愛烏罕汗慕德通款，遣臣入貢，丁卯大閱于御苑而宴之。遠道屯田早勸耕。中外一家蕃熟屢，樂章聲總播春聲。

上元日圓明園正大光明殿侍宴

春正半月不寒陰，特放韶華答聖心。上苑夙行年例重，新藩同被國恩深。海山暢我乾隆化，功德增於莽式音。高架綵燈懸盒子，賢良門外柳含金。

燒宣德香爐歌酬紀侍御

無心可安我亦云，出入襟袂猶塵氛。癖嗜非關反鑑反，寓言乃屬熏爐熏。世間儘有嵇康鍛，箇裏不須羊琇炭。劉季和家陋任嗤，姜娘子手遙難喚。蠟茶未了更糝金，朱火卻蘊青烟深。煉銅那識凡幾次，彩爛善變都撩心。凝脂滑膩如好女，羌獨摩娑奈何許？紙閣燈光夜雪中，筠簾花影春風所。兼旬掃軌耽幽偏，東鄰枉詩蒙粲然。物聚於好聊爾爾，請因三復《旅獒》篇。

翁方綱：迂而無味。

朱休度：七言。四句。五轉。

上祭社稷壇陪祀恭紀

五色迴依方，四門環築牆。答陰惟氣達，求福必年康。甘雨霏隨候，卿雲護有光。親行爲主禮，帗舞致馨香。

題劉忠肅公石鼓山題名後三首「劉摯莘老來遊跂蹈侍」九字，刻山之西溪壁，旁有題云：「後百八十三年，六世孫震孫蒙恩來持庾節，拂拭舊題，不任感愴！寶祐二年秋九月旦。」

遊山攜子主恩邀，不遣投荒嶺外遥。假使相稱肯相識，也休苔壁掃今朝。

熙寧甲子數從頭，可是朱陵乍泊舟。記得杭州通判值，去年寒月過揚州。蘇文忠《廣陵會三同舍詩·劉莘老》一首云：「如今三見子，坎坷爲逐臣。」忠肅謫監衡州鹽倉，未赴。熙寧四年辛亥冬，與文忠相聚數月。則至衡而遊石鼓當在壬子，合之震孫題寶祐二年爲甲寅，甫百八十三年。

自古三湘逐客奔，豈無姓字蝕崖痕？何人卻似丹陽尹，柳樹還逢祭酒孫。

湯山迎駕恭紀

連峯環擁畿，一泉清在隈。春旭耀龍旌，皇謁東陵回。杏村與柳圃，豆麥相根荄。好風入行殿，卓午收芳埃。百年溯締構，質樸貽亭臺。母儀兩朝翼，天祿萬祺開。分畦出溫水，遶牆浥新苔。聖衷昭浴德，歲撰佳辰來。

上耕藉祭先農壇陪祀恭紀

陵祀鑾回乍，南郊布敬恭。季春躅癸亥，三日詣先農。朱旭青壇耀，黃雲縹乾從。粢盛深孝德，是必慶年逢。

和張編修坦庭前垂柳十二韻

箇是亭亭植，心難寸寸緘。澆泉占院井，劚土借鄰鑱。嫩蘚低頻踠，枯條淨早芟。材如生是獨，態肯溷於凡。露下看迎面，風前立映衫。鳳城多騶宕，韶律正和諴。晝倦欄還凭，吾狂酒漫監。吹緜縈紫棟，引夢落青杉。杉青，嘉興城北閘。且任流鶯擲，相兼乳燕喃。言愁都老大，供佛定莊嚴。芍藥堦連謝，琵琶曲伴咸。一枝橫玉笛，隋苑憶開帆。君僑居揚州，舊冬應召來京。

西頂春行二首

長河土阜宛山蹊，廿里垂楊嫩葉齊。曲榭虛亭隨點綴，緋桃素柰互高低。

雄鴨頭波與岸平，平蕪宕漾午烟生。馬蹄只繞雙蝴蝶，應是春來未入城。

上親常雩于圜丘侍直恭紀

待雨民心慰，燔柴穀實祈。自郊歌亦亟，如帗舞應希。海漫升紅旭，天休斂碧霏。我皇勤善歲，百度有精微。

恩榮宴上作

日照槐陰覆露臺，恩霑闕下萃鴻才。大官光祿鋪筵定，小隊和聲薦樂來。卻憶簪花過一紀，還因糊卷預三杯。昇平盛事文明象，起向紅雲祝上台。

題陳孝廉鍾琛讀書圖

韓子因文而見道，宋儒載道以爲文。十年窮達且須較，五畝竹蔬誰與分？尚友豈無天下士，崇朝方有泰山雲。逡巡若可東隅補，喚起初心又共君。齋之楹貼舊人所集句：「五畝雜蔬，五畝種竹；半日静坐，半日讀書。」遂漫著第四句。

夏至上祭地于方澤陪祀恭紀

分祭元郊定，爲壇太折沿。皇穹儀器匹，列祖德功縣。治本元封邁，風還八變宣。禮神施聖敬，備職拜嚴躅。

題孫上舍景元遺像四首

京兆來重試，秋風又獨歸。告予身已病，贈子口多欷。明月一宵隔，逝波終古違。長昆還此寄，癯貌未嘗非。

怪底滇中客，悠悠六度霜。人元各春夢，天本易斜陽。食粟爲騏驥，棲梧有鳳凰。彼皆才與命，著處不相妨。

風雨憶雞鳴，扶持到藥鐺。漫論師卽友，頗覺弟隨兄。過眼空花色，歸根落葉聲。舊曾商白黑，今且孰枯榮？

孝行傳槐市，儒門重尚湖。青山遺語永，伯氏卜藏俱。顧我存斑白，將何對藐孤。迢遙數行淚，忍便灑于圖。

題齋壁

讀書難得三篋，爲善有如十郎。老矣成非畫虎，時哉補及亡羊。

觀荷同圖塞里侍讀圖鞳布博爾濟特中允博明翁中允方綱

右安曉出望村烟，祖家亭子風颯然。內城外城各擔榼，水北水南如刺船。甘瓠花白豆花紫，慈姑葉尖荷葉圓。侍讀說京師小兒唱云：「慈姑葉尖尖，荷花葉兒圓。」殊可聽。樹蔭分坐滿香氣，一陣鷺鷥飛過前。

重過萬泉寺

舊識招提在，春光十五番。蘚碑平作礎，風柳老當門。漠漠田分畦，清清水近源。西山晴更翠，更去眺西村。

飯田舍

土阜修蛇蟄，金都麗澤門。環爲貴家塚，背得野人園。蟬語碧千樹，藕香深一尊。僕夫芻既秣，且莫告還轅。

顧列星：皇都野趣，領聯寫出如畫。妙在以古體句入律中，淡泊自然，似人之口頭語。頸聯則晚唐人能爲之。「藕香」五字亦煞佳。

大慈觀音寺拜瞻聖祖仁皇帝御書藥師經敬賦

紙坊曲曲菜園寬，來趁鳴蜩五月寒。薜荔陰濃知雨露，琉璃光淨見龍鸞。鴻慈上藥沾寰海，佳節青郊駐玉鑾。取次住僧應禮曬，秋陽高處爇栴檀。

雨止移葵

雷殷檐聲滴，庭虚水氣涼。憧來芟草碧，手自種葵黄。低覆承秋露，孤生向太陽。渺然思曷極，江外故園荒。

問紀侍御病起

踰月不相見，閉關知若何。藥爐人旖旎，禪榻晝婆娑。冷雨吹高柳，輕烟長緑莎。雞聲隔遥巷，命屐未能過。

近藤元粹：三四佳則佳，未免微瑕。

答紀侍御示新詠

一卷詎寥寂，萬端何慨慷。紅塵難歇馬，青鏡不消霜。共命鳥安樹，宜男花入房。明朝定來賀，亟爲注糟牀。

吴應和：「紅塵」十字，極老鍊，饒有感愴，不同尋常贈答。

近藤元粹：三四全脫清人窠臼，大妙。○「共命鳥」、「宜男花」，亦奇對。

漢敦煌太守裴岑祠刻石拓本文云：「惟漢永和二年八月，敦煌太守雲中裴岑將郡兵三千人誅呼衍王等，斬馘部衆，克敵全師，除西域之災，蠲四郡之害，邊境乂安。振威到此，立德祠以表萬世。」隸書。

漢撫西域扞北虜，敦煌最要據兩關。虜之寇鈔若呼衍，展轉蒲類秦海間。陽嘉四年侵後部，掩擊不利于勒山。朝威稍損甫踰歲，豈識裴守全師還？絕漢且令心膽破，防秋何媿甲冑擐。我思范書撰西域，安帝末採長史班。班勇，班超之子。陽嘉而後班未記，此事可補初非刪。方今聖德廓無外，八屯萬落耕桑間。巴里坤南三里近，完好石墨來煸斕。碑初在巴爾庫勒城西五十里，地名石人子，以碑上銳下大，望之如石人也。雍正七年大將軍岳鍾琪移置將軍府。十三年撤師，乃移置漢壽亭侯廟。嘉峪關西古石刻之可錄者祇兩種，其一《唐姜行本碑》。《姜行本碑》邈未見，涼窗獨對斜暉殷。

顧列星：序事簡括。

朱休度：七言。十五刪。

送吳舍人寬南歸兼懷陳侍讀鴻寶

一尊醉秋圃，明月五年過。芍藥老華省，故山生薜蘿。新安江見底，淥水曲聞歌。儻值西陵侶，知予嬾若何。

齋日對雨

建未月成魄，立秋風作涼。心遊近畿野，目爽倚林堂。浸水遺蝗盡，鋪烟晚稼長。惟馨感清廟，早賀億人康。

教習庶常館攲器圖歌和翁中允

三皇五帝傳侑巵，孔子嘗觀仲子隨。或云魯廟或周廟，又說周公始作茲。中正滿覆虛則攲，注水挹損弟詔師。治適乎道寓乎器，譬成難守盈難持。玉河隄西閉葳蕤，高館肄業笙簧吹。翰林儲相天下任，陳圖式訓理亦宜。要如蘇易簡所對，豈直臨孝恭是爲？宋翰林學士蘇易簡內直，試江南徐鉉所作攲器，對太宗曰：「日中則昃，月滿則虧。器盈則覆，物盛則衰。願陛下持盈守成，謹終如始，固萬世基業。」隋臨孝恭著《攲器圖》三卷。殿廷密坐代有之，周廟者迄東京貽。漢末不存絕舊制，杜預復創由妙思。本殊雲雷與饕餮，何取仙人還水芝？後周文帝清徽殿前置攲器二，一謂之仙人攲器，一謂之水芝攲器。我欲見圖先見詩，君且弗頌更弗規。劉徽小注可刪卻，正覆攲分方寡辭。

翁方綱：此在癸未予教習庶吉士時作。不但壬申初入館所作已刪，即癸未之作抽草亦刪矣。是年邵鴻箴亦同充教習，坤一卻未同充，只和作耳。

朱休度：七言。四支五段。各有提韻，前四又四中，六又六後四。

秦二世刻琅琊臺始皇刻石詔書

秦皇刻石頌秦德，初嶧山，後會稽，辭皆不稱始皇帝。如後嗣，久恐迷，二世東行章盛迹。盡刻當年所立石，詔曰始皇帝所爲。從臣請可因明白，此刻乃是琅琊臺，泐餘幸免太武摧。前頌辭泐矣，今所拓者其陰詔書。李斯實從定斯篆，以勘本紀如瓊瑰。琅邪縣，渤海間，南登作臺俯衆山。畱三月，樂未慳。列侯倫侯名氏班，與頌功德塞瀛寰。徐市既遣盧生還，連弩射魚之罘灣。豈知星墜爲石黔首刻，其石雖銷亦垂式，東行之刻又何亟？

翁方綱：實不成章。○「泐餘幸免太武摧」：「幸免」云「不是。」

朱休度：長短句。五轉。極參差，極整齊。

題戴編修第元負米圖卽送假歸南安

廚火翛然近隔牆，請恩奉母買秋航。回頭曉月盧溝色，入手梅花庾嶺香。誰寫初衣曾負米，我思樂事只稱觴。太公鳩杖迎歸客，諸弟諸孫一草堂。

題阮舍人葵生秋雨停樽圖

八月長安雨望低，故林淮浦昨雙棲。塵生莫得杯重舉，意塞寧堪醞獨攜。河漢影連蟾影黑，梧桐聲雜竹聲淒。黃門未要詩兼賦，畫出纏緜理亦齊。

松石軒圖

杭州東郭平安里，元代褚君築軒此。莊居舊結西湖鄰，兵後來遷方外親。軒羅幾松覆幾石，松石間惟苔蘚碧。江岸峯峯映到籬，叔明寫卷高纔尺。圖今易去諸跋存，跋真圖贋思難諼。題篇釋子十居五，塵壒超然此軒主。括蒼有客苕溪遊，往訪竹所揖且求。遂銘其軒十九字，吉人之吉幽人幽。古括王奎爲撰銘曰：「松惟貞，貞可盟。石惟礪，礪可成。息遊是軒志可寧。」語溪張輿我同郡，詩好書還承旨近。秋陰開闔獨當窗，直爲松石懷家江。

朱休度：七言。兩二句一四句，又兩二句一四句，又兩二句。

讀明鳳陽陵碑

朱家爲農居是方，天災流行疫且蝗。皇考妣終孟兄亡，田主之兄與地葬茲良切。葬無棺槨但惡裳，土掩三尺奠無漿。孟嫂攜幼東歸鄉，仲兄哭別各避荒。送寺爲僧老母汪，寺主兩月俄封倉。帝乃遊食百無長，浮雲三載二十强。長淮盜起民攘攘，既歸還寺居三霜。而又雄者矜跳梁，初起汝潁次鳳陽。友人寄書云趨降胡剛切，憂懼覺者將聲揚。無已試與知者商，往禱于神神默相。卜逃卜守皆不祥，就凶則吉降附城陳羊切。元兵討罪攫再驤，解圍以去帝控韁。出乎南土舒而光，逾月集眾幟蔽岡。攻滁守滁事業匡，思親詢舊日慨慷。仲妹逝矣遺甥雙式莊切，可憐見舅如見孃。孟嫂兒女亦來傍，仲歿婦寡野持筐。兵間團聚如再生師莊切，于是有家家小康。羣雄竝驅食不遑，暫戍和州渡大江居良切。首撫姑孰禮是尚辰羊切，遂定建業師張皇。上帝謂元政不綱，全畀所有歸興王。議改薄葬卜弗臧，起陵告竣侯吳良。帝時秉鑑窺顔蒼，艱難自述銘皇堂。劬勞欲報惟烝嘗，一無粉飾詞黯傷，儒臣何取能鋪張。

朱休度：《柏梁》。七陽。檃括不自作。

觀敦交集冊子

元季明初，上虞魏壽延仲遠輯其三十年所友人酬贈之詩也。淮南潘純，錢唐沈惠心、陸景龍，永嘉李孝光、高明，天台陳廷言、毛翰、朱右，暨陽陳士奎，剡川王壚，會稽王冕、陳謨、唐肅，山陰陳敬、趙俶，餘姚鄭彝、張克問、徐本誠、宋元僖，上虞徐士原、嚴貞、俞恆、徐以文、則文，不著地者于德文而其弟弱，凡七十六首。吾鄉朱竹垞先生嘗藏是冊，手錄王冕、唐冕、李延興、戴良、凌彥翀、釋宗泐詩爲仲遠者各一首，補於後。

伏龍山瞰夏蓋湖，魏家有堂三伏無。竹環千畝青模糊，有齋有樓山不孤。合名竹深深自娛，仲遠能詩兄弟俱。朋來擊鮮提葫蘆，酣燕連日聲咿唔。見貝清江《竹深記》。唱酬歲久集成此，篇篇題與仲遠氏。閒書至正并甲子，前如丙戌後乙巳。紅軍香車亂方始，至正十一年辛卯，劉福通、徐壽輝等兵起。佳水佳山愁滿紙。浙東海氛況尺咫，辛苦平安各料理。鄭彝乙巳句：「亂離時世全高潔，淳樸山川似古初。」王壚至正廿五年句：「也應清曠風塵外，誰道邊城尚繹騷？」乙巳即廿五年。他如凡涉憂亂者當在辛卯後。趙俶和《入邑感懷》云：「閉戶十年方入城。」當在庚子後。至高明「吳門亂後逢梅福，遼海來時識管寧」，當在二十七年丁未後。是年明祖破平江，方國珍降，浙東西甫寧靜也。題稱處士或徵士，閉門憂時曠逾紀。兵後芝書孰云喜？高僧金陵既覲止。唐肅入朝擢文字，宋僖朱右竝修史。白頭半白早還里，不盡山雲與湖水。二十年庚子之題猶稱處士，而其稱徵君、徵士者不一。玩陸景龍云：「喜見芝書徵國士，尚聞蕙帳隱山人。」釋宗泐云：「去年聽詔來京國，識君臉紅頭半白。」是洪武初徵書及之，至金陵即歸也。唐肅《七月廿日翰林東署》有「懷竹深高隱」。肅，元嘉興路儒學正，洪武三年召修禮樂書，擢應奉翰林。文字時寄仲遠，猶稱高隱，是未嘗仕也。宋元僖，《明史》作宋僖。驂鸞翳鳳翩塵樊，見山欄檻高出園。疇昔鉅公踵其門，文貞二十四世孫。見宋文憲爲仲遠作《见山樓記》。集首孝光老承恩，鐵崖雲林詩共論。金粟玉山交亦敦，蕭蕭何似筍深軒。李萱主顧仲瑛家。「筍深軒」，王冕題之。蓋「竹深」一曰「筍深」也。

錢儀吉：此卽訂正竹垞之誤。覃翁謂公不敢背竹垞者，何必然。

朱休度：七言。句句韻。三轉。前八句平，中十六句仄，後又八句平。

題顧侍御光旭春風啜茗圖

卻取杜陵語，爲圖披遠情。月團韓諫議，龍腦蔡端明。石鼎閒中得，春風靜處生。知君二泉近，乞我一甌清。

題王石谷臨郭恕先湖莊秋霽圖

坊西桐嶼購佳本，諸編修重光。烏目著色倣恕先。坊南莘畬送長句，蔣編修士銓。更若畫出湖莊然。浮雲偶辭山水國，快意每值屠門前。借書及余亦眼福，說偈向佛猶塵緣。石路東來仄壓岸，人家北望疎依堧。高臺小樓波面隔，茶竈酒庫林陰連。重重荒汊隱略彴，短短碧岫生蜿蜒。如斯架構境可得，所難老樹叢秋烟。摩挲合抱自毫末，爾數百年我百年。亟欲移株乏奇術，頻經掃葉成幽悁。郭君擅場衹在此，況夾萬箇篔簹鮮。迥知宿雨貯清氣，遠見戴笠遊烏犍。攜笻相將問剝啄，撒網定已登鯽鰞。

三人不速坐凭檻，且賺一角斜陽天。

翁方綱：是日在坤一齋同讀蔣作，今日與蔣作又同讀，皆不佳。庚午八月三日。

朱休度：七言。一先。

觀史閣部像及家書

聖朝實錄捷聞登，殘局江南勁草徵。間道潛蹤無是事，同城抗命有其朋。載以充《續文獻通考》纂修官，得恭閲世祖章皇帝實錄。見順治二年五月己酉大書定國大將軍和碩豫親王多鐸等奏報，四月十八日大軍薄揚州城下，招諭其守揚閣部史可法、翰林學士衛允文及四總兵官、二道員等，不從。二十五日令拜尹圖、圖賴、阿山等攻克揚州城，獲其閣部史可法，斬于軍前，其據城逆命者竝誅之。今此卷題者謂當時江南傳史閣部潛逃不死，至或見之閩海間，然後知草野流聞，不足信者多矣。死前四日家書在，書云：「人心已去，收拾不來，可法早晚必死。」末云四月廿一日寄。按《明史》本傳，作書寄母妻在二十日之明日，當即此書。生後文山母夢曾。烏帽紅袍誰貌得？目光猶見骨崚嶒。

錢儀吉：「生後文山母夢曾」：「後」字商。辛丑。

題蘇文忠公墨蹟卷

卷云：「或謂居士：「吾當往端溪，可爲公購硯。」居士曰：「吾兩手，其一解寫字，而有三硯，何以多爲？」曰：「以備損壞。」居士曰：「吾手或先硯壞。」曰：「真手不壞。」居士曰：「真硯不損。」紹聖三年十月臘日，眉山東坡軾。

嘉祐寺，合江樓，又卜白鶴之峯頭。先生何爲不憚煩，念念塵塵同一漚。今朝對客說所見，真手非手硯非硯。生滅垢淨增減空，不了真如不方便。說硯猶硯北，渡海復海南。荔支那必三百顆，又看一手寫字桄榔庵。

翁方綱：此卷是何家郎持來。無收藏印，未必真。

錢儀吉：公於禪語不甚經意。公自言喜禪，亦寓意云爾。

題吳秋曹巖畫范氏古趣亭冊子

會稽賀家湖，寬可五十里。伊人結書樓，竹樹臨其涘。有池菡萏生，有石陂陀起。有亭箬笠空，放矚極雲水。曰從仕上京，回夢渺難企。有友日同僚，縮之遂盈紙。稷山既嵯峨，偁山復岌嶪。兩鬢如一鬟，奄冉明鏡裏。過雨撈鰕多，入秋剝芡美。莫令碧浪湖，引緒紛連此。秋曹家湖州。

范侍御棫士出觀高舍人奮生所藏明錢郎中貢畫陶靖節歸舟泊岸竹扇用題者韻詠之三首郎中自題于前，後高檢討承祚題之。檢討，舍人高祖。

豫章封首郡公賢，得酒惟應付醉眠。便不駿奔程氏妹，也難束帶督郵前。義熙二年十月論匡復功，封劉裕等。而靖節之自免去職在十一月。

義熙尚及二年末，松菊聊歸三徑中。不斷潯陽江上水，憑將心過石頭東。董文敏題云：「恨殺潯陽江上水，隨潮還過石頭東。」

小范攜將半月斜，古懷須不爲陶花。舍人自是名家後，藏弆猶多故物佳。侍御有淞南小范印。錢儀吉：董文敏題云：「恨殺潯陽江上水，隨潮還過石頭東。」下評云：「香光有此十四字，不愧大名矣。」錢聚朝：佳，嘉。

觀趙文敏倚柳士女

高枝細葉春何限，風䩮腰支露舒眼。人來獨倚緗紈輕，年可十八應卯生。依依仰面無嗔喜，漠漠看天有雨晴。數行幓首東維子，一曲吳聲鄭聲似。鐵篴爲長卿書云：「小娃十歲唱桑中，盡道吳風似鄭風。不信柳孃身不嫁，真珠長絡守宫紅。」其《和蘇臺竹枝》之末首也。穠華欲落愁青蕪，丫鬟畢妝誰與俱。卻怪王孫砂印好，未曾題作柳孃圖。

錢儀吉：後語本義山。

朱休度：七言。四轉。皆先二後四。

湘江過雨卷歌

舒舒素繭四三丈，颯颯秋濤百千榦。迸石緣陂時蘸影，石陂兩兩湘江岸。雨葉則墜雨枝同，叢生者叢散生散。淡濃如出芷蘭間，一角天青雲破半。勾餘老拙司空史，輔導皇儲內相段。每因齋宿主其家，遂乞墨君供所玩。勾餘一拙道人史琳畫，自跋云：「內相段公好古，余叨陪祀太廟，時主其家。」嗚呼時方十二年，東殿九歲儒臣宣。孝宗恭儉宜克繼，朱壽之漸何紛然。雙林大伴後藏此，首尾鈐印猶紅鮮。金甌不名在爾汝，玉軫既罷看嬋娟。大方印二：一司禮太監雙林馮保收藏書畫，一總督東廠兼掌御用監事司禮太監雙林馮保圖書。神宗嘗賜保牙章曰「爾惟鹽梅」，曰「汝作舟楫」。保善琴。宮門鐵牌弗兢守，毒乃數世流中涓。嗚呼題句見忠彥，資政亦述猗猗篇。吳寬、傅瀚、曾鑑、李旻、王華、張寧、李璲、張達爲之詩，資政大夫、太子少保、禮部尚書徐瓊爲之文，謂段申《淇澳》之義以輔導，則養正而聖功在是。按：吳文定侍武宗東宮，宦豎不欲太子近儒臣，數移事閒講讀。公疏言：「太子，天下本，應離近習，親正人。」曾太保武宗初與韓忠定等請誅太監劉瑾等八人。

翁方綱：此卷朱竹君持來。此詩亦未寫入卷內。

朱休度：七言。前仄後平，各十二句。

擘石齋詩集卷第二十七

小華陽歌

明代華亭高檢討，磬山之石爲筆山。第八洞天覩髣髴，羣仙門闢羣峯間。大茅最高屹南立，中茅小茅西北環。上館洞西大茅對，中館下館尋松關。東西楚王澗相隔，合流洞水疑琤潺。積金峯小實磊砢，龍池蜥蜴飛應還。上洞下洞極蚺蛀，七八洞透兼升攀。豈惟泉東崖若劈，深入幾步窮源艱。横亙三寸高及半，陽陰僅寸羅孱顔。最高之陰白玉片，晃朗霶霴心爲閒。數傳未落廣濟庫，吳鎮非我圖猶慳。試摩長史左紐檜，采藥便踏秋苔斑。

錢聚仁：顧選復刪。

朱休度：七言。十五刪。

觀文待詔忍齋圖卽用其題忍齋詩韻

誰能九世同居室，古有三緘是慎言。圯上應從老人得，淮陰豈見少年存。營丘山負澗邊屋，處士雲遮松下門。我昨適逢京兆記，也於懲窒一相論。祝希哲所作《忍齋記》，嘗于別冊見之。

倪文貞公畫冊歌

畫山非山水非水，畫樹非樹石非石。胷中有物不得消，墨海鯨波隨戲劇。制實制虛力籌策，朝端祭酒俄掃迹。廉隅砥礪應時須，真氣滂流閒可惜。我今見畫如見公，世間藤蘚哀其窮。冊皆自題，其一云：「石介已極，木淡無過，世間藤蘚，將若之何？」

朱休度：七言。三轉，兩仄四句，一平二句。

吴應和：文貞仕思陵朝，爲時宰所忌，退歸閒居之日居多。此時求治雖急，而正人君子不得與聞國政，漫圖樹石以遣窮愁，作詩者所以深惜之。

近藤元粹：賴云：瘦堅樸老，洵稱此題。余藏倪公真蹟，未嘗得其畫，得隴望蜀，唯仰止而已。○石介木淡，竟然無奈世間藤蘚草芥，何古今同嘆？

題鍾安人繡詩圖

蔣公力貧養，蓋自其少時。那舉前後喪，出用法家書商之切。栖栖將五十，始娶今安人如之切。中復挈室行，母嘗自教兒。七十乃息遊，風義晉人知。方其歲十九，梅花傳十詩。巖阿命早受，烟火根頻移。句有云：「移根避烟火，受命在巖阿。」讖成畢生迹，志行多瓌奇。安人篋遺藁，宛轉繡以絲。絲絲記傳心，心心子孫規。讀其祭夫文，何啻如寒梅莫悲切。子昨官翰林，奉母來京師。還張舊所圖，頭角諸孫嬉。仰瞻念爾祖，迴式安人儀。世間重嘉樹，不在開花枝。結實以甲拆，生生理永貽。毋忘冰雪共，歲有春風吹。西江自渺瀰，西山自厜㕒。

題沈啓南桃花書屋圖圖于其弟繼南未亡前二年。又三年乙未補題云：「桃花書屋吾家宅，阿弟同居四十年。今日看花惟我在，一場春夢淚痕邊。」

畫付東園阿弟初，啓南《松卷爲德韞弟作》云：「東園阿弟看落筆。」穠春計那卽華胥。真成觀裏來前度，「觀裏又來劉禹錫」，啓南《落花》句。誰復山中伴隱居。元玉挐舟歸里久，太丘扶杖說經餘。愛其未老拈毫細，花擁青峯峯遶廬。題者陳孟賢、徐有貞。陳爲陳五經子，啓南少學焉。而武功于成化乙未正冠帶閒住。「粗文細沈」，吳下語。沈畫多粗筆，是幅乃中年之入細者。

錢儀吉：「阿弟同居四十年」：「十四年」，原作「四十年」。恬齋嘗見是圖於餘姚諸氏，告余云然。己巳九月二十六日夜記。今修板改「四十年」。○五六未免闌入，幸有第四句領起。

題沈獅峯山水卷二首

仄徑都無賸客，高松別有虛窗。峯陰諸澗成瀑，橋下一溪出江。

康熙壬午圖就，恰六十年到今。老矣我生戊子，不緣居士關心。

觀米南宮虹縣詩墨蹟

行書九十一字。虹縣舊題：「快霽一天清淑氣，健帆千里碧榆風。滿船明月同書畫，十里隋花窈窕中。」再題：「碧榆綠柳舊遊中，華髮蒼顔未退翁。天使殘年司筆硯，聖知小學是家風。長安又到人徒老，吾道何時定復東。題柱扁舟真我矣，竟無事業奏膚公。」後有大定十三年燕臺劉仲游景文跋云：「其從姑之夫天官侍郎田，自兵火間獲米蹟數軸，廿餘年乃歸仲游。此其一也。」

江月江花書畫來，汴隄新綠半如苔。國尊小學人徒老，心恝膚公首重迴。快劍寧惟斫蒲葦，清風適已向蓬萊。茶甌啜罷頻伸展，僥倖田劉幾劫灰。

錢儀吉：「心恝膚公首重迴」：借古語寫今情，昔之作者皆如是。

鄭遂昌小瀛洲記墨蹟

真書出左手，小卷披高秋。乃知我禾郡，有水如瀛洲。兵興在元末，江表方遷流。茅山沈道士，焉能守玄丘。避地聽潮里，海濱適偏幽。鑿深曰瑤池，竹屋華檻周。扶桑朝激射，象緯宵沉浮。羣峯青玉案，鴻洞横南陬。道士號秋淵，名澂仙則修。舊山白雲觀，劫火空回眸。癸卯季冬望，壁嵌文是留。令人思其處，沙鳥多翔鷗。

汎舟至慶豐牐

自住京華未汎舟，吴儂聊習水鄉遊。牐邊刻記曾燕石，山下疏源尚白浮。坐對岸蘆花欲雪，行尋園菊蕊方秋。借人亭子傾吾榼，衹覺風林不可留。

庭菊盛開諸君過飲有賦因寫墨花卷請各書之題後二首

鄰園有菊發春苗，乞取親裁百本饒。詎藉竹扶將綫紮，自禁苔臥任風搖。逸情遠性流塵辟，老樹空庭眼界超。幾夜微霜爭放瓣，也知催我酒人招。

坊巷非遥去復來，笑顔已賺對花開。津門縱少今年蟹，菜市能賒臘月醅。便趣寫生翻舊稿，全憑詠物鬬新裁。從容贏得同朝誼，小卷留看記此回。

錢儀吉：卷今藏于家。〇三四親。〇栽，栽。

題紀侍御復亭滁硯圖

元章癖硯又癖潔，宿墨自滌人圖之。君今所癖兩不染，横卷倩作將何爲？武康溪長三百曲，流到君舍清漣漪。讀書一硯磨若鐵，歲晚欲黑王孫池。嘗于湖州府治東訪趙文敏蹟，過其墨池。既官翰林改御史，簪白詎獨工文詞？協毗聖世暉執憲，忍媿舊硯辛勤隨。國家元氣眾培護，言者尤審蒼生宜。澡躬洗心勉如此，顧硯亦曰無苟私。西山泉脈城南陂，敢傚我友臨烟涯。螭坳幸從珥筆後，祓濯頻遣陶泓知。

朱休度：七言。四支。

題張編修坦荷淨納涼時圖

小榭冰盤待薦，單衣羽扇停麾。坐深柳影遮晚，聽寂蟬聲曳遲。泥莫能汙淨拭，暑還自卻涼吹。紅橋一曲憑寫，何似三十平聲六陂。

集顧侍御光旭齋酒罷觀王侍郎富春秋色卷二首

詞家近賺酒邊春，商略深更短拍頻。著我特爲先至客，撩愁翻對欲歸人。蔣編修莘畬請假將南。此間保社成來偶，何日虛空畫得真？不用圍爐添獸炭，中庭起步月如銀。

麓臺石谷兩南宗，畢竟何人是一峯？釋子樓開會墨瀋，金剛杵落又秋容。侍郎嘗謂「使筆當如金剛杵」。故家再世香廚閟，卷爲勵文恭寫。生面今宵玉軸逢。莫怪雲烟嘗有錄，城鴉宿處已晨鐘。

臘八日雪集慕道齋賦

臘日沿季冬，宋維十月八。烹穀攙棗栗，卻寒競甜滑。高城雪宵飛，老屋禽曉嘎。快值粥之辰，遂來塗我札。麥苗濕齊生，蝻子僵盡殺。餓者免扶攜，都亭散鳩鶻。黄羊家供陘，丹首市逢帕。北闕耀穹窿，西山平峡圠。觴嚴燈欲灺，牖靜竹頻戛。春轉須二旬，饕風正宜刮。明年正月三日立春。

查太守禮見貽其粵西石刻拓本詩以酬之

七星巖訪棲霞寺，巖上詩劖見君字。我歸卻喜搨寄來，久黏齋壁頻掃埃。豈知今宵一束送，又十數種皆瓊瓌。麗江龍神福斯土，作廟禱龍若風雨。吾民襏襫士笠簑，迺立書院于江旁。魯論富教國二柄，守克端本方稱良。君愛黄詩寶黄蹟，宦遊適届黄所謫。龍溪祠成索我題，萬里箋傳楚南驛。三碑今在風義深，況乎常愜探幽心。行行横雲哽前句，渺渺受江亭上吟。古甑泉頭墨翻瀋，清音洞口寒生痒。嵐光土龍英州洞名葩翠山名太淋漓，遍拂苔花恣題品。只今太守歸以憂，十年志趣畱鑾陬。願君起得山水郡，刻石寄我長偕遊，人生莫負佳春秋。

朱休度：七言。八轉。參差。

集蔣編修士銓壽蘐堂分賦得攝山

請假奉慈母，卜居向秣陵。此酒别情遣，彼都勝蹟徵。衆峯圍窈窕，一峯高崚嶒。有草可攝生，采之盍先登？碧江下如帶，海日金焦升。東嶺鑿千佛，雲喬龕尚憑。西巖沈徐題，沈傳師、徐鉉題名。松密谿影澄。中間石浮圖，滿寺青霞凝。春風玉輅駐，天藻山靈承。清森祕景發，秀傑嘉名增。紗帽峯，上改名曰玉冠峯。昔賢宅嘗捨，邃谷言笑膺。今君家乍還，近市雞犬仍。出郭三十里，蹇驢爲我乘。拓寄侍書墨，使如偕訪僧。南還寶歆羨，豈惟和氣烝？想像林壑美，夕翠摇窗燈。

題蔣編修歸舟安穩圖

廟堂才不乏，星鳳世皆覩。館職壯盛纔，如何去猶愈？有母荷恩勤，無家恐風雨。乃卜傍鍾陵，將爲始遷祖。述德吳興郡，避亂鉛山塢。先公賦遠遊，盡室嘗險阻。獨子命更相，《陳情表》：「更相爲命。」老懷指僂數。故林少立錐，新壘難畫虎。在北亦晨昏，維南尤水土。不然素餐飧，誰謂嗟杕杜。俶裝托丹青，首塗具篙艫。安坐太夫人，兒婦諸孫聚。忠孝莫得兼，紆迴蓋自古。英英葵藿姿，眷眷太陽午。明當下潞河，早便過淮浦。天月一兩圓，驛楊千萬縷。迢遙望所思，髣髴啓爾宇。嵐光照前楹，江聲遶後圃。籬短竹旋栽，階靜蘭斯吐。祠中潔豆登，廚下雜甖甒。內舍機九張，外塾書四部。身還親細事，足豈入公府。祇愁丘壟隔，頻返松楸撫。薄置太傅田，詳作宮師譜。空言僕寤寐，實際君規矩。單舸判行藏，百憂恬仰俯。雖欣得萊衣，終悵失鴻羽。昔則佳士佳，今其腐儒腐。教授若于鄉，報時非小補。丈夫結束初，頗各圖建樹。

錢儀吉：「空言僕寤寐，實際君規矩。單舸判行藏，百憂恬仰俯」：深厚。○「頗各圖建樹」：「頗」字意未喻。

甲申

錢儀吉：五十七歲。

試燈詞八首

咬春過了便薰天，排日看他勝事連。糊取老人燈一盞，鞠躬端爲賀豐年。
今朝特地兆豐年，小雪挼花夜景鮮。說與姮娥教玉兔，十分準備打頭圓。
戴儀部家春餅香，卷簾來共少年嘗。飄蕭髪耐懵騰醉，倍惜燈光與月光。
鳳城好景逐年增，況近元宵喜氣憑。藩服朝正行錫宴，御園趁曉已張燈。
燈光須與月光逢，後夜雲光定不濃。願雜小兒敲畫鼓，太平聲只報鼕鼕。
冰獅汲水凍當街，火判臨風亦復佳。總遣蠶桑真百倍，來朝未害續《齊諧》。
新燈那必舊燈同，新句難如舊句工。可可糟牀酒新醡，大家堅坐及春風。
靜巷幽坊佇玉輪，驊騮蹀躞憶香塵。走橋百病能消卻，催促三三五五人。

董大司空齋觀米敷文海嶽庵圖

米老東岡京口居，翟公出郭題詩初。元暉今但憶其半，畫就別幅跋且書。亦知天地猶人寰，東岡所見之江山。白紙是雲山是墨，羣峭無石江無灣。雲連雲斷峯合分，接空水氣皆如雲。令人見墨不見筆，透背隱現曾無紋。屋處一角海嶽庵，瓜步北岸望者南。舊遊苔磴近可歷，何日酒榼重相擔？米老宅圖自畫嘗，庵西巖高曰朝陽。竹風梧露極天趣，中有堂曰早來堂。後書庵賦并五詩，此卷安在夢想之。銘心尚許探鴻寶，卽事真憐繼虎兒。

翁方綱：「亦知天地猶人寰」：句不可通。○「纔」、「嘗」等字押入句尾，畢竟不好。

朱休度：七言。六轉，每轉皆韻。

次韻寄答德州沈倅天基去年留別之作二首

萬里歸來有鬢華，三秋京國對霜葩。不辭渤海還爲吏，也勝牂牁更挈家。

近藤元粹：有委曲慰喻之意。

小橋深巷昔相過，辛苦蟲皆食蓼何？容易尊前成破涕，江園舊雨已無多。

近藤元粹：第二難通。

佚名：回顧存亡，愴然傷神。

三月癸丑上親祭歷代帝王廟陪祀恭紀

章皇禮初秩，仁廟典加隆。先帝鑾臨屢，兹辰爵獻同。順治十四年正月，定親祭歷代帝王儀。二月丁酉，世祖章皇帝始親祭。康熙六十年詔增定歷代帝王祀典。六十一年十二月始增定。雍正二年三月丁丑，世宗憲皇帝親祭。暨三年九月丙午，四年二月辛卯，五年三月丁酉，七年二月壬午，凡五行。上乾隆三年九月乙卯，九年二月己巳皆親行。巍峨方飾宇，肅穆遂承躬。鑒古心惟貫，乘乾德愈充。匡平聆曉奏，神具悦東風。

查太守禮招同曹參議秀先楊中允述曾申光禄甫饒編修學曙許農部道基蔣編修士銓吴吉士省欽汪舍人孟鋗趙舍人文哲接葉亭看丁香花分韻得落字

彌旬不見君出郭，遠宦歸鄉寒食作。縣來上塚拜青山，草露松烟卻關樂。繡陌生埃鞭馬轉，丁香啓院繁花著。冷過二月春趲催，枉擲千林好跗蕚。綠痕亂染成堆石，斜景低籠欲乳鵲。酒困連朝君不知，亭前遂以羣公約。碎玉圓璣翻葉嫩，紫雲白雪擎條弱。荒荒粤嶠一樹無，冉冉燕臺十年各。麝氣霏微半露惹，風心駘宕多真錯。未能容易共闌干，只合留人看到落。誰更郊園雜芳賞，吾將墨繪餘情托。剪燈直得一懵騰，明日街頭賣紅藥。

朱休度：七言。十藥。

錢儀吉：同韻法。

程舍人晉芳招同劉學士星煒朱編修筠曹編修仁虎汪舍人孟鋗家學士大昕飲紫藤花下分韻得紫字

立夏已近風信闌，老藤含苞還坼蕊。我無一架晴壓檐，君有百壺宿擔市。懶癖褎回適先造，蕭齋正復關名理。像懸初祖袈裟紅，花覆中庭瓔珞紫。輕雲度天不漏日，蜂蝶去來人坐起。透鼻繁香斜卷幔，當頭密影評鋪几。玉山可頽春倍惜，勸醉未覺流光駛。但息塵蹤自冷喧，便飛雨點何嗔喜。卻憶童時村圃曉，高榆婁絡飄新綺。看穿白練擁烟叢，攀雜黃薔翻露水。臭味原於野人合，豆苗菜莢聞都似。放梢鄰筍儻笑余，京洛尊前鬢絲絫。況對佳辰懷淡漠，難及羣賢詞旖旎。花陰且要月同眠，月上定應花曰唯。

朱休度：七言。四紙。

錢儀吉：低徊流連，風神掩映，句法亦多可學。〇一結未安。

題文君印

每恨卓女曾好音，後來乃賦《白頭吟》。奩具今傳厥私印，赤銅龜紐方半寸。未知用此定何爲，錦裹猶憐土花嫩。相如之名慕相如，卓女卓女誰慕諸？世無同名鼎豈贋，摩挲可奈落花餘。

朱休度：七言。三轉，一二、二四、三四。

朱編修筠招同人過給孤寺東呂家看紫藤花歸飲其宅限三字賦長歌

震雷驟雨昨竟日，曉望不得行趁趲。但滋五穀近畿足，儘飄萬萼奔渠滰。所期終想紫垂架，泥滿韡韈何以堪。須臾日氣破雲氣，次第巷北投巷南。清清無聲古堂一，鬱鬱有陰老本三。東西雙立大于樹，臥者蟠屈身生蕈。青旻歲現寶瓔珞，凡幾小劫鄰瞿曇。蔓延散走正磅礴，粉墜濕漬猶䭾䴼。未來頻訊市中隱，將去復臨石下潭。躊躇乃當把君琖，顧笑覺太今朝憨。明燈已張影還聚，吾徒申誠如醴甘。莊則不親狎則簡，赤以染朱青以藍。靜思帝里人舊植，先數吏部聽曾探。海波寺傍亦彷彿，竹垞屋處餘毾㲪。呂家謂真元代物，大德題字年誰諳。替花爛漫索新句，屏後又坼黄磁罎。

朱休度：七言。十三覃。

錢儀吉：此勝紫字篇。

觀李伯時畫驪山老母與李筌論陰符祕文紈扇高宗小楷書《陰符經》于後幅

杖扶右手鶴髮鬆，左顧指與人鞠躬。微焰樹根俄燀爆，茂陰烟裹本蘢蔥。伯時舊物儲行在，紈素團團分面背。妙絕鍾繇隸畫傳，數行未讀爲心慨。岧岧一德方格天，孰是將然孰未然？鳳皇山翠濃于畫，汴水無聲落照邊。

朱休度：七言。三轉，各四句。

吳應和：高宗信用秦檜，君臣契合，安於湖山一角，無恢復中原之志，意深責之，語特含蓄。

近藤元粹：賴云：將然未然，與陰符相關而已。鳳山、汴水、一德閣並無交涉，如何？

趙希遠荷亭烟柳紈扇高宗題詞後幅云：「雲霄遺署洗回塘，荷花積漸芳。柳陰一帶遶宮牆，春鉏過柳旁。風力遠，日痕長，窗中絲與簧不妨。佳句滿殘陽，閒心轉更涼。」

憐絕扇紈如月大，銀塘一曲牆一帶。碧籠絲縷柳成烟，粉點隻雙鷺穿靄。塘下藕花花上欄，欄中人坐對吹彈。花風將晚晚逾靜，人意自涼涼未寒。況于德壽邀佳句，書就雲霄曾進御。分明南渡幾何時，約略西泠不知處。

朱休度：七言。三轉，各四句。

錫壽堂燕席作四首同徵劉相國繩庵、陳通政句山、申光禄笏山、楊中允屺山暨載集王太守礪齋宅。

仁廟平海寓，制科雅化覃。憲廟光盛軌，舉士詔至三。我皇初元啓，復詔幽遐探。羣材集闕下，劉公來江南。褒然試第一，政府于今參。武成錫宴後，萬國彌樂耽。從容叶佩玉，小大端朝簪。槐陰靜首夏，雲色濃西嵐。庶幾式懇款，庖潔醴且甘。

徵車遍諸路，先後舉者二百六十七人：滿洲五、漢軍二、直隸三、奉天一、江蘇七十八、安徽十九、浙江六十八、江西三十六、湖北六、湖南十三、福建十二、河南五、山東四、山西三、廣東六、陝西四、四川一、雲南一。膺選十九人。只今數上聲偕進，朝則銀臺陳。豈無歸田儔，遠在江湖濱。況乃還山侶，寂寞半以淪。其間甲乙科，先後相拖紳。崇霄信翔羽，廣陂樂萃鱗。文章竝特達，事業難等倫。奈何星再周，落落還向晨。賤子晚通籍，鬢華强當春。迴憶公車録，眷然陪茲辰。

光禄舉布衣，既而孝廉仕。中允第二人，相國同州里。科名與官職，我寧屑屑齒？入座惟數公，纏緜能不爾。廷尉適養痾，掩關詢初起。參議叔秏聞，樂歌方輟耳。敍王、曹兩公之未至。盍簪非屢占，顧且睽尺咫。何以永今宵，華鐙照階戺。

己未五十人，曰惟文恭相。城南此舊堂，老樹鬱檐向。賢孫爲大郡，繼迹歲在壯。矧看子又才，兄弟早蓬閬。紫藤架乍緣，紅藥闌齊傍。撫景遘良時，聆譚挹嘉貺。緬自祖宗朝，迨今逾醞釀。羣公邁曩哲，賤子勉微尚。從來臭味親，亦可周旋曠。穹壤百齡俱，因之起高望。

題王農部昶三泖漁莊圖

君家泖上青九峯，我家澱上峯還重。老漁風與老樵雪，誰合輸君誰讓儂？

翁方綱：似老婆孃廚下鬭嘴聲。

前湖觀荷

鑿沼工兼賑，栽蓮淺更深。十分花澹竚，一角葉涼森。倒影遙山浸，澄輝碧宇臨。因瞻宸什好，傍柳動微吟。

爲韋編修謙恆題其先教諭鐵夫授經圖

經濟端由儒者出，儒家六經天下術。韋公經業信已傳，嘗作儒官時少匹。泗州爲壑賦夙蠲，半淤半涸中有田。潼安設衛征莫析，丈量詔下雍正年。儒官襄役條厥議，淤者涸者無蒙焉。大吏以聞衛斯撤，州賦得減踰七千。捕蝗賑饑況多效，博士非惟掌經教。先生自卻暮夜金，早有生徒化而孝。百雖一試心未寧，網羅眾家雙鬢星。丹鉛寂寥托畫本，尚望能讀人趨庭。自捐館後二十歲，賢子對策升青冥。豈誠蒙福天可信，興寐無忝韋公經。

翁方綱：「天下術」三字，不通。

朱休度：七言。四轉，一四句、二八句、三又四句，四又八句。

錢儀吉：劉文定有鐵夫墓銘。

送徐太守良之任夔州二首

粵西佐郡幾年餘，垂橐朝京日駕驢。此去又爲賢太守，相看原是老中書。許身慣越山川險，報國頻添鬢髮疎。荊楚上游全蜀口，耆民扶杖望旄旟。

名紙烏絲畫作闌，顏家非僅祿能干。乞君爲寫先公疏，贈我教畱後代看。灩澦瞿塘饒斷石，素書雙鯉有加餐。政成莫待懸車候，秋月蓴鄉共釣竿。

翁方綱：此卽其詩之可存者。

古意四首

瑣窗對鸞鏡，窗口花枝春。鏡非天上月，儂是月中人。

銅爐仿博山，瓷罐闔牙香。貴使熏籠下，一甌先置湯。
錦官元在城，濯錦卽名江。自然新織成，疋疋可無雙。
有情春自好，亦復向人前。繡鴛花落地，團扇蝶飛天。

錢儀吉：四首至今不得其解，不知何人可以就教。

題祝京兆吳郡沈氏良惠堂銘拓本

沈之諸孫演乞銘，銘而能書得允明。演先太醫立其名，明仁宗朝仕稍亨。上溯德輝彥才瑛，元醫學官遞有聲。堂褒御書宋思陵，曰良曰惠方伎成。被賜者名湮莫徵，家吳從遷自汴京。未南渡日沈已榮，良醫之惠德實宏。遠孫乃有中書君居鄉切，思陵蹟失祝刻憑。石又失惟墨本清，乾隆歲裴矢厥誠。我醫我儒寶我貞，沈之後賢其克繩，我詩亦銘毋再更。

朱休度：《柏梁》。八庚通。

張給諫馨編修坦邀同諸君郊遊

簇將車馬出南城，淺潦高塍喚步行。村色歲豐多喜樂，人家秋晚少經營。堆盤近採新蔬嫩，鋪席頻依密樹清。薄醉皆言今日好，賴君興發弟隨兄。

錢儀吉：第六句應前「步行」。

次韻金詹事入府丁祭畢與諸公飲福之作

儒臣禮意兩衙存，釋褐端由太學門。翰林院、詹事府皆立至聖廟春秋祭。幸以宮僚合坊局，左右春坊、司經局官之堂久圮，坊局官上任及鎖印借坐詹事府之主簿、錄事兩廳，齋宿輒聚府廨，茲丁祭日，俱詣府行禮。減于牛俎供羔豚。俸錢率出非年例，府坊局有視學者，留俸充公，則不醵金以祭。祭肉叨陪是主恩。老狀元今老詹事，憑將舊話後來論。

翁方綱：「減于牛俎供羔豚」：俗呼薦俎謂之上供，此可以入詩乎？

爲陶太守其憭題其先祖內翰成歸去來館圖

靖節先生栗里村，匡廬山色到柴門。塵中孰與膺高士，畫裏今知踵遠孫。內翰爲靖節三十八世。返服全家遺井竈，養親半世樂田園。況于講學傳醇行，合著流風起後昆。

錢儀吉：「內翰爲靖節三十八世」注校云：似失一字「孫」。

王祠部顯曾邀出右安門看秋色先夕得句

禮部官田歲有秋，聞君租穀爲徵收。掃塵野廟居相借，延爽豐臺目是謀。翻向郭中呼酒伴，甚於吳下作花遊。菊黃壓擔都趨市，恐卽盈籬半蕊頭。

錢儀吉：曲折奧衍如石然，皺、瘦、透。

訪菊

城中嬾癖何須解，野外秋英且欲看。疎密分畦無草亂，淺深汲甕不泉乾。高風老樹吹還綠，薄日遙山照已寒。村叟得錢憑拗取，數枝香氣帶歸鞍。

題藥根上人江干送行圖

飄然何事尚西東，猶說南來送別風。家近佛狸潮舊碧，堂開牛首樹今紅。勸君七祖禪應叩，笑我三湘勝未窮。岳頂壽藤親所劚，試將扶入白雲中。

飲商太守盤於聽雨樓

元年初見在京師，姑孰還題竹扇貽。觀化本來流水似，論心今有故人知。昨語次及胡三權威、王五受銘、萬二循初遺稿。高樓且永紅燈夕，老守先翻白雪詞。酒氣生春裘旋脱，任他檐外月娥窺。

哀女孫善安

兄已七齡萎，迢遥弱妹隨。一年嬰此疾，百藥問誰醫。我子南行乍，家山夕夢遲。傷心願歸骨，汝產在京師。

蘀石齋詩集卷第二十八

乙酉

錢儀吉：乙酉典江南鄉試。

錢聚朝：五十八歲。典江南鄉試。

王祠部攜示夏太常蒼筠泉石卷

青翠紛敷逸態生，多君惠我眼雙明。定然放斡追王紱，可又添梢服處誠。落澗紆迴石稜瘦，連坡掩映草叢清。想當棐几觀徵士，蕭散殊恢在野情。戴凱之《竹譜》：「條暢紛敷，青翠森肅。」卷爲林徵士文理寫。

上元日箭亭侍宴

上辛禮協上元辰，昨進春牛乍立春。旋蹕青郊陽氣達，疏筵曉禁寵光新。八旗創業中和播，萬壽勤家喜起陳。皆識尊親有同樂，廣霑蒙古及回人。

翁方綱：「乍」，當作「剩」。

錢儀吉：覃翁能解「上辛」句意，卽不以乍爲剩字矣。

三月四日展上巳集陶然亭

今歲耆耋言，稀值閏仲春。春芳乃逾百，自宜展蘭辰。南國樂上巳，大駕舉四巡。鴻文耀江山，惠澤徧民人。望曉霽都城，戒宿合朝紳。從容亦有酒，爽塏殊無塵。情方重少長，禮不在主賓。豈惟嘉節補，庶用清陂臻。青蘆出水短，綠槐覆亭新。山光遶堞遠，鳥聲下檐頻。接席十數輩，職多奉絲綸。迎鑾歲召試，吳越才邁倫。子唱我則酬，各以古義陳。我起君復酉，彌見玉斝醇。一欄紅錦花，采摘聊相親。

觀林和靖二帖墨蹟曾爲沈啓南所藏

雙緘瘦硬誰得之，聶衛公帥西蜀時。謝升孫跋在元統，既歸於沈跋復詩。盡借坡翁山渌韻，吴寬李東陽陳頎張淵半同郡。先生書自梅格清，諸蹟差肩各投分。篁墩拗律亦鏗鏘，此日孤山有竹庄。相城雪後箖箊碧，擬薦寒泉一琖香。

朱休度：七言。三轉，每四句。

趙仲穆雪松仙館

云有五茸士，棄家著黃冠。仙居寡所尚，琴罷復自彈。風神何邁爽，庶見淩霄翰。檇李值趙公，徵圖如所安。數峯秋碧峙，一凹白雲漫。屋邊絳葉林，籬下紫莖蘭。爐香靜初放，詩侣來亦歡。獨鶴侍前除，薄陰生晚寒。

原心亭齋宿

謬竊文章重，恭陪祭祀馨。槐陰清孟夏，夜色靜頭廳。玉砌行還坐，紗幬夢亦醒。有懷殊未已，耿耿見窗星。

趙北口

蒲草青青際，風帆半以徐。橋陰爲午飯，淀裏得秋魚。意氣長鞭及，功名短髮梳。海東鷗鳥夢，又覺十年虚。

景州次韻答李少司空宗文夜雨見簡

連日征衫風灑然，還停高館夕陰邊。最宜滴滴聞疎雨，未免齁齁得好眠。秋在黍粱蟲語静，路無塵土馬蹄前。與君瀛鄚南來夢，已似江城八月天。

重謁孟子廟

冠帶雞鳴心仰止，泰山巖巖道高美。門庭趨閲十九年，愛惜階苔歷雙履。松陰之井清可鑒，手汲井華甌自汎。舊傳白晝地出雷，孟里重開古坎陷沉思。孔母井在尼山東，顔氏井在陋巷南。曾氏井在徐州北，改邑不改非虚譚。徘徊廟口望嶧山，蒼翠欲滴烝秋嵐。

宿州曉行

淡月淡如此，涼風涼漸深。蟲鳴豆畦急，馬步柳隄森。濉水一畱夢，相山多賞心。菟裘他日遂，莫漫鬢毛侵。

紅心驛奉寄太傅公二首

汗漫曾隨使豫章，皇華今幸也秋光。卅三驛過思公切，十九年來望我長。自第一程固節驛至此，皆丁卯隨公江西之路。小館卸衣仍雨後，明朝分路向滁陽。里居晉秩君恩重，賢子新婦築養堂。

賜杖圖形八十翁，萬端常在一心中。若論上世多陰德，何以諸郎有父風？老柳身邊班馬戀，清淮口處鯉魚通。潔蠲已待祈江瀆，培覆真難答化工。載齋三日，將禱于江。

輿丁採山花

趁曉筍輿來，滁山紅翠開。一莖持乍贈，幾種顧頻迴。露濕家家似，秋涼段段催。鬢絲簪可滿，合讓路人咍。

錢儀吉：　公詩屢用簪花語，是古人事。

清流關

廣寧門外二千程，齊魯河淮坦迤行。突據岡巒高壘險，全收吳楚大江横。南唐入宋沿州堞，西日迴風度使旌。老我重題秣陵柳，不知猶似昔年情。

吳應和：　一氣旁薄，筆亦雄健，畫家寫關山行旅，無此長卷。

近藤元粹：　前半詩境開拓，自有大陸氣象。

遊醉翁亭

琅琊西谷晚相尋，香火禪人自一林。泉上醉翁應動操，山前荷蕢或知心。盆安大石皴苔色，庭臥枯梅遶竹陰。不是文章兼政事，孰能遺愛到于今。

吳應和：　讀結句，知官無德政欲立去思碑者，可以感愧。

近藤元粹：　「到于今」三字粗笨。

佚名：　作者似薄永叔。

江浦見收早稻四首

昨日見稻田，今朝見割稻。江國別十年，那能不言好。
曬稻復打稻，心歡忙亦閒。黄鋪萬頃田，碧映一圍山。
掃穀復礱穀，老翁樹下看。牽礱布裙女，赤腳轉團圞。
篩米復淘米，滿家香馞馞。今朝是七月，明朝是八月。

試院登樓

城靜夜江沓，山低秋月寒。六朝人物地，惆悵一憑欄。

重謁明孝陵

朝陽東出遍秋苔，天闕南瞻夕翠開。躑躅獨龍岡下馬，蒼茫二十九年來。寶城享殿猶樵禁，聖祖神孫幾酹杯。自是本朝鴻澤至，軍都護寢總無摧。

顧列星：前半蒼涼悲壯、老氣橫秋。後半頌揚本朝盛德之事，足以一洗故陵衰颯之氣。○第六句更見我朝忠厚開基，垂爲家法。七字中該括南巡煌煌盛典，可謂巨筆如山。

錢儀吉：顧評二條擬入詩匯。

阜城晚行

冬柳黄于菊，鹹畦白似霜。棉花大車捆，烟葉獨輪裝。村遠聲多静，人歸意不忙。江淮達畿甸，可愛是豐穰。

丙戌

錢儀吉：五十九歲。

錢聚朝：丙戌會試分校。

乾隆三十一年正月詔湖廣江西浙江江蘇安徽河南山東分年免漕一年羣臣具表赴圓明園謝恩恭紀

聖祖深仁六十年，半週甲子賦曾蠲。孝思繼序三階正，愷澤加民七省連。苑簇華燈將設饗，春烘凍木已含烟。上辛況賴躬祈福，萬國豐亨卜稼田。

遊摩訶庵慈壽寺

阜城門西八里莊，早春閒客來絲韁。塔鈴空憶薦冥祉，墳院尚看連貴璫。吟處樹無千杏纈，殿頭花是九蓮香。老僧供茗拓新牖，坐愛好山多夕陽。

錢儀吉：「冥祉」二字未安。

上元夜題文信國公鮑氏譜像跋墨蹟

九行八十六明珠，月淡燈寒寶燄敷。鮑氏譜嘗先像列，吉州名亦弱豪濡。巵匜幸不家人拭，公與百五妹詩帖，王積翁藏之，後紙損爛，家人幾以拭巵匜。行草煩將祖石摹。試較後來忠肅冊，千春皆是聖賢徒。載藏有公鄉後學李忠肅公邦華尺牘一冊。流寇陷明都，忠肅殉節于信國祠。「堂堂丈夫兮聖賢爲徒」，其日詩也。

上祭社稷壇侍直恭紀

北牖惟南向，陰祇竝穀元。爲民申九拜，以配侑三尊。聖協中和氣，天覃雨露恩。屢豐占所受，蒼靄起郊村。

奉和總裁尹相國用聚奎堂壁間韻相國姓衣爾根覺羅

三十年餘令望深，得陪檢校及春臨。固知上意崇經術，久待公來式士林。聲倡鳳鸞諧律呂，氣分珠玉鑒淵沈。總持直倚能虛受，兩侍郎教共一心。

翁方綱：評「固知」二字云：此等虛字，皆隨手寫入，初無理法。○「三十年餘令望深」：丙戌會試分校。

錢儀吉：猶有典型。

會經堂感舊二首前首爲蔣文恪公介少宗伯公，後首專屬介公。公姓佟。癸丑補注。

草色槐陰立步櫩，庚年丁歲數上聲經籤。朱衣座主春都換，白髮門生老更添。一掬淚憑天上達，兩行燭記夜深瞻。撩人衹覺東風太，冷雨迷濛卻下簾。

神仙官府總安居，壺嶠蓬萊路有餘。陸氏一莊今已甚，卞生雙足昔何如。淺深琖覆焉能醉，長短箋開且欲書。明月黃昏照無寐，重城應遣夢來虛。

翁方綱：「撩人衹覺東風太」中「太」字評云：坤一每用虛字在句尾，如「纔」字之類，畢竟非宜。○「卞生雙足昔何如。淺深琖覆焉能醉，長短箋開且欲書」：謂趁韻又非趁韻，謂塞白又非塞白，實在無説以處之。

顧列星：文生於情，愴焉欲涕。

憶瀛洲亭丁香

花開準擬賞瓊巵，南省春深奈負期。此際烟籠亭外影，幾回雪墜檻前枝。藍濡禿管吟還就，香糝生綃畫已遲。祝向團圞好明月，今宵直爲照方池。

翁方綱：院廨丁香花亦不至於令人繾綣如此。若以爲别有托意，又非别有託意。坤一於院廨並未日日修書，並未日日辦事，何至有情如此？實不可解。

顧列星：寫「憶」字極静細，無一句是丁香，無一句不是丁香，當於神韻間求之。

南陵辭

南陵葉時昂，聘李女，十三殤。女與時昂本是同年生，六年苦心女歸歸以貞。乙酉五月之日一拜昂墓淚如血，淚如血。七月十二病，五日不食不藥死也烈。嗚呼南陵葉家村，村前三里方家山，李女合葬于其間。

來鶴堂詩爲傅鴻臚爲詝賦

元冬修夜起將朝，藻質清音下遠飆。燈火光紛猶似舞，軒墀地迥不煩招。在陰《易》既觀其象，于野《詩》應樂且謠。接翼鸞凰深被遇，迴思江海本淩霄。

翁方綱：「在陰易既觀其象，于野詩應樂且謠」：呆滯迂腐。

韓烈婦并序

濰縣李氏女，諸生夢齡妾。夢齡歿於乾隆二十九年七月，李所生一子一女殤，十二月十日自經殉，年二十有五。

君歿月初霜，妾生雛旋殤。承家原有嫡，畢命遂于梁。誰謂小妻賤，恥如穠李芳。清魂飄涷雨，路不下泉長。

錢儀吉：「涷雨」，不知所本。

奉簡祝大典籍維誥四首

羨君七十試南省，一子兩甥偕外孫。詩且催題憑介壽，榜猶待放適開樽。天惟五福莫難此，人本同心嘗與言。祇欠入簾供所職，未先擔榼賀于門。

我今何以壽先生？休矣拚他榜上名。累舉佳兒雖未第，臚傳快壻已皆榮。外孫踵起尤無匹，内閣班資既有聲。歸去不如聽杜宇，西城新綠舊軒楹。

山憶梅花徑憶蘭，溪浮菡萏繞琅玕。我歸未定偏君勸，佛語曾參又夢觀。滿注酒杯隨地覆，細刪詩藁及時刊。太平勳業中朝盛，一笑何妨骨相寒。

老興比年差點檢，自銘藤杖縛葫蘆。還憐古鏡堪相照，載近得漢仙人不老鑑。未審先生有是夫。丙舍田懷太傅謝，王官壙仿司空圖。扁舟溆上作新社，不用人歌山鷓鴣。君舊業龍山，去我溆浦之永安湖數十里。雍正辛亥上巳偕遊，曾願卜鄰。「啄花鶯坐水楊柳，雪藕人歌山鷓鴣」，元人《泛永安湖》句。

翁方綱：「王官壙仿司空圖」：司空「司」字忽平，可乎？

觀周益公所藏歐陽文忠公墨蹟譜圖序一段夜宿中書東閣詩一首并中書所録裕陵出閤指揮兩行

東都相去百餘春，寶愛非徒是邑人。乾墨尖毫方闊體，清臞豐頰進趨身。鈐來益國章如昨，數到潛溪跋盡真。有幾文忠足輝映，暫教披拂市門塵。

夏至上祭地于方澤侍直恭紀

國北曉和鸞，黄琮禮數安。祖宗三獻配，岳瀆萬心歡。職右瞻惟聖，趨西恪在壇。陰陽初辨候，原外露微溥。

題吴編修以鎮秋林對弈圖

三歲金門侶，別來十二春。褰裳難縮地，讀畫卻逢人。物外忘憂易，林中坐隱真。黄山太無賴，不遣夢緇塵。

題邵侍讀嗣宗收綸圖卽送假歸太倉四首

若爲道德竿，若爲仁義餌。嘗聞諸《淮南》，老矣思其次。

直鈎又空鈎，曠觀世所因。自我與君遊，亦不縱飛綸。

沈犗蹲會稽，負鼇據滄溟。彼亦漫云醉，此亦漫云醒。

歸歸釣鱸魚，小艇信所如。三江紅葉外，百里青峯疎。

宋謝文節公橋亭卜卦硯歌并序

硯長尺一寸，闊六寸，額篆「橋亭卜卦硯」五字。左右邊兩行草書云：「此石吾友也。不食而堅。語有之：『人心如石，不如石堅。』誰似當年採薇不食守義賢也。」轉背，左題「程文海銘」。右題「大明永樂丙申七月，洪水去，橋亭易爲先生祠，掊地得之。閩後學趙元□〔一〕」。中題「宋謝侍郎硯」。天津周上舍月東購得此，而太平守查恂叔心愛之。月東臨歿，遺書萬里以贈。今藏恂叔所。

查君夙愛周君硯，周君遠爲查君寄。薊北畸人抱硯亡，粵西老守奉書至。吾儕嗜古非偶然，物關節義情尤關。歙州不少石徑尺。徽倖渠曾親疊山。建陽縣外朝天橋，先生開卦名此逃。橋下釃流大溪瞰，橋上架屋長風飄。此時此石曷足貴，磨墨且書陰陽爻。遺民江表多罹悔，延訪誰其辱相待。卻聘書憑宇內傳，憫忠寺尚城南在。此石此時良足悲，作銘乃屬程文海。不知先生之北硯可從，不然閩疆幾日還孤蹤？不然橋亭水後易祠處，何復一鋤劚出苔花濃？秋燈今宵照我題此硯，也勝李東谷與米南宮。

翁方綱：「物關節義情尤關」：二「關」字複來無謂。○不及萬柘坡作。

朱休度：長短句。五轉，後段九字六句。

吳應和：此篇不專詠硯，得硯、贈硯面面都到。其轉接敷陳、整散頓挫處皆見筆意。歌行若此，可謂斂才就法，極方圓之至。

近藤元粹：扣，胡骨切。牽物動轉也。又同搰，穿也。○物因人貴，豈唯硯哉？天下物皆然。○一篇卻聘書，亦自此硯中出也。可敬又可愛矣。○「苔花濃」三字，不成結束語。

佚名：　穀人亦賦此題，彼此參觀，可以見圓熟矯健，兩家才分矣。

【校記】

〔一〕據《閩中金石志》（民國希古樓刻本）卷十二，「元」字下闕二字。

紀侍御復亨查太守禮程舍人晉芳畢侍講沅編修文埴家學士大昕集小齋分韻

寒暑逾可懷，繾綣及夜長。檐明霰已集，飆定鴻猶翔。君子幸來至，疎燈接冠裳。深譚有勸酬，不在多樂方。瀛寰荷道泰，畿甸邀年康。諒惟黍秫富，迺以尊罍香。悠悠旣荏苒，碌碌徒徬徨。好而能勗我，嘉會後且常。

題吴秋部巖飛雲洞圖卽和其自題用王文成公華嚴洞韻

石出如雲雲覆臺，遠摹真本使黔來。千尋瀑挂起蒼壁，萬片嵐烝生渴苔。佛閣高憑樹杪見，秋英細傍笻枝開。勞君五洞歷探徧，分取前賢句子回。洞凡五：飛雲、大風、琵琶、牟珠、華嚴，而飛雲最奇。

吴應和：道健生新。黄山谷佳處。都從少陵得來。

近藤元粹：五六三仄三平，非拗體亦倣，此可爲一異例。

端範堂齋宿

歷職經三至，迴思別二年。庭中僵立柏，燭下澹生烟。農旣豐登穀，皇惟大報天。寸心無所矢，敢不藉精專。

翁方綱：空句無謂。

趙編修翼出守鎮安屬題其所謂甌〔一〕北耘菘圖卽以送別

春畦鉏菜者，金馬久翺翔。蒙恩秩二千，舊業逾不忘。人情貴思本，厥德恢無疆。今宵飲君酒，照壁此燭光。國家重廉吏，實望氓庶康。山川自緜亙，庭戶非阻長。我慳明珠佩，又乏寶劍裝。裵回沙鳥心，何以贈子行？

【校記】

〔一〕甌，底本作「鷗」，據趙翼號改。

蘀石齋詩集卷第二十九

丁亥

錢儀吉：六十歲。

二硯歌并序

文信國玉帶生硯在内城，攜謝文節橋亭卜卦硯訪之，竝陳於几而作歌。

昨見文節橋亭硯，卻思玉帶生未見。悠悠人海人豈知，豈知信國硯在斯。二公英靈亙天壤，相友相於日來往。二硯相望五百年，嘉會之禮無因緣。得邀謝硯訪文硯，是有鬼神非偶然。文山硯左疊山右，端州洵堅歙不後。信國硯銘云：「礲爾之堅兮。」橋亭卜卦硯程文海銘云：「不食而堅。」此几此几逢今辰，此堂此堂記春晝。炷香敬爲雙忠悲，再拜恭惟兩丈壽。丹心詩未題零丁，伯顔兵未趨皋亭。公方性豪厚奉己，硯亦務寡稀勞形。信國硯銘雖未紀歲月，要是在平居勤王之前。轉茶坂頭初旅食，建陽市上罕交識。公祇麻衣哭向東，硯应黧面愁占北。何榮何悴貞節同，見二硯不見二公。墨而搨銘卽鐘鼎，匣而分手仍萍蓬。堂開几淨意繾綣，一片清氣留虛空。

翁方綱：坤一最尊朱竹垞，而此未留意照顧。以此爲真，則竹垞詩之玉帶生非真矣。〇「信國硯銘云：礱爾之堅兮」：玉帶生硯銘，此無「心」字，與竹垞所賦不同。〇「墨而搨」：總不莊敬。

顧列星：竹垞先生《玉帶生歌》，頗近俳諧。此詩莊重不佻，如與端人正士晤對一堂。

朱休度：七言。八轉。

錢儀吉：此是刻誤，非與竹垞爲難。〇張思廉《抱遺老人玉帶生歌》：「背銘刻骨四十四血錄，至今猶可想。」自注：「文山硯銘丹山小篆四十四字云：紫之衣兮，綿綿玉之帶兮。鄰鄰中之藏兮，淵淵外之澤兮。日宣烏乎磨爾心之堅兮，壽吾文之傳兮。盧陵文天祥題。」

上視祭社稷祝版于中和殿侍直恭紀

闕右竢親行，正辭攄聖情。仲春祈以禮，吉戊撰于誠。啓殿朝光靜，升階暖氣盈。同瞻拜興意，如課萬方耕。

趙子固東坡笠屐圖硯歌

彝齋居士巨硯琢，背寫坡仙鬢鬖清。藏者遞傳印各刻，俞和濟之及文彭。康熙丁亥王澍得，船泊奔牛雙眼明。積書巖空又流轉，昨歲在粵今在京。去冬丙戌，廣東學使翁侍讀見此硯于試院，作歌寄示。硯乎彈指易週甲，感我觀者戊子生。從初彝齋亦何取？戴笠著屐長身行。宋家絹本態迥別，少一拄杖衣飄縈。邑犬婦人小兒雜，雨狂路滑笑吠爭。軍使張中識其趣，秀才符老嗟此情。我不慕蘇卻爲趙，白頭藉發春風聲。

翁方綱：「印各刻」、「識其趣」、「嗟此情」：不問何題，總帶顛逸。

朱休度：七言。八庚。

靜宜園曉直

堯臺舜館藹朝陽，邃谷修林擁太行。東面昆湖圓鏡朗，前臨寶塔玉峯長。聖情日暇流鴻藻，畿甸春多攬遠芳。青瑣已聞傳劄子，華裾猶自帶星光。

翁方綱：此句「自」字作何義用之？

重至臥佛寺後院娑羅樹下題

昔來秋葉滿庭濃，今見春枝有悴容。佛樹此山推古德，與君須更幾回逢。北方初惟寺之一株，今大可三人合抱，而頂已枯摧。又前庭四株，又潭柘寺一株，皆其後生。

梵隆十六羅漢渡水圖

東岸地盡指西岸，西岸登者卻東瞻。中間厲深亦揭淺，腳跟牢者波紋湉。招者倚者打包者，杖者扶者笑言且。從者挈擔平聲續續行，風聲夾雜泠泠瀉。已渡者無喜，未渡者無嗔。皆得渡者見至人，是爲十六之應真。畫者吳興箐山僧，盧楞伽歟貫休倫。卻憶前時逢六尊，卻憶前時禮聖因。甲申，觀盧楞伽六尊者殘冊；丙寅，觀貫休尊者十六幅于西湖聖因寺。

朱休度：長短句。三轉，參差。

趙仲穆爲楊元誠畫竹西草亭圖

行省掾屬有楊瑀，吳繹寫像倪瓚補。樹石之後諸公題，敦交瑀也名流伍。其家浦東今張溪，種千竿竹于林西。翠玉蕭蕭屋在東，主人號作竹西翁。二語卽用元誠自題句。竹間築亭匾斯揭，此時二月多春風。春風誤寫趙仲穆，仲穆借王荊文《鍾山卽事》題云：「籬水涓涓澗水流，竹西花草弄春柔。茅檐相對坐終日，一鳥不鳴山更幽。」首句王集是「澗水無聲遶竹流」也。兩樹長松一坡竹。亭中有人靜槃礴，亭下有溪淥隈澳。二甲進士李黼榜，鐵崖道人題復賞。貞居曲江暨南村，物外十輩留清言。我今展圖向塵沙，安得問爾之東家？熏風滿簟吹蒼雪，春雨充庖盡玉芽。二語又卽用題者馬文璧句。

朱休度：七言。七轉，參差，中兩用舊句。

錢儀吉：此王荊公詩也。文字誤。公屢稱介甫爲「荊文」，以國名及謚合之，而無公字。此亦同耳。

追哭祝典籍四首并序

去秋豫堂之歿，載哭之而不欲以詩也。靈櫬歸海寧，未克葬，當春黯傷，遂雜然寫之，並將與康古誦之。

科名官職本皆虛，休矣先生術未疎。各各傳家詩禮學，勤勤立命聖賢書。原知到後歸無用，豈悔從前恐不如？何處夜臺應聽我，隔來猶欠半年餘。

滮湖朱大偶圃賃居年，張篁園祝陳乳巢王受銘大小錢。從祖曉村暨載。菊候清霜梅候月，南軒薄醉北軒眠。浮生自古難長此，殘夢于今實渺然。怨絕篁園歸里後，尺書竟不薊門傳。

分明懊惱那能言，風雨何知此冷暄。花落花開誰錯誤，年來年去亦叢煩。負君秋館燈無焰，愧我春衣淚有痕。幸是孝廉真孝子，一丘早晚卜高原。

蘭推汪二杳何之？君甥豐玉，康古弟。玉折陳郎又幾時。陳丈乳巢子漁所。大化慣于才士酷，明經俄以客魂悲。希聲，豐玉弟。君歿，希聲爲治木，踰月亦病歿。城南水鷲仍飄羽，擔上山桃漫吐蕤。且拉舍人芳草地，相濡相呴付深卮。

邵文莊公溫硯歌

錫山安氏製爐善，火下水上可溫硯。二泉先生嘗得之，左右歲寒銘獨眷。銘曰：「暑有藏冰，寒有韞火。既濟且和，燮理在我。彼鼎我硯，制殊義同。汝革汝從，惟金在鎔。功成斯文，而不自有。左右置之，歲寒良友。」先生召起嘉靖間，終養乞身居在縣。別于南郭仿龜山，始是東林有書院。門人華雲凡幾輩，硯或其時相後先。熾來木炭含紫烟，炙向風窗卻銀霰。形方而橢橫尺强，二百春秋閲如傳。聽松庵裏今復歸，點易臺前我未見。我思弓河城之東，曰又高顧相希蹤。龜山舊觀頓還爾，東林微尚將無同。奈何奈何名竊附，幾社復社言交訌。硯兮此日返故處，能不迴憶當年公？公家香庵卽聽松，硯今靜覆庵松濃。松根石泉泉第二，松頂雲山山九龍。竹爐煮茶甌正碧，銅爐置硯灰自紅。梅花萬樹雪三尺，我欲從之過大冬。

朱休度：前仄後平，各十六句。

錢儀吉：「微尚」字，未喻，豈爲高顧謙詞耶？

吳應和：聽松庵竹爐，作此題陪襯，真是天造地設。前半篇疎散平衍，結一段故作整鍊崛强語以救之，筆力可以扛鼎。

近藤元粹：是溫硯，非硯也。「硯」或欠妥。○「硯兮」云云，「硯今」云云，苟如是，則此詠硯詩而非詠溫硯爐詩也。敍法欠明瞭。○溢美之評，可厭。

錢舜舉洪崖先生移居圖

西山石壁聞洪都，洪崖移居刻作圖。霅溪翁今別本摹，馮海粟歌讀可娛。先生長身頰多須，褊禈葛衫帽色烏。束帶著韡行且徒，先生新卜廬何區？僬僥之後爲侏儒，蒼頭實從厥狀符。手六角扇顧僕夫，白驢白與西行殊。裸肩鞚使勿奔趨，是僮夜半能益芻，又一蒼頭負笠孤。驢雖揚蹏愛如駒，舉鞭未下口已呼。又一僮負文書俱，又僮前瞻負大瓠。大瓠酒可數石沽，先生家具衹此夫。是即所謂僕五人，曰橘、朮、栗、葛、拙者。真靈位業知有無，青城近在非崎嶇。先生先生笻竹扶，大瓠肯借一醉吾？朱休度：《柏梁》。七虞。

出右安門得詩三首

僕夫且與緩行輈，政要鈴騾步步休。中頂烟清榆未吐，草橋水淺鴨相游。

老去尋春敢惜春，春應休笑也休顰。能無白髮三千丈，已是平頭六十人。

匏瓜亭處雜花開，村酒村翁勸一杯。莫訝先生非嬾惰，幾年春不出城來。

南紅門迎駕恭紀

畿南水利軫三農，海上春陽轉六龍。增築長堤惟鞏固，報祠二淀俾雍容。晨光輦道輕埃淨，午靄軒宫碧柳重。無息實瞻乾德至，射熊又詔宰臣從。

南苑曉直

天和地廣曉星繁，更直分趨集鷺鴛。七十二橋三海子，青蒼老樹舊衙門。龍媒寶勒風前立，虎衛華旌月下屯。訓武不忘疆埸事，萬年翼子與貽孫。上命諸皇子于南苑習射獵一月。

顧列星：「七十二橋三海子，青蒼老樹舊衙門」：本句對，老健。

錢儀吉：埸，埸。

聖駕巡幸天津恭紀

丁亥維春，我皇時巡。趙北淀開，風潤晴新。御製《趙北口行宫卽景》云：「雨後有風亦含潤。」安福艫駕，廣惠橋遵。水如江南，念江南民。「安福艫」，御舟名。御製《安福艫》云「越水吳山幾度評」，又「未能忘者是民情」。《御舟過廣惠橋》云：「前年跋馬過橋頭，路指江鄉卻猶遠。今朝進艇自橋下，景肖江鄉翻似近。」七十二淀，自西流東。中亭玉帶，清河名蒙。誰謂渾河，故道斯通。昔譌既改，今覽彌融。御製《過中亭河紀事》謂前督臣嘉淦謬聽中亭卽渾河故道，建議放此。既改其誤，于今親覽益信。蘇橋則名，蘇祠則立。洵雖未赴，表賢宜及。御製《蘇橋雜詠》云：「長橋卻說老蘇建，未識歐陽墓誌銘。」又：「尸祝斯人理亦宜，幾間老屋水之涯。」滹沱河經，子牙村襲。尚曾未居，遠想釣笠。御製《恭依皇祖閱子牙河詩韻并序》謂：「此地距岐數千里，安得有呂尚釣璜過主事？子牙之釣臺，紀載家傳曾失實。」子牙高沙，御製《子牙河》云：「北界地高南界下，八分水帶二分沙。」入運則黷。入淀奈何？格隄斯築。詎猶抉斷？詔工俾續。千里環周，中涵春綠。維畿南至海，仁皇親閱。是防是疏，久安軌轍。憲皇勤咨，利民深切。我皇丕承，兩朝麻烈。臺頭行館，申命樸敦。小大羣吏，備聆聖言。御製《臺頭行館》云：「無過晝夜憩而去，何必軒庭綴以紛？」前此《蘇橋雜詠》云：「費如許爲不紓懷。」後此《天津行館》云：「何必管絃繪民樂？伊予所喜在還淳。」又《偕樂堂》云：「無過停信宿，頗覺費鹺商。」《清宴堂》云：「卻以延閭賞，還嫌費潔除。」聖訓：「恤物戒費，不啻至再至三。」蓋惟以厚民之生而不自逸。聖心有至樂焉，豈在供頓之適？齋維協性，港自揚芬。燈船莫放，萬頃風紋。御製《滄波樓用金山遠帆樓韻》云：「不許燈船將晚放。」吾民之淀，多利少虞。素鱗黛甲，夕雁晨鳧。吾淀之民，樂且于喁。單舟度柳，疊舸依蒲。迺涖天津，蠲租詔頒。百姓是足，司農毋慳。御製《命免天津府屬積欠銀穀竝及直隸通省積欠銀穀》云：「民足孰與不？司農莫悋惜。」迺禮海神，榑桑東觀。畱都粟轉，坦途潮還。御製《觀海臺觀海》云：「畱都來往糧艘運，總爲吾民闢坦途。」迺覘瀛裔，御製《瀛裔》云：「瀛裔民風策馬覘。」蘆田沙戶。商兮民兮，南風其煦。御製《曬鹽場》云：「大異浙東更淮北，亦寬背負及肩挑。籌惟商與民俱便，別悉情形在此遭。」迺回巡鑾，筐兒港俯。匪隄是堅，維導宣猶愈。御製《西沽》云：「徒恃隄防寧有是，要當善導俾宣通。」至哉皇一心，以綱以紀。水安穀昌，初不以輕喜。畿甸羣情，東南一視。二旬之間，恩逾春被。維海維河，夙感馨香。今報淀功，與河海方。維皇一心，百神敬將。百神既效，四時既康。維皇一心，元氣胚胎。飲我春澤，升我春臺。聞淀民之歌曰龍舟重艤，聞津民之歌曰金輿復來。

呂氏宅看紫藤花歸飲朱編修筠書屋限六字

給孤寺東花，幾度違寓目。昔來雨氣淹，今值晴光煜。雨晴亦何知，芳念自更僕。爾日春過三，我年甲週六。仰天串串珠，絡架濃濃馥。臥者蔓及堦，立者高出屋。野趣忘栽培，姸姿極含蓄。風搖蕚倒垂，影動香如撲。翰林能敍舊，邀更共糟麴。道南闢蓬廬，硯北頓書簏。笑茲小庭院，充以閒草木。牆根芍藥蘭，窗口芭蕉竹。乃至友雙松，居然雲一谷。松雲有無閒，弟子執經讀。若令添種藤，也戒又從牧。他時看繁英，客鬢定加禿。

法源寺看牡丹歸飲王秋曹昶齋

看過棠花乍歷旬，微雲暖日又催人。萬無九十屏風品，一洗三千世界春。退院僧猶譚往事，提壺鳥已喚比鄰。歡場得步諸公後，且鬬明燈現在身。

得雨後程舍人晉芳招過看芍藥限雨字

至尊禱雨天即雨，坊巷聲歡草樹舞。豈惟二麥興稼田，遍及百蔬滋藥圃。壓擔折枝齊趁曉，貯瓶帶濕不沾土。喜極何妨遂賞花，朋來亦復先排户。朝廷無逸憂民生，衣食有原供物取。今辰此樂實荷恩，婪尾當杯頻仰俯。

查太守禮澹安居看芍藥分韻

西山城上洗芙蓉，春在君家宿靄濃。況是清尊紛語笑，便非白髮數入聲過從。龍興寺定傳新本，藟栗梢休競冶容。惱殺閒情天不容，綠槐陰裏自疎慵。

顧列星：結處，微露和而不同之意。

送儲宗丞麟趾假歸宜興

敍族糾宗贊月卿，丹顔鶴髮伴清名。不緣拜墓還鄉去，未許看山訪舊行。罨畫溪中花竹遠，牧童詞外笠蓑輕。君恩說與諸羣從，可是難勝繾綣情。

翁方綱：「糾」，上聲，誤作平。

雨後乞戴侍御第元齋前菊苗既致十數本復送長歌因卽用韻奉酬

飲君家醪見庭菊，我畦卻輪生趣獨。歸聽夜半猛雨寒，臥想牆根新穎綠。稀常宜補繁宜疏，請君分我鴉觜鋤。雖云貴義勿貴惠，樹鬱恐蠹水鬱汙。屋烏屋烏丈人好，抱甕不遐漢陰老。寂卽其根動卽苗，所利者多所去少。小畦甫畢誦有鄰，叩門忽傳郢曲春。燈蛾撲自照百讀，琖蟻浮更思千巡。蒙君兼爲賤子壽，六十生朝逼重九。爾時採葉釀雜秔，來歲相邀熟添酒。

朱休度：七言。四句，五轉。

清漪園曉直

苑西清境豫遊便，輪直羣僚奏事前。萬壽山光霽春旭，昆明湖氣擁朝烟。乳鴉聲裏宮門啓，綠樹陰中口勅傳。仰識聖人無自暇，一心常在眾心先。

顧列星：「乳鴉」一聯，唐人早朝詩未經道及。〇末句以心法爲治法，乃本朝聖聖相承之家法也。

起居注館宿次

北郊牲已視，內閣版應書。職已先期恪，心難不寐舒。君恩感清切，儒術媿迂疏。又待星光曉，簪毫上玉除。

錢聚朝：顧選又删。

靜明園曉直

萬壽山陰石路平，朝涼十里肅趨行。沿湖樹轉高山靜，擁岫雲開遠水明。藕葉稻田村綴景，松軒螭舫聖留情。今年降澍原霑足，倍覺郊坰夏綠盈。

奉送大宗伯嵇先生視河河東

兗豫歲循軌，淮揚功竝籌。春卿煩暫出，上相紹先猷。訪古熟蔆雨，登高觴李樓。俞郎且書記，陪汎菊花秋。

閏七月廿七日程舍人晉芳齋社餻小集

汴京秋社送餻嘗，援古今朝賺樂方。聊比雞豚與香火，卻先重九後端陽。假山亭子高槐影，閏月花頭白露光。津水蟹螯堪酒琖，不須鋪飯切瓜薑。

送家學士大昕省親歸嘉定二首

召試君始官，觕右及我同。今春病旋已，悼室心爲恫。所欣有於菟，啞啞繡褓中。明當請假歸，抱以見阿翁。太母髮亦素，阿翁顏竝童。家兄攜舍弟，酒熟年又豐。我願生燕羽，巢君之船篷。見君著萊衣，堂啓婁江東。

有松或竹柏，有梅或李桃。有庭或蘭蕙，有徑仍蓬蒿。願君有此居，聊以拓書巢。所嗟光祿來，祭妹應叨叨。冬寒雪蕭蕭，求地出近郊。青鳥亦何人，信矣不可撓。儻探林屋書，儻觀曲江濤。逢國大慶辰，願君早還朝。

題畫哭邵侍讀嗣宗九首并序

侍讀嘗屬爲畫冊，去秋以病歸太倉，闕然未及還。而今秋訃至，檢冊心傷。乃雜寫得蘭、柳、菊、蓼、丁香、紫藤、白蘋、梅、松，輒各系詩。纍欷莫釋，仍寄其孤，復於帷次。

與君相見卽同心，白石清泉爲鼓琴。盡日無人芳可襲，春山使我愛深林。

行盡槐衙是柳衙，送君青雀舫還家。朝陽門外攀條後，千里金霜怨曉笳。

休言不落比于蕉，白露爲霜夜復朝。安得飲君甘谷水，味之無已到松喬。

歸路輕帆蓼水涯，渺然京洛故人懷。平生辛苦還辛苦，未必蠕蟲勝我儕。

丁子開花鬬酒籌，蛾眉散直挂簾鈎。明年若問街西館，何忍臨風插滿頭。

看了丁香看紫藤，愁人絲鬢各鬅鬙。如何北斗闌干夜，共嚼金尊再不能。

婁江東下白蘋香，蘋葉蘋花一水長。小艇待教尋子去，不勝烟月是微茫。

畫出癯仙大好看，行來矯矯佩珊珊。萬山雲照一輪月，著箇梅花寒不寒。

道人漫打午時鐘，香繞旛幢倚一筇。昨偕同人爲位法源寺如意寮哭之。遲我瓶中擔白酒，爲君墓上種青松。

錢泰吉：每首詩後注蘭、柳、菊、蓼、丁香、紫藤、白蘋、梅、松。

近藤元粹：有挂劍之遺風。有至性人不負死友蓋如此。

佚名：「寒不寒」三字：雋冷。○忠厚之情，溢於言外。

祇領世廟硃批諭旨一百十二冊恭紀二首

特勅金函賜，先皇寶字瞻。心心貫終始，語語鏡洪纖。家法敷天舊，官箴向日嚴。重惟推至教，于以鞏勞謙。

上下交無咎，天人際有常。十三年紀握，億萬世謨彰。在野傳如見，趨朝拜是將。紹衣申百職，總爲兆民康。

送畢庶子沅觀察隴西四首

詔以宫僚出，年惟穡事成。秦民休養後，隴水往來清。壯齒多全力，宏材少定程。宣臚原第一，慎重此聲名。

中外何區別，賢良有過差。要須臣職盡，報答主恩加。一琖香醪勸，三更漏鼓撾。儒生疎惠澤，節鉞亦徒誇。

贈我英州石，蒼然棐几雲。自今宜對爾，終日卽如君。華岳關初入，仇池路又分。巑岏奇絶處，迴憶近爐熏。

請得踰旬假，歸爲上塚留。遲衝灞橋雪，迴汎洞庭舟。鄉里看翁子，兒童望細侯。梅花青崦月，且約復來遊。

翁方綱：圈第一首「少定程」三字。

錢儀吉：「少定程」三字，正有深意，畢公惜未悟此，無怪覃翁也。

紀侍御裒其先友墨蹟裝卷屬題

蠻箋幾擘蠟燈紅，零落山丘宴未終。老矣休文自懷舊，更無謝朓與王融。

蘀石齋詩集卷第三十

戊子

錢儀吉：六十一歲。

上祈穀於祈年殿陪祀恭紀

春寒猶未作春陰，法駕於郊格孔歆。擊土歙豳元日禮，豚蹄盂酒萬方心。洗兵雨待滇池告，買夜燈看鳳闕臨。伏地蝨臣虔九叩，勿生螟螣是微忱。

上躬謁泰陵侍直恭紀

一氣肇於東，維西更鬱葱。靈山蟠上谷，厚地閟元宮。寒食沿常俗，明衣致潔衷。我家勤聖子，皇壠展和風。夙夜音容切，高深化澤充。十三年治大，千百世心同。御製《恭瞻聖德神功碑告成感賦長句》：「謨烈昭垂千百世，憂勤想見十三年。」吉象巖環澗，神光劍與弓。蓋松新擁翠，輪月皎臨空。止輦悲垂涕，趨庭跪鞠躬。金巵進芳奠，玉扆降清穹。林靜長號振，淵微孺慕通。勞皆繼先志，邇又奏膚功。舜德瞻惟孝，軒圖紀永隆。連徵幽藪及，普照小臣蒙。盛軌巍巍上，遺民皞皞中。仙原濕春露，再拜契昭融。

顧列星：一起簡括超妙，何等筆力！

清明日半壁店行宮曉直

玉馬騰珠勒，金扉闢紫烟。環村山半壁，夾道柳三眠。寒食常宜雨，春人總愛天。龍旌翹氣色，歲又上陵旋。

顧列星：「春人」五字，寫出熙皞氣象。

上御經筵於文華殿侍直恭紀

紫氣高瞻紫禁齊，金輿深駐藹金猊。聖心至德羣經貫，春殿常年舊典稽。聯佩謝恩趨下上，峨冠聽講列東西。教忠教孝皆從此，拜手吾皇萬福禔。

盧學使文弨還自湖南見貽方竹製爲杖賦詩以謝

武岡七十二峯間，福地重重雜遠蠻。產亞澄州得方竹，體儕邛杖少青斑。分將入手隆君惠，獨立扶身壯我顔。幸不規圓詩九節，便須拄到幾雲山。

靜明園曉直

擁佛山頭塔，歸湖苑裏泉。涼多文砌坐，靜極閤門宣。兩度承今月，三霄戀晚年。芰荷風送馬，亦自彈吟鞭。

顧列星：山莊清曠之景，儒臣閒適之致，淡寫自足。

上御勤政殿聽政侍直恭紀

躬禱龍潭雨，來朝應響靈。村多溉田白，曉又濯枝青。意愜顔爲霽，年豐物使寧。近依深殿裏，荷氣入芳馨。

端範堂齋宿

坐深未遣闔重門，炯炯心還勉自敦。百日遂疎端尹職，十年殊切講筵恩。砌蟲語少秋風淺，庭樹陰多暑雨繁。正愛單衾無夢寐，不勞纖月照黄昏。

觀吳興山水清遠圖

松雪翁圖又作記，絹素妙比僧繇傳。崔甥家杭號湖隱，翁歿復見因摹焉。其嗣崔晟實摹本，趙奕寫記追其先。翁之真本渺何許，得此髣髴神愴然。學曾張君藏卷一，無款山水著色鮮。一日持來一卷似，其宗兄者號去偏。吳興清遠崔仿趙，始笑趙本藏多年。遂歸去偏裝使合，毫髮不爽今皆全。幅中一帶皆短山，山麓盡水山頭天。水如天空麓有際，一綫草樹青相緣。城南玉湖自天目，百頃以外通千川。西南東北遶湖展，十五六朶浮疎蓮。昔遊山北復山南，草上飛坐春城穿。草上飛，碧浪湖之小船名。今看棐几湧嵐氣，濃淡勝逐低昂船。江南白蘋遠欲采，好景遺到黄塵前。可能翁記墨蹟在，補入豈必忘蹄筌。

題桐鄉蔡明府可遠遺像

學有文勤倡，公惟季弟賢。吾禾官最久，所治俗猶傳。拜像落雙淚，歸喪經卅年。沉思甲寅暮，寒月共燈前。

觀曹雲西西隱圖

顧仲瑛家住處，元至正歲留題。疎疎松樹坡石，澹澹墨山澗谿。名理笑言主客，小窗風月東西。江南眼底相見，何必從之借棲。

陸包山桃花塢圖

八門春想如畫，一塢桃看正花。屋裏山來城外，西鄰水接東家。綺羅匼匝芳樹，弦管裵回暮霞。試問當年伴侶，爲君細啜甌茶。

八月十五夜

何夕如今夕，三秋又一秋。天非無皓月，人自有煩憂。院宇涼聲靜，山河灝氣流。儒生不經濟，太息雪盈頭。

翁方綱：「煩憂」對「皓月」，畢竟未工。

題管夫人寄子昂君墨竹

自題云：「夫君去日竹初栽，竹已成林君未來。玉貌一衰難再好，不如花落又花開。管氏仲姬寫寄子昂君覽。」

澹葉三竿濃兩梢，臨窗風雨已瀟瀟。自君之出獨相對，命駕而歸誰謂遙？人好嬋娟無歲歲，花開旖旎有朝朝。寄言妙得溫柔解，韻戛琅玕神理超。

翁方綱：題甚妙。○此作愚有改本，蘀石未知也。○「溫柔解」、「神理超」：呆滯可笑。

四烈婦圖歌

楚昭夫人齊侯女，昭王出遊留漸臺。江水大至王遣迎，夙約持符符不來。夫人不行使者返，取符未還臺已頽。夫人名貞名不媿，沈水而死何烈哉！漢右將軍馮奉世，女選入宫爲婕妤。上幸虎圈閱鬭獸，後宫皆從駐金輿。熊逸攀檻且上殿，昭儀驚走無趑趄。婕妤直當逸熊立，左右殺熊上欷歔。得人而止猛獸性，婕妤何乃身當歟！虢州司戶王凝卒，其家素貧一子幼。妻李攜子負骸歸，東過開封旅舍就。主人不納天已暮，牽臂出之曳其袖。李氏仰天乃大慟，婦人節不辱邂逅。勿以一手汙吾身，引斧自斷輒莫救。嗚呼婦人烈若斯，我丈夫者何以副？至元七年劉平妻，濱州胡氏偕去鄉。小車載妻男七歲，平也從軍戍棗陽。胡前輓車平後推，是夜夜宿沙河旁。虎來嚙平負之去，胡急徒手從虎行。走及虎後搫虎足，虎不得走風旋岡。呼男拔刀授母刀，得刀刺虎虎出腸。虎始脱平扶挈西，季陽堡南血淋裳。《四烈婦圖》沈家寶，誰其題者姜立綱。張弼吳寬引復跋，能使觀者神彷徨。嗚呼天壤賢婦女，豈乏媿死鬚眉蒼？

德清縣元開元宫所嘗藏元門十子圖歌

一坐像連十立像，師坐弟立夸吾儒。磐石脱屣老者坐，混元皇帝龐眉鬚。西遊出關關尹喜，喜傳其書乃著書。葵丘辛鈃亦師事，計籌山尚聞西吳。庚桑楚者亦其役，畏壘大穰三年居。死灰槁木能也不，庚桑弟進南榮趎。捄民之鬭捄世戰，華山冠高譚老乎。重趼而見士成綺，仁義攖心告崔瞿。周卿士又有柏矩，竝道其道爲其徒。禦風而行來鄭圃，初事壺丘後卒符。寓言十九要歸本，蝴蝶之周尤蘧蘧。趙榮祿畫既鋟刻，華君唐卿重手摹。文逸真人寄眉叟，玉麈山嘗藏此圖。昔遊德清越二紀，真館花竹迴思紆。豈知流轉值京國，兼得楷法供幽娛。徵君吳彥暉各書小傳于老子下十子像後。清溪惝恍燈火外，迢遞作歌報二徐。陶尊穀函。

觀錢舜舉桃花源圖用題者錢思復韻

萬樹桃花水一川，東風吹著捕魚船。吾家畫本吾家句，箇裏山光箇裏仙。先世秦時樂雞犬，諸公元季迫戈鋋。鷃鵬蘭艾何區別，只要怡然返自然。舜舉自題句云：「寡合人多忌，無求道自尊。鷃鵬俱有志，蘭艾不同根。」蓋「吳興八俊」趙王孫被薦入朝，諸公皆相附取官爵，獨舜舉齟齬不合，以終其身。

唐子畏明皇教笛圖

所惜太宗貞觀，難忘初政開元。殿頭玉笛教取，吹得春風幾番。

觀王右丞精能圖

遠山近山面正當，樹衣山骨層層蒼。巔崖巖巒陵壑坂，疎密柔硬曲直長。夏盡秋初葉濃點，有風無雨枝微颺。亂沙遠水落雲半，幾道數疊穿林陽。卷横不高已千里，絹昏且破猶古香。據所論者觀所到，天性自出人難量。或云荊關此遺跡，我亦不辨其非王。或云精能乃品題，山豈自在無何鄉。人間流落得展玩，太尉領俸何蕭涼。詩中陶潛琴賀若，未識他軸誰相方。

董北苑瀟湘圖

山容遠以秋，江色靜如曉。浸岸不畫水，盈盈已淼淼。洲蘆筆筆風，風影斷沙悄。翹首横欲高，鬱蒼出林表。林林葉無枝，蕭蕭根及杪。村分屋其陰，漁聚江爲沼。天真寶爛漫，興寄在深窅。雲英翔鳥值，帝子愁予眇。采蘭白露晞，弭節翠烟繞。髣髴昔遊經，徘徊此情渺。

翁方綱：「浸岸不畫水，盈盈已淼淼」：此擇石擅場。

趙文敏公寄右之兄札墨蹟

首云「奉别已復三年」，中云「不肖一出之後，每南望矯首，不覺涕淚之横集。今秋累輩既歸，孑然一身，僅有一小廝自隨」，末云「十二月廿九日」。

羅綺難勝儼惠臨，疎行矮本尚傳今。繇來玉馬朝周客，未絕銅盤别漢心。燕市夢孤將盡夜，弁山春杳送迴音。江南合遣人才訪，不獨王孫有故林。

顧列星：婉而多風。

錢儀吉：「玉馬」、「銅盤」，亦習見。

吳應和：極好。周旋語亦典重。

近藤元粹：賴云：漁洋題子昂畫牛作已用此典矣。以「銅盤別漢」爲之對，稍爲換面耳。

王叔明停琴聽阮圖

崖點碧苔秋思含，乍摧乍卻罷深譚。橫來膝上坐相對，寫出松風聲自耽。疎密高參蒼樹幾，澹濃靜立遠峯三。不知何處此佳境，芒屩催人一笑堪。

封禪頌碎金帖歌

紹興六年季春日，四明山樵石穴開。商彝漢鼎竝古劍，玉石硯各出一枚。奇光更發石匣一，褚中令書如瓊瓌。迷茫封禪文一卷，寶此豈實作賦才。山樵得之送太守，太守上之入內府。零星大半不可讀，帝命侍臣聯絡取。鬭筍接脈初無痕，學漢繼周動成矩。句皆四字字二百，題曰碎金金悉數。右軍書購貞觀年，一字輒換一金錢。嘉名其義蓋有昉，其文則壓興嗣千。保和殿勅安國集，胡文定裒次，見《恭紀》中。清容齋貯嘉禾傳。嗟我郡人亦何幸，鳳城猶值黃花前。

孟冬朔上親享太廟陪祀恭紀

昨直中和陛，雍容視祝虔。冬蒸馨早達，秋獮蹕初旋。五世躬三獻，千官頌萬年。卽看紅旭上，頒朔午門前。

上御乾清門聽政侍直恭紀

圓月寒收影，初陽迴麗暉。用中先允執，成務實惟幾。珥筆行登冊，爐香與襲衣。十年親紫闥，聖政感心微。

己丑

錢儀吉：六十二歲。

元日上御太和殿受朝賀侍直恭紀

先肅中和禮，常昭上下倫。惟心稱萬歲，以德踐元辰。白獸樽超古，屠蘇酒徧民。巍巍皇建極，三十四年春。

上祈穀於祈年殿侍直恭紀

設燭融春氣，趨壇耀玉光。三霄蒙夜雪，九上卜秋穰。大祀彌仁孝，羣黎徧樂康。朝衣愛霑濕，已覺遠林芳。

修先師廟成上親詣釋奠侍直恭紀九章

堯舜文武，治法惟心。皇集大成，條理玉金。先聖則古，後聖則今。君道聿隆，師道是欽。
己丑二月，四日上丁。皇齋于宮，以德薦馨。龍旂曉臨，天迴春星。煥其雲構，妥我師靈。
古柏陰森，神燈朗耀。成賢之街，歸先師廟。闢大成門，啓大成殿。儼乎闕里，如聞如見。
太牢具哉，有鼎尊，有卣罍。有壺簠簋，有觚爵洗。維師周人，陳以周器。陳以周器，維我皇精意。

維師至聖，萬世之師。維皇至聖，先臣民以師。夙夜之心，維師鑒茲。天地萬物，皇躬敬持。侑以六侑，歌以三獻。申以六拜，欽至尊北面。維臨雍兮一展，兹釋奠兮五行。罶畧之禮，積歲之誠。

積歲之誠，皇行師言。自天之下，如彼阜蕃。罶畧之禮，師拜皇嘉。維乾之德，實用光華。神之答兮，左右洋洋。曁兩廡賢儒臣，肅肅鏘鏘。天之和兮，斯文大昌。幽贊我皇，至治無疆。文德之格，西域既收。則今大順之徵，武功其丕休。西東南北，咸以德服。孔子之風，皇猷則同。

扈蹕宿大新庄

村外山分勢，宮前水轉隈。青旂藉田後，紫陌屬車陪。酥點輕遠歇，弦光濇欲恢。心清闐孤帳，早起不煩催。

村杏

村杏如寒女，青溪立曉風。不知城市裏，半損綺羅叢。

上千像寺

洗鉢僧圖石，穿松磴俯欄。繚垣梨杏好，歲歲解迎鑾。

過天成寺上萬松寺復度西甘澗東甘澗踰嶺入古中盤回憩少林寺外

田疇山谷馬曾通，二十一年成老翁。松夾杏花盤下上，日開雨氣澗西東。塵心世界知無盡，絲鬢身名笑已空。舉首石崖天藻遍，紀遊彌復句難工。

上親常雩于圜丘陪祀恭紀

歲爲祈膏雨，皇來祭泰壇。自南風既阜，建巳月猶寒。水氣通清畎，雲光潤翠巒。九天韶奏協，萬寓穀成歡。

喜徐太守良至

夔州久説賦歸田，輦下重逢突快然。滿市楊花春後雨，一簾蕭寺午方烟。賤貧在昔惟貞節，時以舊所裝《食貧居賤》詩卷屬題。老大于今益信天。約我茸城他日訪，已將梅竹到尊前。

范給諫棫士輓詞五首

乘風亦何去，戒藥定先瘳。庚子已庚子，九州還九州。埸原隨佛選，夢本作仙遊。頗奈顛毛白，俄教涕泗流。

侍臣歷諫臣，報國豈謀身。邈矣論千古，居然在一貧。小齋名用拙，佳節實思親。君積歲卜先人吉壤不得，自書楹帖「每逢佳節倍思親」句于臥內。始媿丹陽麥，勞勞有故人。

合讓蓴鱸翰，堪誇子弟蘭。周旋孤客早，整頓舊門難。屋許三間破，書憑萬卷觀。多君不再娶，參駿計猶安。

十八年京洛，歸與百里心。江鄉生未覿，墓草近相尋。君及余登第始相識。夾巷巷南北，來春春淺深。停樽緣老伴，悲緒復何任。

纔與三旬隔，頻將一念通。茫茫花落後，寂寂月明中。矩步臨予邸，瓌辭罄爾躬。虎頭圖畫得，能免影成空。

翁方綱：「庚子已庚子，九州還九州」、「俄教」、「居然在」：竟是不通如此。通人而造此不通之境候。

圓明園曉直

珠斗光低苑，雕欄影靜渠。過橋風更切，依柳步方徐。奏進門開早，傳宣日出餘。拜恩還飽飯，豈不素餐如？

題王太守祖庚遺像

昔在徵韶歲，風神豈若斯？良由材倜儻，遂以老驅馳。公子還裝卷，州民已立碑。秣陵春病夜，澹月墮江涯。

上視祭方澤祝版于中和殿侍直恭紀

日至功惟報，明當大祭歆。祝文樽不越，史職筆猶簪。東海丹霞起，西山璧月臨。方丘如上帝，早達聖人心。

題苦瓜上人餘杭看山圖

餘杭城外南湖外，九鎖山雲疊疊烝。何意也爲青眼客，此因須問苦瓜僧。虎蹄踏月林聲靜，箬葉含風澗影澄。還向洞霄宫處説，宋家得失内祠曾。

錢儀吉：苦瓜僧即大滌子，見板橋題畫。

清漪園曉直

宫門啓事候諸臣，列坐修廊藉軟茵。銀漢星明待遥夜，碧梧葉落驗靈辰。明日七夕，今日立秋。湖光山渌非誇浙，菰米蓮房總近宸。講武木蘭行出口，雲峯千里快秋巡。

題王雅宜券後

長券短券禮昉諸，左券右券法令俱。官券私券勢難已，折券焚券僅有無。雅宜山人王履吉，嘗自起債于州閭。白銀五十息錢是，文壽承乃居間歟。嘉靖七年月維夏，想當櫻筍家家廚。獨奈山人竟貧甚，交關入市出石湖。不能與息終與息，十二月必償君餘。梅花開時雪花落，定已稍入湖田租。顧元方者買舊蹟，獲此卷愛山人書。裝界乞題一還再，歸文休後連凡夫。秋堂蕭然謝作答，似聽此券來中吳。遂令街西褚學士心筠，持以索詩如索逋。我貧雖不漫立券，地上事亦何從圖。且償詩債欠酒債，今夜暫借街西酤。

翁方綱：不好之極。

夜起

夜起東南覩白芒，占星垂象仰蒼蒼。定符聖意安滇徼，早振天聲克緬疆。高樹明燈秋院靜，疎蛩曉露裌衣涼。裵回出入成無寐，并與三農祝歲穰。

題趙文敏公五花圖

坡沙起伏川流淺，草豐樹涼秋漫衍。一立樹陰一臥坡，一匹齕草行逶迤。兩匹飲川一仰吻，各無羈靮無叱呵。清時散牧非嬉戲，蒙君之惠急君事。但識成功萬里心，能從敵愾三軍帥。五花五花不以毛，趙公相爾八尺高。

錢儀吉：高在起二句。

吴應和：既簡鍊，亦復遒勁。老杜《詠馬圖》，虞道園具體而微。此則道園之嗣響也。

近藤元粹：畫致宛然。○敍五馬處，似學東坡詠韓幹十四馬詩。○賴云：罵文敏，前人每□；此不下一惡言，亦高矣。然此文敏畫馬也，與佗手別處不可不言。○又云：簡鍊遒勁，評得允當。

題徐上舍堅夏山烟靄卷

風雨圖聞勝夏山，君今規此適相關。崇本文更天真得，建業僧如舊觀還。艇子吴江歸獨喚，梅花鄧尉去同攀。先廬溆上饒泉石，生面須憑發好顔。

程舍人晉芳請假南還有吴門小築之圖題以送之

召試蒙官近七年，未成進士極蕭然。移家欲别淮陰月，買舍將棲笠澤烟。夢亦有鄉誰謂遠，歸非無路或之先。催他程紀東西住，心齋與君已約結鄰。俟我春遊木瀆船。

馮少司農英廉預日招遇其獨往園作重九至日爲南劉相國邀登大光明殿之天元閣遂不果赴明日送句以謝

呼我登高醉爾家，隔城早起便將車。卻經邃館聞仙珮，留倚層欄看暮霞。天壤有情俱白髮，笑言無分各黄花。一年一度猶難定，那不加餐努力加。

乞得朱學士筠所購馬文璧山水小幅賦謝

疎林遠岫碧川澄，愛是扶風墨妙能。弟子行原隨老鐵，圖書印尚辨休承。溪山久别徒觀畫，嗜好相通每藉朋。他人篋攜江國返，累君長憶報瓊曾。

題周學士景柱湖舫倡和圖卽送其乞休歸嚴州二首

憶在蒲州守，曾開五姓湖。造舟凌暑雨，觴客狎風鳧。宛轉流光駛，參差勝引孤。歸田今已遂，重遣寫爲圖。

可奈中條影，沈沈浸遠嵐。故人屬錢七，遺槀諷胡三。徵君稚威作序并歌。此去嚴陵釣，方春仲若柑。君恩應不忘，夢卽到燕南。

揅石齋詩集卷第三十一

庚寅

錢儀吉：六十三歲。

法源寺看海棠於旁院破瓷缸下發得遼大安十年燕京大憫忠寺觀音菩薩地宫舍利石函記刻石一方紀太僕復亨有詩家學士大昕和之輒亦用韻

海棠歲歲花，喚我幾遊寺。佛前我自行，花亦不煩記。西園求藾本，東寮作茶事。石庭塵不涴，苔砌坐無次。念隋舍利函，木塔所移置。南敍采師倫，終不屬兹地。唯遼舍利函，如寶出其肆。雖聞善製碑，未見義中字。牆陰指沙彌，甕缶壓荒翠。展力覆可翻，循文完且備。諸公輒賞之，非爲詫神異。「圓淨瑑然，實爲神異」，《石函記》中語也。舊蹟日無增，藝苑藉鼓吹。病起值今辰，獲此若開智。已倩太僕鈔，先歸學士笥。學士蒐集金石文字多出於歐、趙外者。風寒盍少留，疥壁遺題識。婆娑著處花，樂豈再思議。

諸君遊潭柘有姚少師庵之作紀太僕邀余和之

岫雲寺後澗東邊，憶過松扉蹋亂泉。也算宰官身所住，終愁釋子語無傳。山心豈與藏春別，袁珙目道衍曰「劉秉忠流也」。秉忠嘗隱武安山谷間，爲浮屠，其師海雲引之事元世祖于潛邸，後號藏春散人。壁影猶將病虎懸。若向長安街北望，一雙壞塔矗晴烟。道衍至北平，居慶壽寺，後常居之。仁宗元年侑享廟庭，後撤去，而還位于寺。寺久廢，惟海雲及其徒可庵塔尚存。

題陳秋曹朗閉門覓句圖

竹苦蕉甘柘水灣，笑君吟屋晝常關。幾于必用毛錐子，并不能逢飯顆山。偶寫小身方獨坐，頻開橫卷竟遲還。集成若付任天社，雙井應看伯仲間。

借明無名氏溪山晚照卷作小影而自題

儒冠儒服愧非儒，可道今吾勝故吾。草木陽春欣所遇，溪山晚照問誰圖。

主恩十九年還渥，鄉夢三千里合無。卻遣長謠付橫卷，水窗如在永安湖。

憶永安湖

山圍南北兩湖平，堤接東西一字橫。放艇白蘋花霧曉，收罾綠柳樹風晴。海鹽曲子楊宣慰，至正遊人顧阿瑛。寂歷祇餘村俗儉，此時烟壠又催耕。

吴應和：元人度曲，海鹽腔本楊宣慰十間樓教歌姬，在澉浦永安湖之東。金粟山人《遊永安湖》詩「啄花鶯坐水楊柳，雪藕人歌春鷓鴣」，爲一時絶唱。繁華終歸寂歷，勝地不常，古今同慨。

近藤元粹：「樹風」字，陋俗。〇後半殊有情韻。

佚名：風情宛約，措語秀鍊。

題施儀部學濂九峯讀書圖

乍浦九峯青到海，屠墳秋鳥脆登盤。十分占得讀書力，一出憑爲朝士看。肥馬豐車愁衮衮，長松孤鶴夢珊珊。此身要是供時用，可道閒忙定兩般。

吴應和：直筆揮灑，一氣盤旋。似此律法，專工琢句者不能夢見。

近藤元粹：二聯皆不凡，而後聯最妙，意清而語創。

佚名：想是蘀石得意之作，十分鍛鍊之後，始成此雄渾之文字。

題陸編修費墀新購靈壁石硯

若巖若壑可硯山，坡公臥之以當硯。背鐫「軾」字并印，曾藏項墨林家。石與匣竝題識。迴思紗縠此其亞，試數嵌空凡幾面。高齋磊落琴尊閒，伸紙濡翰時對山。爐香欲斷雲生几，槐影初籠晝揜關。

馮少司農獨往園中有借山樓可眺城西諸山今春復于南淀構一小樓仍曰借山暇日過之爲賦長句

連畦芍藥乍來過，豈識樓成出薜蘿。高不三層讓貞白，小真方丈學維摩。城外住增城裏勝，近山看較遠山多。雨來似灑烏篷背，臥憶江南獨放歌。君有《小樓夜雨》諸作。

吳應和：三四兩句詠小樓，典實確切，可書楹帖。

近藤元粹：頷聯新穎，頸聯波峭多姿。

哭汪選部孟鋗六首

兩弟隨君上學堂，仲先叔後歎俱亡。忍言四十年都幻，苦覺纏緜病漸妨。守默寧須博科第，垂聲豈在擅文章。萬端一錯由初願，慚愧同之實永傷。

往事君家若重思，今朝我老獨應知。憑棺已矣千行淚，漬酒居然兩鬢絲。楚國鷓鴣含懊惱，鄭風芍藥數上聲將離。鄙人客北從丁卯，何以晨星遂不支。

穀原讚又柘坡詩，伯仲城東信作家。插架圖書鄴侯軸，滿庭風露趙昌化。二語，君家書齋朱竹垞先生所題楹帖，里中同學嘗晨夕於此。今且三十年矣。相憐數子皆無對，此樂吾生未有涯。誰道天慳元賦命，蓬飄一一墮塵沙。

南金東箭漫相提，所見如君孰與齊。雨絕竟爲中道廢，風流彌向故山悽。春曾契闊花陰坐，病亦差池酒具攜。傳語婦翁兼舅氏，木雞方且不成雞。余於去歲乞徐太守書「木雞」二字額寓屋。

颯颯楓青江上林，片帆歸旐雨風深。功名世未蒙其澤，孝友天應鑒此心。隱去孔賓君不苦，嗟來桑扈我何任？寢門可但賒他日，今夜先輸爲獨吟。

獨吟獨吟真可哀，行覓年少區中才。蕭瑟廓落有如此，鳳皇麒麟安在哉！繩牀不聞夜雨歇，蘚院翻對秋英開。無可告訴今以後，只除舉杯休放杯。

重過借山樓疊前韻

御園散直又來過，非爲青林與綠蘿。諸境已空耽結習，此身雖老藉觀摩。濕雲山外秋將薄，明月樓頭夜漸多。君北我南還未别，百年對酒幾當歌？

題雨林圖

崦裹炊烟乍合離，鵓鴣語罷陰四垂。畫家潑墨慣如戲，著屐看山偏此時。孰謂密雲竟不雨，豈惟遠樹都無枝？江南吾憶水鄉静，梅子滿園嘗賦詩。

敬承會詩并序

乾隆己丑十一月，上海曹君君錫年百歲，大吏請旌之。于是梧州太守李君方家居，集里中高年亞曹君者十九人，會于敬承之堂。儲君雲州八十九歲，寇君逸齡八十八歲，張君鳴皋、天培各八十七歲，趙君漢紳、王君翼史各八十六歲，王君協中八十五歲，周君培先、王君士昌、鄭君文斌、呂君錫宰各八十四歲，金君公宰八十三歲，陳君宏三、喬君永錫、吴君茂玉各八十二歲，張君亦安、倪君元卿各八十一歲，徐君天敍、祝君渭陽各八十歲，而主人年未及六十，乃自比唐東都之會。祕書狄兼謨、河南尹盧貞年未七十，與會而不及列之例作序，來徵詩。載仰惟今年恭遇皇上六旬萬壽，來年恭遇皇太后八旬萬壽，延禧集慶，天地和厚之氣溥暢于斯時。松江一小縣所聞者如是，則夫四海之大，耆壽之多可想見已。歲在辛巳，吾郡嘉善尊德堂九老之會，嘗仿七老詩體紀之。兹者盛事再逢，仍用七言六韻。庚寅六月廿七日。

百歲翁真鄉祭酒，禮行太守特鋪筵。八旬上竝邀爲客，十九人還望若仙。接歲朝廷方大慶，連村江海正豐年。金杯醞暖初陽候，玉照花疎小雪前。堂敞李家歡列坐，城臨申浦燦高躔。武原分地華亭舊，此事嘉禾合共傳。

題陳明經耕讀圖

農士俱良德乃馨，茅齋終要卜烟坰。尚嫌高鳳曾流麥，祇愛倪寬輒帶經。

小庭

小庭纔半畝，嘉卉不多株。手賺十年久，春供三月娛。野蘿纏亦剪，狂雨倒曾扶。豈但看生意，偏宜著老夫。

觀家學士大昕所藏鳳墅殘帖卷第十三十四兩冊

南渡名相與執政，真墨老蒼感盈目。七十五日李忠定，杜鵑寄巢鄭忠穆。鳳墅逸客曾幼卿，嘉熙淳祐前帖成。五十五蹟此二卷，宋本猶自杭州城。綠槐高花拂簾旌，闔開棐几爐篆縈。狂草淋漓憶殘頁，可勝羣玉萃瑤英。王文園給諫藏有《羣玉堂帖》第四卷，懷素《千文》亦宋搨。

皇上六旬萬壽詩謹序

乾隆三十五年，龍集庚寅秋八月，恭遇皇上六旬萬壽聖節。天地嘉暢，民物和樂，于以承慈寧歡，綏子孫福，錫類推恩，謙沖彌至。臣仰瞻盛際，力誦聖德，撰七言古詩一章，拜手稽首以進。臣無任歡忭，無任惶悚。其詞曰：

聖心格天動華臻，天心佑聖福祿申。行健自强乾德安，四德時措長以仁。一中執之萬化根，壽民壽國皇自敦。帝謂從斯彌億年，斂更於庚引達寅。任成萬物壽星躔，政平多輝之月圓。六甲初周循如環，九重繁祉以介焉。惟皇事天夙夜敬，總我地維握天鏡。奉若天道祈永命，四方之極履中正。綱之紀之太阿柄，敬之敬之列祖聖。天下全盛德祚盛，如南山壽天保定。勤家天下爲一家，家法有常德訓加。傳道之義勉研摩，自家而推周四遐。聽政隨所即正衙，體元息息吹琯葭。日播堯勳與舜華，九功敍兮九敍歌。如天如地羣生嘉，如萬佛讚優曇花。我皇孝德繩崇徽，我皇孝德承慈闈。春暉日永娛天暉，四時春在天香𩆀。勅天惟時亦惟幾，吉者百福之所歸。懸璧連貝拱太微，禮曰國肥先家肥，先知稼穡則知依。省方觀民澤宜暢，翊大安輿涖仙仗。與物爲春答慕嚮，大哉至孝近乎王，至哉能以天下養。紹衣載至於留都，視邊講武歲三驅。賢爲駟兮道爲輿，岱宗孔林少皞墟。更秩崧高佇中區，防河捍海越與吳。秣陵之山錢唐湖，皆奉慈顏時起居。衢皆康衢皆福衢，所過便蕃賜田租。教民務本奢費除，吏察士選樂只且，川巖映發仙毫紓。我皇文洽天人文，聖文有萬統聖真。説經評史誤則刊，夐超博奥諸儒倫，書聖畫禪衆妙門。胥萬物源造化源，乙夜之勤修政勤，規矩誠設繩墨陳。親行承祀必嚴禋，精氣所感百靈賓。保我本支庸展親，壽愷令德世彌惇。八旗舊俗其樸淳，九州萬國其豐殷，財成輔相左右民。炎之如日威如神，函之如海養如春。惟臣哉鄰鄰哉臣，思賢若渴庶政分，謹小慎微政體純。惟皇心切文輒宣，聖性聖情見睿篇。事事物物時時然，豈惟文德光迪前，守文難兼創業難。西北曰邊東南徼，金川既平武功劭。準部回部輻輳効，闢二萬里應呼召。三碑巍立先師廟，迺征南蠻靖南詔。籲我解圍獲醜告，無私覆載無私照，先幾之籌親總要。惟皇勞心三才理，勞心丕鞏太平址。禮樂政刑既勤止，萬化之原徹表裏。嚴恭寅畏一其揆，是以天中集繁祉。卿雲糺縵畝玉宸，來歲重光歲在辛，聖母萬壽躋八旬。慈蔭萬寓咸春溫，元旦普賜田租恩。算緡幾三千萬緡，聖壽慈壽歲慶頻。藏富答天惠元元，丙寅丙戌兩優蠲。今年廣被尤滋繁，元會太和列慶筵。特詔入殿蓬萊班，喜起舞進瑞雪紛。元日太和殿賜宴，臣載侍宴。作人開科雅化先，皆在郊棷如鳳麟，時雨山川其出雲。畿南春多水泉香，安福艫穩行中央，恭奉安輿日舒長。玉燭維調寶命昌，二淀神護靈飆揚，縟林芳兮馥淵芳。析津士民江浙商，豳人偕來祝公堂，御園槐綠薰風涼。羣臣願上萬年觴，我皇至德謙尊光。卻而弗許詔至再，節其繁文物力愛。惟諸臣心靖共逮，答天祖貺誼斯在。恭惟來歲迓慈禧，福祿萬年登期頤。舞綵臚歡閶闔開，聖壽天齊祝方來。且勿叩請虔，今茲大哉我皇孝治原。溥天慶洽慶昌辰，嘉辰泰辰初度辰。剛健輝光德日新，八千春秋如大椿。六甲紀在時憲書，詔始來年遞紀餘。辛卯庚寅週復初，遞增百二十年俱，臣願聖壽萬年踰。壽昌壽昌憲祚蕃，皇子皇孫皇曾孫。稱觴萬年朝野歡，惟皇至德中正觀，萬年福祿熙鴻醇。

錢儀吉：《皇清文穎續編》入選。○「如萬佛讚優曇花」：佛語似可不入此。

秦學士大士又作柴門稻花圖屬題

昔者詩人許丁卯，嘗以晚至韋隱居。村逕遶山松葉底，柴門臨水稻花初。君何獨賞柴門句，一再圖之總成趣。擢秀高低熟雨暘，舒英早晚稠風露。南畦葉綠轉東畦，東溪水白入西溪。紫蟹肥憐稻花蟹，黃雞肥是稻花雞。羅含庾信俱無宅，畫出青山原咫尺。君若能爲秦隱居，我其丁卯橋邊客。

吳應和：首尾回環應帶，中間景語亦頗修整，可謂安詳合度。

近藤元粹：「村逕遶山松葉底，柴門臨水稻花初」：寫出畫致在眼。○「南畦葉綠轉東畦，東溪水白入西溪」：自白樂天《天竺寺》詩調脫化來。

佚名：非曲折變化之境，一味平衍之地，著筆極難拈出，「羅含」一語以下覃思虛設，始完成全篇。

施儀部屬題華山人嵒送其外舅吴雪舟所寫黄山歸老卷子

寫送江山赭緑圖，華嵒逸態近來無。峯高七里瀧中縴，城遠三家店處酤。老矣雪舟爲社友，歸歟丹竈在天都。婦翁遺此藏佳壻，使我秋窗得借娱。

題萬孝廉光泰詩畫冊

生死交情忽廿年，輪番遺冊重潸焉。古今律絕彌清綺，山水松蘭卻久鮮。思我名流幾玄壤，奪人厚石又蒼天。厚石，汪選部號。菊花昨唤扶笻出，獨對秋暉雪滿顛。

題魯治春滿江南卷

東吴小筆數岐雲，風露枝枝合復分。若見白陽并酉室，春遊連襖定呼君。

九日馮少司農獨往園登高

岑樓穿磴俯烟蘿，意愜應勝昨歲過。秋色煩君方掃徑，朝來有子已登科。順天是日放榜，次君得售。傳家日下圖書舊，退食花間嘯詠多。若署老夫吾亦可，菊黃偏稱鬢雙皤。

爲沈觀察清任畫蘭復屬題

多叢亦愛陳元素，少萼真愁項子京。焉得魏公三轉筆，嘗見松雪書彝齋《蘭譜》云：「葉忌齊長，三轉而妙。」如傳楚客《九歌》情。德芬芳與零陵似，山寂寥隨眾草生。一幨秋齋權作供，可無竹影夜窗横。

翁方綱：此五六非呆滯乎？

爲秋試被放南歸者題畫

農隱溪山似此多，饒他圓笠又長蓑。叱牛亦要施繩笨，買得吳田奈老何。

太尉之印歌并序

銅印方三寸，四字蒙古篆文，左邊刻正書「太尉之印」，右刻「宣光元年十一月日中書禮部造」。得之烏梁海額爾遜特斯故鄂博間，定邊左副將軍超勇親王成衮札布以進。

皇風既同西域文，元印不蝕呈將軍。三臺豈忘營鑄式，中興徒慨紀年云。應昌之殂師其遁，和林之立國有君。太尉誰與劇倥偬，上都日者方紛紜。奇男子耶憑戰勳，擁兵氣欲横江雲。大官惟備此磊落，土繡依然屈曲紋。

宿板橋同紀太僕

近看沙際樹，不記舊來村。釀雪天光薄，銜山日氣昏。瓦燈迎輦侶，茅屋擁衾言。兩鬢禁風力，蕭蕭未覺喧。

枕上得雪

孟冬旬未及，一白瑞先占。屋小寒侵被，庭空曉逼簾。吾人諸福繫，來歲大田瞻。況自王畿始，仍聽霡霂兼。

錢儀吉：下半是杜。其音安以樂，則遭時不同也。

圓明園雪曉趨直二首

永夜披裘獨，修衢出郭方。行天唯馬力，照地更燈光。風急過村樹，星明近苑牆。冷官無啓事，祗益敬恭將。

坦入金門內，清沿玉沼灣。五更高北斗，萬象靜西山。藹藹梅英早，依依鷺序閒。聖人欣有詠，兆在降康還。

題吴鴻臚玉綸古藤詩思卷

藤花手植枯復榮，新城尚書之舊邸。遂有鴻臚典宅居，卻憶尚書坐花底。尚書不見藤自花，獨唱無酬春日斜。過牆戲蝶翻成隊，穿架游蜂已放衙。明月黄昏看不足，好手丹青便相屬。畫人只畫袷衣寒，畫花并畫雕欄曲。紫纓絡挂香風初，明年香風還醉余。直爲鴻臚偏好古，令人閒裏感尚書。

吴應和：緬懷芳躅，情致低徊，聲調色澤並佳。新城見之，定當歎賞不置。

近藤元粹：四句一解，平仄互用，七古正體。〇第二解意自尋常，而語頗綺麗。

佚名：情景夾寫，極有情韻。

五更趨郊壇恭候大駕

祝版陳將視，齋宫御即臨。燈光寒萬點，樹影澹千林。上界昭融切，羣靈祇肅深。天門方鵠立，亦自罄微忱。

喜雪

祈雪雪方降，先春春徧生。仰惟蒼昊穆，以答紫宸誠。來歲蝗無種，于郊麥有萌。晨興卷簾坐，不覺熟茶鐺。

蘀石齋詩集卷第三十二

辛卯

錢儀吉：六十四歲。

王文成公驛丞署尾硯歌爲大宗伯裘先生作

墨妙亭詩莘老刻，曾是西吳之石墨。何年石斷隨分張，閩海黔山負趨力。漳南黃公得一片，摩娑厥背琢爲硯。蘇詩十七字僅存，今落吾鄉惜未見。豈知文成先得之，驛丞遠謫龍場時。别傳一片十二字，循文實即溪藤詩。碑材裂作硯材用，怪絕早在龍岡垂。我嘗讀公自書卷，驛丞廨種琅玕枝。何陋軒前君子亭，戊辰一記殊逶迤。是時此硯定給侍，匪直牘尾批文移。嗚呼，二百年餘尚完好，今爲新建裘公寶。嗚呼，名蹟之石天下多，我且作硯求諸他。

錢儀吉：「逶迆」擬寫「委蛇」。

上祈穀于祈年殿侍直恭紀

列城班初定，升壇氣早通。惟親元日禮，乃足萬民供。斗運高于北，風翔暖自東。猶思前歲雪，郊樹遶花叢。

題陶舫硯銘冊子二首

林家佶拓本又余家甸，硯背銘多嶺海詩。我亦篋藏鸜鵒眼，可憐點滴是青花。

十硯軒蕪石半亡，端州舊吏福州黃任。虎山橋去梅花墅，巧琢難尋顧二娘。

謝葉侍講觀國惠海南香

喜奉雲藍手自栽，鷓鴣斑好儷瓊瑰。何須遠致涪陽尉，直是新從舶上來。靜夜爐方憑獨試，早春簾更爲遲開。衹愁一往參梅韻，難免經時罷酒杯。

出右安門郊行二首

驢車直走又紆迴，村柳纔知眼未開。挈榼分箋人散盡，故應忘了出城來。

晴開天宇動春芳，脈脈西循海子牆。簪筆十年叨侍從，無才不敢擬《長楊》。

蔣少司農賜柴招飲見菜花于几上南劉相國約詠之得二首

上巳人來揖翠堂，堂中綠菜作花黃。瓷罌水浸陳根活，竹牖風搖疊蕚香。遲日野暄鋪頃頃，薄陰畦潤繡行行。薹心摘後蒙茸甚，最說吴鄉遍越鄉。

桑葉覆連蠶豆繁，豆花夾又麥稍翻。飛來黃蝶晚無數，圍得青山明一村。老矣關心譚種藝，公乎下筆繪田園。芳蕤豈獨蕪箐似，作伴紅枝侑玉尊。

錢儀吉：二詩餘翁嘗喜誦之，覃翁亦選鈔，知前輩著眼處非時人所及。

錢聚朝：「稍」，手校改「梢」。

吴應和：三四絕不裝點，自得幽野意趣。

近藤元粹：三四姿逸，有疎宕之氣。但「無數」、「一村」虛實對，有小遺憾耳。

桑先生輓詞四首

君子既多壽，曰終胡獨悲。遙循空位義，已到失聲時。薦几一甌茗，趨楹雙鬢絲。直從親歿後，今乃更無師。

賜第遭先帝，登朝得幾年。林居躬養母，友教世瞻賢。五岳笻真遍，千秋篋必傳。書來甫旬浹，猶奉手題編。

邃學光勞子，高歌暢景翁。是皆由早歲，而益見純衷。語可隨材別，行難與俗同。廿年爲院長，一髮有宗風。

丁未深秋謁，朱園徹夜論。迴思檐際月，屢照水邊村。拜墓身應健，呼天眼未昏。諸郎雖早世，遺澤在諸孫。

漫與

一桁湘簾鎮自垂，春來非緩去非遲。小庭也要栽花藥，何事乾風日日吹？

家少司寇先生儤直之暇合元四家法作山水卷以與弟孝廉維喬裝成屬題

公望派皆北苑，子由師卽東坡。禁廬雪落嘗寫，行笈春逢遂歌。渾厚華滋不盡，樝梨橘柚如何。孝廉船泊江渚，貫月虹非有它。

張舍人塤爲瓊花說二篇倩薛鑄寫瓊花綴玉蘂於後來索詩

別修花史費工夫，殺粉憑教沒骨圖。后土祠中元不贋，唐昌觀裏漫相誣。衹愁赤玉爲瓊爾，曾記秋崖屬句無。閒卻經春好心手，批紅判白又逢吾。

靜明園曉直

久雨陰將薄，連山綠轉濃。官閒猶竭蹷，馬老似從容。玉沼穿牆駛，烟條引舫重。昆明悅宸矚，遙岸稻茸茸。

籬壞

外舍新籬隔，疎莖雜蔓籠。曉常雲綴露，花漸翠加紅。偪受鄰牆壓，嗟成半院空。假非遭甚雨，何竟及芳叢。

十月癸未甲申上御紫光閣閱武舉騎射技勇以充讀卷官侍直恭紀二首

霜晴寶閣開，御座迴臨臺。向埒横弓見，銜竿奏鼓來。石欄旗屢展，沙岸鷁初迴。文武均張馳，先于重審才。

接日煩親試，都歸甲乙中。英雄務陳力，戰鬬仗論功。翠葆池之上，頳輪苑以東。林林盛猋勇，盤馬更彎弓。甲申日試畢，校十五善射。

冬至陪祀三更赴郊壇

未闢天門候，交光雪月中。一身寒是鷺，萬籟靜于風。息息春如轉，高高敬欲通。華星方翊衛，大駕在齋宫。

十一月丙辰上恭慶聖母皇太后八旬萬壽加上徽號詣慈寧宫恭進冊寶行禮侍直恭紀

文母思齋福永膺，精璆華玉上鴻稱。天產地毛養之至，子華子云：「臨萬品，御萬民。天之產，地之毛。無有不共，無有不備。」堯趨舜步吉相承。璇宫樂暢爐香煖，寰宇春融旭景升。子孫臣庶真歡樂，南極南山錫羡憑。

辛酉上行慶壽禮成御太和殿受賀頒恩詔於天下侍直恭紀

躬奉天經純嘏常，特頒天旨樂鏘洋。仰惟皇帝大仁孝，誕及神人胥悦康。海外又傳扶杖聽，殿頭親見與風翔。露垂澤布有如此，千萬歲壽歌善祥。

恭慶聖母崇慶慈宣康惠敦和裕壽純禧恭懿安祺皇太后八旬萬壽詩九章

天祐我清，景命萬年。萬年之芘，慈徽茂宣。皇帝孝德孔純，祇承聖母萬壽八旬。維九如頌上，百千萬齡，維壽維康寧。

初元至今，三十六年。起居有注，皇謹問安。慈寧宮中，春暉堂上。愛日之心，以天下養。民臣咸知，維孝承慈，萬年多福永綏。

慈德儉勤，惟愛物，惟愛人，孝德祗循。今天下大治，協于一仁。歲奉安輿，時巡下國。惟孝德，惟慈德。今歲祀岱，東方生生。于以歌《白華》，于以歌《由庚》。

龍集辛未，龍集辛巳，歲以福紀。今歲八旬，繁禧翕臻。悉新于辛，叢生于卯。福如叢生，日新其元兆。臣拜稽首曰：嗣今重光。嗣今重光，萬壽無疆。

土爾扈特，憬我德威。弗加之征，順我自歸。孝治有覺四國順，得道多助天下順。上帝嘉答，用昭大信。丕介慈壽，無疆日進。

臣歌有《那》，复陳舊歌。辛未慶慈壽，屬疆既我撫。辛巳慶慈壽，極西皆我土。歲今辛卯，鴻慶福加。遠人之來，萬里非遐，天地一家。

紫衢列錦，氣佳蔥蔥。皇迎安輿，苑西回宫。化日之舒，卿雲之結。百官之誠，萬民之悦。天地中間，爲慈壽節。

崇上徽音，冊寶玉琢。聖子綵衣，舞先韶樂。壽安大宴，五代福同。黄鍾春生，太和之充。寶字敬闡，徽音義宣。頌辭親製，十六章傳。

黄詔恩周，自朝達野。神人樂胥，維以受嘏。先是免一歲租，復蠲宿逋。復舉恩科，錫福其實多。欽恤之仁，好生德至。爰禮耆年，養庠之義。洪纖心周，惟以廣慈恩。惟以奉慈歡，寶祚其蕃。

周明府震榮屬寫墨花

水仙祠下泠湖雲，處士花梢澹夕曛。萬遍尋思難得夢，一般畫出卻因君。亂山江北官初罷，深巷城南夜又分。笑我已添雙鬢雪，未能無語對爐熏。

顧列星：前四句：一氣層折，老筆紛披。

爲沈按察廷芳七十

接歲朝京際泰辰，纔過六十九回春。生日在八月。同徵齒序方三紀，前輩心儀更幾人。上苑雪收行爛漫，元宵燈放不逡巡。衹應細酌東風酒，畫法評量到仲仁。行笈攜有元陳仲仁山水卷。

伊副都統福增格惠海物畫梅以謝

夙聞將軍才絕倫，一見遂若平生親。井口銘貽是唐代，嘗于旅順搜得石刻云：「勅持節宣勞靺鞨使鴻臚卿崔忻井兩口永永記驗。開元二年五月十八日。」三行廿九字。搨本見貽。扇頭蹟贈皆明人。今來兼蒙海味俊，歲晏直使山廚春。何以報之尺幅紙，梅花教傍鬢絲新。

題陳仲仁山水卷

陳君主簿于陽城，人物花鳥皆至精。吳興郡亦作山長，文敏公嘗畏後生。苔點麓寒厚所厚，松陰雲活清其清。若教多寫可多得，何減四家元季名？劉文成云：「仲仁畫不苟作，終歲不能脱一稿，故傳世絕少。」

壬辰

錢儀吉：六十五歲。

送沈郡丞清任赴官四川

洪恩錄用必騰騫，壯齒迴翔稍下遷。此是王尊何眷戀，歌如叔度有周旋。明燈白髮三杯酒，芳草青山二月天。手板不勞趨幕府，軍聲卽定小金川。

錢聚朝：騫，騫。

題羅山人聘畫鬼二首

畫鬼畫烟雲，猶堪米敷文。曷不學阮瞻，一空此紛紜。
六趣外無界，七趣中有人。卽非若馬趣，願君思公麟。

馮少司農招作花朝

雪點猶疎雨不繁，丁寧告戒已開園。縱輸吳俗遲三日，也抵高麗當上元。老去閒情急花事，閒來老伴寡塵言。自今節節隨春劇，紅蕚雖稀罄百樽。

宿小店

土銼茅檐輂道旁，疎林空塹半垂楊。五年買飯便人意，一度攜衾對燭光。酒保性真都不俗，田家風味本來長。老爲侍從稀佳句，特向西郊記壞牆。

沈按察輓詞

罷酒匆匆近藥鐺，看花漫漫出笳聲。三春準擬爲三老，一哭俄教盡一生。馮少司農招公及余二月十五花朝會，先之五言云：「庶乎作三老。」公病不赴，乃越三日而長逝。天女維摩元是幻，海山兜率復何情？世間墨寶蒙私印，難遣頻開覯姓名。旬日前借觀余明人墨蹟十二冊，留印冊端。

錢儀吉：「天女維摩元是幻」：似有所諷。

張少詹曾敞將歸桐城賦長歌致酒雙壜屬畫蘭竹卽題以答送

師門先達又同官，官罷廬居歲幾闌。國慶蹌蹌來甚暫，春熙碌碌別尤難。缺於治具翻相餉，速爲成圖且奉觀。早晚咨才應薦起，龍眠山好好加餐。

翁方綱：「速爲成圖且奉觀」：不成話。

錢儀吉：此等俱出於老杜，然不無流弊。所以西江一章一句，皆欲自成結構，正有鑒於此也。昔人謂學杜莫不善於黄魯直，豈其然哉？公於西江得力已深，特性愛真率，不欲多爲槎枒生硬，而一二酬應之作，定稿時刪汰亦未盡耳。

羅山人爲余作探梅圖題以謝之

百年難得幾探梅，畫我入山梅已開。繁萼向天皆半側，好風吹面恰東來。前村萬樹還千樹，今夜三杯復兩杯。賴有羅君共清興，不教芒屩負蒼苔。

翁方綱：總帶顛逸光景，亦實可厭。

三月六日雪

三月六日雪，漫天五出花。紅將凍桃萼，綠未沒萱芽。陌上遲香騎，城南靜錦車。老夫步檔立，猶復望春奢。

翁學使方綱歸自粵東法源寺海棠花開連日偕過有詩亦賦一首

碧雞坊今屬此間，黄木灣思灣復灣。三月花紅招我坐，八年髮白待君還。石幢齋鑊且岑寂，榆莢柳緜非等閒。日日向伊尋句子，何如高閣看春山。

爲馮少司農家海棠寫影并題

近迴欄獨出高檐，爲爾今朝盡卷簾。春好已知春老又，畫人何不畫花兼。羅山人近爲寫《借山樓圖》。蘇公舊韻三年欠，蜀府新粧一夕添。主客樽前加鬢雪，略飄絲雨儘無嫌。

飲呂家紫藤花下五首并序

紀太僕、秦按察邀余過給孤寺東呂家看紫藤花。至則太僕小門生、按察令子編修、去年辛卯典河南試所取公車兩孝廉呂氏之族，爲兩公置酒花下。于是遜余上座，因詢河南庚寅兩呂孝廉之爲余小門生者，則亦其族也。頃之，一呂生自外歸，拜余花下。時秦編修方分校禮闈，明日太僕詩來，輒爲補作。

藤花歲及寺東看，隔日相邀凭石欄。卻見主人成不速，春來元愛酒杯寬。

適來境趁適來情，花信番番戀鳳城。賺得與君空白髮，門生門下揖門生。

木瀆將棲纔請假，小園虺蔓想高楡。夕陽似此寶瓔珞，政要來尋船百壺。

秦家庭裏得新陰，紀氏恩門望更深。數上聲日何人爲録事，櫻桃宴後牡丹臨。

明季尚書有忠節，門才盛入本朝誇。諸孫今接花陰坐，猶憶君家宋呂家。

熏爐二首

巧鑄而今也用銅，參差滅了洛陽工。最傳朝會班香案，不易人家奉火籠。棄我漸于春後冷，闕渠長是夜深紅。篆烟乍起重簾下，可愛無風似有風。

對此何須雪釀寒，殢人春半雨闌珊。分明不得梨花照，寂歷真愁蕙草殘。纔解朝酲渾欲醉，每宜小寢若忘餐。從他寶袜徘徊處，熨手無言悵望難。

周文忠公銘雷氏琴歌

底鐫行楷云：「雷氏斲之，肇自開元。馮氏藏之，不知幾傳。我非知音，而理可言。心主於內，手應乎絃。故聲和可以仰馬，意殺形之捕蟬，豈特此哉！大則歌《南風》，小則治單父，舉不出於斯焉。嘉泰元年四月辛丑，平園老叟周必大書。」池中鐫八分「開元癸丑」四字，亦左右列。

呂家藤陰見此琴，翁家藥欄又值今。黄塵乃有千年物，白髮能無一曲吟？雷張名公擅開寶，列子樣存斷紋好。初元樂府奏還京，斲此真堪闢至道。得寶子歌聲復聲，阮咸拍板箜篌箏。大小忽雷鄭中丞，此琴何在彈誰能？瑶臺已到湖山翠，高宗宮內鑿大池，象西湖冷泉，疊石作飛來峯。益公進端午帖子云：「真是瑶臺第一重。」盾制銘方洪皓賜。高宗出意作《盾制琴銘》，以賜洪皓。此琴曾閱東京來，周家亭榭迎梅開。銘之豈忘治安願，叟也故餘雅頌才。其年公年七十六，平園之圖未盈幅。我今不作雍門周，我今且作榮啓期。庭空月澹春露飛，茶煎香爇明星移。孤坐衹將横膝上，昭文多事著成虧。

東書堂硯歌背鐫正書「東書堂書寶」，面額鐫古文篆云：「割紫雲之片石兮，永璧水之元光。蘭雪。」

燕王母弟國汴梁，元宫詞好製百章。教子頗煩劉長史，開軒更起東書堂。堂中紫雲裁一段，修幾三寸廣逾半。古帖臨池貝葉翻，新聲向月明珠貫。繇來好學後人賢，王孫地位況列仙。片石摩挲成俯仰，西亭還共小山傳。

擣石齋詩集卷第三十三

題圖塞里學士野圃

兩年嬾不郭西遊，誰道開亭更起樓。指點釣魚臺廢墅，商量運酒舫新洲。交蘆江上回風偃，擣筍吳鄉霽景抽。我亦有田歸未晚，林端殊愛友聲求。

題熊編修爲霖秋圃分甘圖卽送其假歸新建二首

千樹誰多種，三秋此獨娱。也看孫子及，未覺右軍輸。風俗頻思里，園林早入圖。瀛洲諸後進，別緒不能無。

章貢江之岸，歸來書幾船。緑柯栽日小，嘉賓摘霜圓。暇想君恩話，遙憑手札傳。酒尊京邸月，曾是奉周旋。

題翁學使方綱臨蘇書卷九首并序

蘇文忠書蔡君謨《夢中詩》、《守居閤中舊題》及和作周詔落籍三首。虞奎章見於柯敬仲所，爲賦詩四首。後敬仲乃盡和卷中韻，爲九首。于是題者倪瓚、馬治、張雨皆如其數。此蹟翁學使購之粤東，攜歸京師。載既乞臨付一本，遂亦盡和以題之。

吾家篋擬君家寶，新蹟粗將舊蹟明。怕是夢中人説夢，眼青萬里太多情。

情隨花動憐花好，春鎖眉尖掐指尖。不作錢塘江上守，那知愁似夜潮添。

鬬茶輸卻笑堪驚，鸚鵡籠開不剪翎。相别若忘同輩羨，再生應念此恩經。

湖上草青花白紅，宋年春肯到今同。杭人多慧慧何似，憶殺六橋楊柳風。

遼家金家幾戰塵，一卷猶見錢塘春。撒與明珠百十二，果然南嶽有真人。

取觀任展長安軸，攜去憑迴霅畫船。環慶堂開重俯仰，可憐真比月嬋娟。

多事相關長帽翁，倪張之筆盡春風。人生百歲他無戀，未免幅縑片楮中。

五百年遥嶺海魂，後先于浙漫尋論。轉愁杭郡殘詩稿，去惹儋州亂雨痕。

臨本木雞齋乍入，舊藏天籟閣曾誇。君非賈島獨名佛，我豈恆河長照沙。

紀太僕復亨請假南歸將居吳郡翁學使方綱邀同人分賦勝蹟以餞載得甫里

少卿宦而歸，本異天隨子。聞將中吳居，其何遂比儗。天隨籍長興，既乃僦甫里。君先亦南潯，今茲更擇美。則如甫里家，頌禱蓋可以。去城深入村，望野曲周水。圖書人左右，杞菊屋後前。置屋三十楹，毋置通江田。上塚石湖近，探梅鄧尉先。東西洞庭月，七十二峯烟。是閒君松扉，寂莫潮流連。魯望《迎潮詞》云："寂莫流連兮依稀舊痕。"明歲我歸訪，泊船還泊船。

漢建初銅尺歌

識云：「慮虒銅尺，建初六年八月十五日造。」慮虒，《漢書·志》注音盧夷。

城南亭子槐陰涼，拓文乃展漢孝章。亦知此尺在闕里，孔尚任得之江都閔義行。徒觀二七篆一行。建武銅尺周尺同，以校後代皆過長。惜哉荀公此未見，七品猶參微弱强。世祖之孫好儒術，四年虎觀下太常。建初年去建武近，中興以來民不忘。《隋書》雖臚十五等，此尺早出非難量。建武尺憑建初證，周禮尺制應加詳。其時鐵官屬郡縣，縣官鑄器銅丹陽。況于玉律度爲尺，文學得自零陵疆。林盧盧夷土俗別，大陵有鐵扇熾揚。慮虒豈由俗間鑄，何以至寶傳茲方？荀公不如我生晚，可正古尺神彷徨。同觀更辨字體好，今日之樂樂未央。

題紀太僕二圖

心齋坐忘圖

心齋君自號，時義取于復。今以況漆園，集虚亦云淑。兼之圖坐忘，大通若無方。斯意本近禪，乃遂作僧裝。願君且娱老，非黜更非墮。掩關剝啄無，獨得身静坐。林静坐如山，晝静坐如宵。坐花春寂寂，坐月秋寥寥。大雪起而行，必爲村梅出。曷不挈壺盧，相將扶楖栗。

錢聚朝：「畫」，手校改「晝」。

石湖春釣圖

行春橋外今朝風，鵜鶘踏浪西復東。楞伽山前昨夜雨，荻筍齊抽楝花吐。黄塵衮衮催巨年，誰能遺此橛頭船？惆悵非惟張翰鱠，蹉跎是亦祖生鞭。

顔氏所藏魯公名印歌

唐印朱文觀者信，銅花斑斑紅沫潤。兩字左右方寸强，顔家世守此名印。二十四郡忠臣無，公名纔得天子呼。杲卿其兄真卿弟，貶公出公名不誣。其時天下人望同，不以名稱稱魯公。豈知此印到今好，手舉公名精爽充。我欲昌黎名印得，可雙顔印分芒色。公行死矣韓生歸，君命之銜皆報國。

觀鄭所南畫蘭其自題云：「一國之香，一國之殤。懷彼懷王，于楚有光。」

兩葉一花根不著，似添一蕊猶含萼。腕軀瓌詭可奈何？先生僅不《離騷》作。先生自製祭鬼法，每夜祭鬼響若答。鄭元祐題云。國之殤兮國之殤，春夜風生秋瑟颯。比干畫馬家淮陰，謝翺唐珏有同心。蘭兮蘭兮不形似，王孫愁絶豈知音。

題歸帆圖送羅聘歸揚州

冬心詩弟子，踰歲京遊歸。奈此芙容采，先于鴻雁飛。嗟君用意勤，爲師續編集。可憐蕪城客，不羈人不及。聖世拙無用，枯腸出《騷》遺。衹恐過樊榭，終爲來者知。歸歸方校刊，慰君心所重。錢塘江上山，碧草沒孤冢。冬心歿于揚州三竺庵。乙酉九月歸葬于臨平黃鶴山。依依師與友，落落古至今。君自挂君帆，我自寫我心。平山見大江，蘗畦近香界。他日歸道經，剡藤再乞畫。

錢儀吉：詩爲冬心作也。

錢聚朝：容，蓉。

餞紀太僕供荷花邀吉京兆夢熊張學使模翁學使方綱家學士大昕共賞之翁學使有作次其韻呈諸君

多憑郭外折香風，直似江陂駐短篷。渺渺歸人心更遠，酣酣老子頰難紅。幾時上客聯清珮，明月西泠汎碧筒。添與雙堤萬楊柳，不勝盼睞此筵同。

七夕曹少卿學閔家學士大昕集程選部晉芳齋餞紀太僕招翁學使方綱及載奉陪分韻得同字

高館新涼霽碧空，合昏花下未鳴蟲。依然聚影當鈎月，不奈離情逐曉風。二十秋來人尚健，三千里去信元通。何因便踵雙星例，此夜深杯每歲同。

同程選部晉芳嚴侍讀長明翁學使方綱曹中允仁虎吳侍讀省欽家學士大昕集城南分賦

壇樹擁且森，郭巒抱何修。茲焉實韋杜，曠若臨滄洲。金門盛名彥，仕學兩所優。緝之芙容裳，比于珊瑚鈎。暉暉天碧晚，迢迢雲素秋。豈敢辱同心，以我成佳遊。我今在桑榆，我本爲鸒鳩。未免對清尊，輒用銷煩憂。

錢儀吉：退然自處，公之用心如此。

同程選部晉芳曹中允仁虎姚秋曹鼐家學士大昕集嚴侍讀散木庵

適先飲他所，詎知境頗勝。飲雖非終日，喚亦幾不醒。驅車度重闉，望屋識舊徑。十年缺重來，枯櫟驚半剩。問君居幾時，檐斷改題稱。巷南客緩呼，樹下窗稀凭。諸公笑引坐，醉語錯相應。華鐙泠淡光，斑鬢飛騰興。所媿賢主人，沉湎禮夙證。能飲者毋苛，不能飲者聽。嗟余又何知，起視天清瑩。祇恐西風高，落葉聲未定。

翁學使招同程選部嚴侍讀曹中允吳侍讀家學士飲卽題其蘇米齋二首

移居請客埽秋階，日日秋晴晴更佳。摹得粵東蘇米刻，署爲都下嘯歌齋。涼風滿路僮擔菊，細雨明春院種槐。何似藥洲饒水石，羅浮天際話憑偕。「蜀人蘇軾子瞻南遷惠州，艤舟巖下，與幼子過同遊聖壽寺，遇隱者石君汝礪，器之。話羅浮之勝，至暮乃去。紹聖元年九月十二日書。」此刻在韶州英德南山後石壁，藥洲米黻元章題。此刻石高三尺許，今在布政司廨後堂東竹叢中。學使皆摹石攜歸，今置齋壁。

宣南住亦十霜餘，高樹鄰家半已疎。江引歸颿頻送客，燈搖醉纈尚畱余。盛年不朽元難量，健筆多師定弗如。老矣青山東海曲，抱經悔自別先廬。先人丙舍在永安湖。元年丙辰放還，曾有《漵上讀書》之圖。踰十一年復遊京師，迄今二十又六年矣。

密雲

廿四年來記，秋衣出塞還。城高鮑丘水，風急白檀山。抗策心猶壯，簪毫鬢已斑。朝曦迓回蹕，悅豫仰天顏。

觀元蘇弘道書延祐甲寅科江西鄉試石鼓賦李丙奎徐汝士王與玉陳祖義李路羅曾吳舜凱及弘道八篇墨蹟卷

元之取士首楊英一作奐，厥後議制鶚與衡。進士科設遲又久，仁宗二年乃詔行。世祖乙酉幸上京，太史告瑞文昌明。仁宗誕降實翌日，是夜張起巖亦生。延祐乙卯廷試始，起巖左榜第一聲。甲寅鄉試當先行，江西所舉斯其名。蒙古色目漢南人，各七十五三百并。南人江西舉廿二，如八人者其翹英。一場題出《四書》始，所在義惟朱氏程。江西試官二員選，吳澄楊剛中碩望諧吹笙。二場試賦漢南人，八月廿三鐘三鳴。初元石鼓徙太學，頒題以此宜鏗鍧。殷盤直溯九字銘，德文兼有長崢嶸。李丙奎首句云：「大學九字堅於殷盤之銘。」徐汝士末句云：「惟有德而有文兮，其照耀於無期。」內治外治修攘興，王綱王道法天貞。王與玉云：「外有武備之立，內則政事之修。」陳祖義云：「慨王道之日晦，遂致使王綱之日隳。」時哉一統人物俱，宇文何知雅什賡。李路云：「迨乎我朝，平一四海，天下之士爭走，集乎京師，於是至者莫不卽焉，以摩挲而枚數，幸人與物俱值乎斯時。」羅曾有序云：「乃以爲宇文周所作者，蓋未有考也。」數存失得繫愛惜，鐫刻萬古功垂旌。吳舜凱云：「是雖數存其間兮，失者復得，亦必好事之君子爲之愛惜。」蘇弘道起云：「宇宙萬古，伊誰無功。不鐫不刻，曷是無窮。」蘇君能賦更能書，七人藉傳若加榮。試卷最先所僅見，出身迴憶難相輕。判官錄事宦分轄，起巖榜卽進士成。李路、羅曾乙卯會試皆中選，李官新昌判官，羅官臨江錄事。江西選舉志待徵，豈徒賦格供詮評。

錢儀吉：此題辛楣先生亦作之，與公詩皆樸實紀事之作。然此試卷似未得闌入吟壇耳。此語似陋，然體裁自有師承。宋元以後題目，唐人不肯作者多矣。

翁學使邀同圖塞里學士羅山人家學士城西訪菊山人買得杜東原仿荊關山水卷贈學士展觀乃余舊所藏者不知何時失之蓋更有三卷并失之矣學士既不欲得此山水索余畫折枝以償而山人竟以歸余明日學使有詩用蘇集仇池石韻家學士繼之余亦和焉

無錢買鞠華，佛處看荒綠。兩翁各侍行，翁學使攜子樹端十二齡，樹培九齡，家學士攜子東壁七齡。一老先蹻足。余齒最長。君子緊客心，小人匪我腹。奈此突驚呀，豈其紛刺蹙？季康嘗患盜，距心實求牧。胠篋何不悛，販肆又相瀆。未遑疑竊鈇，猶及戒懷玉。要余荷來歸，旁觀成歎服。頃步一幢償，有墅十年卜。疎英記動搖，小筆能追逐。鹿冠畫者山，蘭坂逍然谷。鶴老云誰思？松蒼亦所欲。細娛生宿緣，佳詎競新曲。再趁黃埃飛，寧愁白日速。

題秦郡丞廷堃秋山讀杜圖三首

錢塘從宦早知聞，京兆題名始及君。大好石頭城裏月，桂香同席看秋雲。乙酉載爲江南鄉試考官，君適內簾監試。

讀杜秋山意太憨，從軍得得入滇南。鎖江橋上嘶班馬，卻拗梅花向玉潭。昨見示《晚過永昌鎖江橋》及《龍潭寺梅》詩。

峽石東西翠靄凝，當年豈不瓣香曾？煩君爲謝山中友，排比鋪陳僕未能。吴樵史題句云：「排比鋪陳特一塗，遺山果契少陵無。」樵史，諱嗣廣，君之師而余之故友也。其家峽石東山。

集曹中允齋分斆雜體得江常侍清思

素女且停瑟，昭華不吹琯。蘭釭屏隱深，晶簾樹交散。霜下四宇淨，月高一庭滿。意適若無人，夜遙未言短。

羅山人造程選部門有繫馬踶傷其右手選部乃疊前韻以謝山人而屬和之

斜街門繫馬，有客蹋蘚緑。客非代之斮，馬乃白于足。未嘗撫其尻，何至戾其腹？主人出且趨，攜手額爲蹙。主人額無蹙，所以祭先牧。鞭狗教雖奲，飯牛心可瀆。跳擲若蝦蟆，卒必抵吾玉。彌劣而滋善，庶免戎莽伏。卽安醫不忌，相慰晝如卜。右手則緩招，良馬則仍逐。庭柯老無陰，吟榻寒在谷。詎知和者難，翻得主人欲。我言亦雷同，我思亦槃曲。畫誠由好手，無妄是奚速。

集程選部齋檢南宋人集分題之載題香溪集

我所思香溪，竹樹清且深。清深范氏廬，父祖踵華簪。先生豈不仕，當國非外陰。素絲雖彼姝，空谷猶爾音。暮春嘗病起，花暖溪烟沈。飛蟲撲窗紙，危坐方自吟。經經亦緯史，稽古實居今。指陳及異勢，辯博申微忱。斯文宋南後，浙水諸賢任。我所思香溪，不獨如心箴。

王進士嵩高屬題其曾祖樓村修撰十三本梅花書屋圖五首

秋夜夢作看梅人，七年倩圖已壬辰。後壬辰恰賢孫值，猶見先生夢裏身。

圖成初白即題句，詘指我時纔五齡。六十年來春可念，東南名第幾先型。

如我座師陳相國，霜鬢鶴髮寸心丹。乞身詔許身加病，不及梅花故里看。查初白先生、陳文勤公皆登先生榜。

會稽萬玉圖嘗得，遂自軒題萬玉䎷。夢固欣然醒亦可，況論少萼與多枝。

家梅野梅好在無，廿年人隔錢唐湖。今朝那不憺間數上聲，東十一株西二株。

錢泰吉：公家書云：「前輩王樓村先生之遺照『十三本梅花』，某未出世時，查初白先生題者。其令孫來求題。某細思此一榜，即錢絅庵先生、查初白先生、何義門、汪紫滄先生、蔣文肅、陳文勤公也。所以第二首有句云：『六十年來春可念，東南名第幾先型。』蓋諸公可謂名第矣。然旣有我座師，不得不及第三首接上」云云。首句不過豆點之句，然已約略是虞道園一輩人，且不是虞道園以下。而「六十年來」二句身分溫存，而東南一望，可是幾家人家？此如何說與讀者知之？

觀宋徽宗題南唐王齊翰勘書圖 絹前「勘書圖」三字，絹尾「王齊翰妙筆」五字。而兩蘇及王晉卿跋皆失去。

北壁高張畫屏曲，上有王維山水綠。閒中注意每若斯，縮本迢迢看不足。屏前堆牀卷軸委，左几攤書坐者倚。右手挑耳眥眼欣，全身衣紋吳道子。晉卿不惜將軍廚，持贈定國聊與娛。東坡先生適然值，題作南唐《剔耳圖》。何年瘦金書更遒，古賢圖外此尚留。王齊翰《古賢圖》亦徽宗題。李家待詔北來久，行見趙家花石秋。一僮短纔過屏腳，熨指茶盃乃有託。祇憐已逼楊子華，不在猶鈐睿思閣。

泰忠介公篆書陋室銘墨蹟卷 款云：「至正六年正月二十八日白野兼善書。」

公先白野山，後則僑台州。家貧可有屋，實依待制周。十七首鄉薦，右榜復狀頭。元年除紹興，召入三史修。此銘六年書，時在大都否？窗前竹根瘦，門外梅榦遒。問山山下近，尋水水邊幽。是惟公陋居，頗見成越謳。四方蝗且疫，老健得無愁。公《送友還家詩》云：「君向台州去，煩君過我廬。可于山下問，只在水邊居。門外梅應老，窗前竹已疎。寄聲諸弟姪，老健莫愁予。」計其時羣盜未起，而公有言外之憂。八年國珍起，遂赴浙東籌。宛轉及幾年，書生事戈矛。誠慮負所學，有死身不謀。一片受降旗，鼓絕于海舟。嗚呼科舉興，如公光斗牛。亦有余忠宣，大節風颼飀。兩公皆善篆，其蹟悲尚留。淮南山竝青，浙東水共流。

顧列星：直起直收，凜然有疾風勁草之意。

錢儀吉：至正十二年，台州路達魯花赤泰不花，與方國珍戰於澄江，死之。贈魏國公，謚忠介。泰不花舟中張受降旗，以國珍方令其黨陳仲達詐請降也。

賜詹事府欽定重刻淳化閣法帖恭紀

請恩修廨乍經年，欣奉綸音寶刻傳。起例春秋關至教，訂訛甲乙備真詮。蛟螭伏匣雲光靜，松柏交檐露色鮮。鴻筆諸臣暨多士，不惟心畫要精研。同日賜翰林院、教習庶常館、國子監及順天府金臺書院各一部。

登陶然亭後閣看雪同翁學使方綱曹少卿學閔陸秋曹錫熊家學士大昕

冬至將臨已覺春，小軒獨處本無塵。偶然木屐尋詩地，俱是金門賀雪人。日照中天三殿迴，雲開西閣萬峯新。市烟青斷還相指，今夜何妨酒百巡。

錢儀吉：第五句不似雪。「臨」字亦可商。

錢聚朝：手校「還」作「遙」。

雪止集姚秋曹鼐寓堂分賦得畫雪

大抵只當前，蕭然亦惘然。水痕肥欲滅，墨氣静能連。豈謂皴多法，元來粉半填。故園吾已寫，壓到竹梅偏。

琉璃廠肆見小方玉印一刻鞏固私印四字橋紐葫蘆樣玉印一刻帝甥二字虎紐明鞏都尉物也輒爲詠之

烏駁馬入承天門，煤山山亭忍復云。鞏府焚先劉府焚，乃獨未燬玉篆文。帝姬去年悲已薨，家無藏甲猶守城。匱旁黄繩子女繫，毋汙賊手此帝甥。兩字豈知早刻印，甥兮甥兮國俱殉。藩封恨不二王曾，巷戰嗟難二卿僅。鞏固實惟鞏永固，省文繆篆美無度。人之不亡帝左右，玉之不變神呵護。一雙中有暗淚流，華池豐屋春暫留。主印樂安應竝匣，幾時南去在揚州。樂安公主小玉印在揚州，錢唐厲鶚嘗作歌。

觀趙文敏公所書道德經墨蹟冊

八十一章九九重，管公樓紙格猶紅。唐家始祖傳玄牝，趙氏諸孫奪化工。河曲茅庵應盡黜，風檣陣馬更誰同。直須上借猶龍喻，橋近甘棠謁再通。自跋云：「注釋愈多而愈失，孟頫深見其謬，悉與去之，重爲繕寫。」「風檣陣馬」，柯九思跋語。

任明府震遠餉陽羨茶賦謝

微霰澌淅淅，矮屋方烔烔。一箋奉清句，雙餅致春茗。舊家罨畫陰，門對鍾山頂。採惟真笥上，品與襄州等。竈冷火如星，葉乾爐若鼎。自將雪水煎，甘露超超竝。江岸此時花，老梅非不肯。急報明府知，我身已乘艇。

翁方綱：丁丑六月二十六日偶看此冊。若通加删選，只存其十之三、七古二。

攈石齋詩集卷第三十四

題劉文靖公屏山集

先生誠樂道，抒寫何清雄。蓋有用世才，而多靜退風。既歸主沖佑，遂自號病翁。家園緬潭溪，一十七年中。蚤孤朱氏子，灑掃及成童。字之祝曾顏，聖傳以無窮。流涕表墓文，老矣述先公。莫報父與師，尚難罄其衷。

錢儀吉：此題辛楣先生亦作之。甚妙。

題馮少司農小影卷子

夢堂君自號，聞聲年復年。我年行六十，相見各忻然。宦遊早南國，句在佳山川。農官晚感知，鵠立直講筵。小身偶倩寫，見於梅花前。數竿綠竹亞，千尺喬松連。照之水澄川，仰焉月在天。而人于其閒，適與相周旋。老來詩更好，清稟君獨全。我且問梅花，試茗分山泉。

錢聚朝：「好」，手校作「健」。

姚秋曹寓堂分賦之題曹中允盡賦之遂如數以和而存其二

煮雪

可待消爲水，旋教試以茶。山泉應不後，《煎茶水記》：「雪水第二十。」風味殆無加。折腳鐺燒葉，穿心罐汎花。一甌春自暖，簾外又蜂衙。

堆雪

掃地番番積，和冰疊疊寒。先將高樹擁，暫作假山看。團起玉獅子，雕空火判官。即非上元近，竹爆劇生歡。

錢聚朝：「竹爆」，手校作「爆竹」。

題僧永聞爲母櫛髮圖

墨者夷之厚葬親，降衷厥有墨亦人。治岐政遙老逮佛，天若收養四者民。攜孤捨寺彼何好？乞食聊活無家身。告子雖如劚畬頃，與孃直是齋僧因。有兒有兒髡則僧，母坐背僧鬢如銀。跪僧于後櫛母髮，一梳半梳蕭蕭勻。兒雖無髮母則真，母尚有髮櫛且頻。佛當見之笑不嗔，是中有性繫大倫。楊墨之歸皆可仁，佛老之入初以貧。焉得世無一兒貧，在家奉母鬟髻新。

吴應和：儒者闢二氏，但知人其人，火其書，廬其居而已，不知孤貧無告，藉作逋逃藪，亦可補仁政之不逮。至能孝養其母，不廢大倫，若永聞者，四民轉有愧焉。結二句純孝人發大慈悲願，永錫爾類，天下幸甚！

近藤元粹：題目本平凡，故詩亦乏奇想。〇「兒雖無髮母則真，母尚有髮櫛且頻」：措詞工穩。〇「兒貧」作「貧兒」，爲是不必每句押韻。

飲蘇米齋是銷寒第三會以同人姓惟陸秋曹仄聲限陸字成五言仄體

凍雪緩驢車，明燈喧竹屋。才非大歷錢，坐有東吳陸。九九候占三，林林香動谷。諸君酒畔心，遠與春相逐。

錢儀吉：二字未知所本。

集散木庵嚴侍讀已買鞏忠烈公兩玉印出觀復爲歌之

秦遊橐金歸豈多，急此恐誤他人磨。昨爲言之今已得，激昂使我成悲歌。我歌直爲鞏永固，我悲不獨鞏永固。茫茫天地忠義人，舊物流傳孰如故？大江月照揚州城，中有樂安玉印明。明年君歸攜此行，兩印百年猶在京。問何去去江南程，玉雖有字曾無聲。願君與購貴主印，後先漂轉重合并。香檀作匣蓋刻銘，志趣差同號與名。夫婦于人本不輕，況其家國關死生。

錢儀吉：此似少意，仍鈔。

雪夜集陸秋曹穴寄廬出觀文裕公玉舜詩墨蹟卷疊至累十首

玉舜白槿花也公題之爲玉舜云遂次韻

本來佩玉比同車，欲賦翻愁鬢已華。君子國方明夜雪，山香曲任墜秋霞。侍郎斐句珠連琲，憲部蕭窗月照沙。榮落雖齊顔狀別，孟姜應不讓無暇。

癸巳

錢儀吉：六十六歲。

端範堂賦

齋宿更番夢亦安，迎春卽漸氣猶寒。掃除蘚院供連步，裁翦花林待好看。天意屢豐重降雪，聖人元日又升壇。捷書僂指來巴徼，凱入都城萬井歡。

散木庵茶話

庵前有木木無陰，木上惟聞啄木音。人日敬之逢國忌，天風聊以盍朋簪。昭文鼓亦龍鍾罷，定武瓷還雀舌斟。排日看春春是閏，三旬不換億黃金。

錢儀吉：五六句屬對，似未渾成。

題程選部三長物齋三長物者：懷仁集右軍書宋搨本，吾郡項子京所曾藏蘇文忠東井硯，明宣德龍香御墨及羅小華以後諸家所造墨。

借宅朱公豈定居，君房師今安徽朱學使。笑人題額照春初。田園別後黄金盡，科第成來白髮疎。六尺簟旁真富有，五經笥外太紛如。愁他硯墨隨佳刻，只是先生不善書。

翁方綱：程兄是日得詩頗怒。

錢儀吉：「田園」一聯：十四字切魚門。

吴應和：「田園」十四字，貧老宦成者，鮮不有此慨嘆。

近藤元粹：「田園」一聯：奇對淒切。今古英雄，當末路消磨日月短檠中，爲之一嘆。

上元夜集曹中允齋

深坐屏山看掩扉，紅燈也自護芳菲。不教剪剪風頻起，渾忘團團月稍微。羣戲兒猶撾鼓去，小家女定走橋歸。昇平博得衰年樂，已换淋漓舊酒衣。

集姚秋曹寓堂

小南城近數歸鴉，白玉池迴遣駐軍。官裏光陰閒幾輩，臘前風雪醉君家。游韁覓共春天句，畫榼看多閏月花。爲樂及時聞自古，卽非秉燭本無涯。

錢聚朝：「覓共」，手校作「共覓」。「看多」，作「多看」。

題吳州牧璜蘇門聽泉圖畫時爲衛輝書院院長

颯颯天風吹嘯臺，猗猗修竹入雪栽。百門泉落層峯遶，安樂窩臨獨客來。洛下皋比分講席，江南桑苧試茶杯。冥心直會超然意，阮籍何嘗是儁才。

錢儀吉：吳後殉木果木之難。有詩稿。

花朝雪集蘇米齋限雪字

御園優直散，海淀朋尊設。已向作花朝，且當賞春雪。先飲于夢堂小墅。重城鞭馬遲，晚巷投君切。何以近招邀，于焉復羅列？閏將三月誒，嘿對百花說。風淺差不寒，雪輕頗相潔。夜景接碧虛，檐端罷飄瞥。此時沙水間，遍有草芽茁。

次韻馮少司農舊養盆梅初花

不記唐花隔歲因，未枯今是適然身。也蒙水澤多加意，纔及陽和自見真。林外分明入窗月，座間老大出山人。石臺風峭凌晨供，博得誰來句更新。

次韻馮少司農春雪

天知春閏尚多雪，人伴老梅方好顏。麥隴況催民氣樂，草堂翻肯酒尊慳。東風鄰巷白猶白，南淀水雲斑復斑。嬴得鳳城傳句入，玉花不謂此翁寒。

錢聚朝：嬴，嬴。「寒」，手校作「頑」。

送張太守鳳孫之任滇南

同徵好夜會三人，申光禄招同太守飲。難得雙燈照百巡。白石青松商結夏，碧雞金馬又班春。詩歌早已通于政，禮教仍煩及我民。山色范村多老計，有漁航處可垂綸。

清明後一日蔣少司農招集文肅公賜第北臺馮少司農有望積水潭一帶柳色之作次其韻

似我何由鬢雪銷，看伊臨水又垂條。山光城上愁風雨，人影欄前泥管簫。高會也知三月僅，故情難忘十年饒。不須跨馬穿陰去，更遣嘶風蹋絮驕。

吳應和：領聯風致楚楚。莫謂得力杜、韓者不能作綺語。

飲馮少司農檀欒草堂前海棠下賦

丁子香中傍碧紗，川紅名好屬君家。非關老去耽于酒，直爲年來對此花。半樹夕陽憐不足，滿庭朝雨畫無加。相留只合停歸騎，點與銀燈坐影斜。

沈太守維基寓居法源寺招看海棠飲其齋

官冷惟誇與寺鄰，君來也得及花辰。算將四紀會同榜，話若三生豈後身？夢裏浙西山不斷，佛前薊北酒還頻。何妨白髮臙脂朶，采摘相看插鬢新。

城南修禊詩二首

右安近可出，緩轡輪無馳。我亦信所如，僕猶問何之。豈曰汎流水，祓除重及茲。烟坰被宿雨，村落明芳蕤。草橋瀉萬泉，上下深于陂。疏鑿蒙帝力，來觀方得知。職閒性頗適，歲登物各嬉。因是向春風，手搴莫誰貽。

周甲已踰六，閏三月四經。載生康熙戊子九月，是歲閏三月。柳陰望南岸，禊事在西泠。丙寅閏三月三日，杭人邀集西湖，效「蘭亭體」賦詩。匆匆廿幾春，閏三語復聆。諸孫幼隨侍，成此兩鬢星。小水碧多光，遙山燰欲冥。乃瞻翁家歸，不使越酒停。時序皆足欣，非徒忘其形。好風一客醉，雜坐羣公醒。

曹少卿學閔招看法源寺海棠設齋晚過徐太守良寮西寓居飲

紅棠西寺好枝柯，日日來看不厭多。春色況于光祿最，花陰其奈太常何。有情菩薩暫持戒，落日接羅仍唱歌。匼匝如巢問徐老，頻年此地卽行窩。

奉題座主贈尚書鄒公爲侍御夢臯山水小幅遺墨

祝鼇赴闕乍踰冬，八十七翁新病容。歸好緩移春水舫，夢長俄破曉天鐘。畫留同姓臨分頃，哭憶先師閒出蹤。無錫山光挈樽榼，幾時淚灑墓門松。

同人法源寺分詠得海棠

花卽扉頻叩，春曾句幾傳。佛香深與染，人意老爲顛。碧蘚齊鋪院，高槐半羃烟。如何禁愛惜，落片到闌前。

顧列星：「佛香」一聯煞費匠心，妙在以淡筆出之。

靜宜園曉直飯于馮少司農山舍

沿山急雨天光澹，策馬長風樹影疎。瑣闥翠微人立迥，繚垣紅萼鳥飛初。廊陰滴響寒生體，磴道穿流濕在裾。有頃巖凹趨且散，炊烟一縷問村居。

顧列星：山莊詩固著不得臺閣氣，亦作不得郊島寒瘦語。此詩可謂清華。

送別嚴侍讀長明

閏春春駐又闌春，踽踽憂歸問去津。掌誥十年曾不達，收書萬卷竟非貧。心依屋角鍾山老，手種墳頭柏樹新。文會城南猶寡侶，奈何先托寄將頻。

錢聚朝：達，達。

質郡王畫綠牡丹并題陳秋曹朗持示屬次韻題

三十三天天蔚藍，一枝初翦許人看。郭崇矩嘗畫《翦牡丹》。本來歐碧壓穠豔，何似鞓紅當峭寒。西苑露光南苑露，金鈎欄影玉鈎欄。都緣供作昇平曲，於幅之上方并得瞻諸皇子皇孫所題。花外新絃不住彈。

右安門外小圃偕程選部翁學使曹中允

歡言出西郭，移目獨相違。露畹蘭叢敗，風池藕葉稀。是情皆近幻，何化不終歸。柳上蟬初蜕，催人著紵衣。時余第五孫善初夭甫踰旬。

哭第五孫

十八回圓月，天青月又斜。玉環呼乳母，便卽返羊家。善初夭以四月廿三日，明夕夢于其兄，云去李家也。

蔣農部榮昌招入法源寺避暑設齋

雙樹晝生陰，名流坐向深。外間河朔讌，此味涅槃心。老蘚穿牆水，微颸下砌禽。同龕彌勒可，笑我已無今。

圖塞里學士野圃同程選部翁學使曹參議

又築平臺接小樓，天青目極使銷憂。開河乍下諸山水，殖穀齊登兩岸秋。蘚壁有題行且讀，松醪能醉臥還酬。轆轤汲井添方沼，難得蓮花已過頭。

爲陳秋曹朗題其曾祖虞山逸叟澳湘江圖粉本

畫稿横看丈二餘，百年神物何蕭疎。長沙城西雪後雪，回雁峯陰漁父漁。老墨盡圖《水經注》，寒林舊在虞山居。爲告賢孫王繹語，宣和似此也嘗儲。

再哭善初

病多亦復起連番，隔牖常時與笑喧。仙李不知居某郡，石麟須記是吾孫。庸醫既誤難追咎，老淚雖乾尚忍言？歷夏盡秋詩思斷，世間安得少煩冤？

内閣曉坐

簾靜初陽透，爐温側坐深。臣難浩然氣，上有一哉心。乾隆九年賜「調和元氣」四字額，恭懸于堂。擬票批紅掌，參知鑷白臨。被蒙何以報，豈敢戀華簪！

甲午

錢儀吉：六十七歲。

奉題質郡王畫卷

涼生風落石庭虚，静寄軒中滌硯初。衆史俱來圖十二，天機獨造致清疎。早聞設有嘉賓醴，比想藏多善本書。老樹臨江遠山隔，當年嬾瓚意何如。

小庭桃樹作花翁編修方綱朱編修筠曹贊善仁虎程選部晉芳姚秋曹鼐過飲翁編修有詩竝及余正月以來爲丁辛老屋厚石齋編次遺集奉答二首

忽忽春正罷客杯，家山人急訃音來。從叔祖太傅公以正月七日薨于里第。已教淚眼兼旬濕，何取花枝滿院開。生理自尋還共對，韶光相借亦頻催。榆錢柳絮城門外，又見清明上塚回。

桃樹出牆秋復春，春風吹老種桃身。孤燈幾夜看遺稿，小縣當年有俊人。癡絕尚奢千古望，落然誰了一生因。神仙官府文章伯，爛醉花陰始是真。

劉文正公挽詞二首

乙巳迴思切，迢遙仰止崇。南歸家太傅，冬夜說明公。教習壬申見，編摩丙戌充。本朝文獻續，所考詎能同？

內閣纔趨直，中堂數與言。寧須到衣食，頗已及兒孫。一旦超然返，千秋大者存。哭私吾豈敢，寂莫向乾坤。

翁方綱：一首內乙巳、壬申、丙戌，此真坤一評詩所謂「乾造一歲起運」者矣。

錢儀吉：第一首自敍始慕後見，後一首述公所自言，而以「千秋大者存」五字括公生平行事，筆大如椽。此正運用結構之妙。覃翁於此全未講求，宜其見一二干支，便自爲巧語，以相詆難也。

清明後四日蔣少司農招集北臺感懷劉文定公裘文達公

依然隄樹遶臺新，笑我臺端作酒人。去歲簪裾儼分坐，今朝心眼豈迷因。黄粱熟後難重夢，杜宇啼來又一春。僥倖天公乞斜照，有花枝處便鋪茵。

吴應和：觴詠之際忽念舊遊，情形悲愴，舉座爲之不歡，只作曠達淡蕩語，最爲得體。一結卽陶詩「感彼泉下人，安得不爲歡」意也。

近藤元粹：後聯澹蕩中有悲慨之意。「乞斜照」三字生硬，可惜！

佚名：「杜宇啼來又一春」：餘情不盡。

翁編修方綱購得吴興施元之吴郡顧景蕃注東坡先生詩宋槧本卽宋中丞得之常熟毛氏者屬題二首

嘉泰蘇詩缺未湮，商丘補注刻重新。頭銜在昔雖嘗轉，元之子宿增注而刻者。面目于今已不真。天地間元惜殘本，慈仁寺復購良因。王文簡每購書于慈仁寺攤。杜韓脱落由來事，憑仗歐陽亦仗陳。

借瓻還瓻子與吾，吾家敝簏不曾無。攜將山谷任天社，伴以荆公李雁湖。棐几崢嶸三鼎足，草堂磊落一書廚。人間若有《斜川集》，更欲題詩相笑娱。

翁方綱：「欲」字記得坤一手稿是「遣」字。「遣」字勝。

錢儀吉：此評擬錄入詩匯，以待後人推敲之。○第五句稍率易。用杜「詩卷長留天地間」。

錢聚朝：按手校本亦作「遣」字。

草橋修禊詩十二首

仍煩挈榼與提壺，天又無風淨綠蕪。敢道杖鄉行杖國，今朝真箇短笻扶。

新衣早起簇前除，昨夜商量正不疎。一輛諸孫難雜坐，借車先乞老尚書。無錫嵇先生借一車。

相喚相譍各爲春，豐宜十里百花新。老懷無藉今年甚，也著工夫學晉人。

迴塘上下引泉遥，錫擔元君廟口簫。新柳東西分岸種，人來萬福寺前橋。

拍岸春波撥剌開，樹頭新雨故飛迴。韶華本是昇平景，魚鳥猶知繪畫來。

嫩緑高圍午散陰，中央蘚地直烟潯。花師卻也堪人意，敷席非遥煖酒深。朱竹君編修使村之種花者供左右。

洛涘風光百福宜，朝賢談論一村奇。春陰且不匆匆雨，好事多于恰恰時。

披拂長條映照花，諸郎列侍有諸家。不辭岸幘天風起，他日憑將此會誇。

右安門近藝香稠，村不留人客自遊。但結玩芳亭子住，可無鄰曲趙參謀。

丁香院落酒重行，磬折舟旋倚少卿。晚雨儘停深巷騎，翁家不負去年情。歸飲于曹慕堂太僕邸。

城上西山笑客曾，笑余禊飲太瞢騰。曹家酒似翁家醉，明歲誰家餞更勝？

有限春心不盡删，老顛何苦鬢雙斑。文章華國須公等，絳蠟分明四座間。座有紀曉嵐、陸耳山兩侍讀爲《四庫全書》總纂，翁覃溪、朱竹君、林于宣三編修，姚姬川、程魚門、任子田三部曹、周書倉進士皆《四庫全書》纂修。

曉入法源寺看海棠

高閣西頭行復行，叢枝繁萼照檐明。夜來蝴蝶尚留夢，院外轆轤方轉聲。何似錦官加漠漠，祇愁天女竝盈盈。青蕪一片紅陰動，老我猶難欠此情。

顧列星：觀「海棠」諸作，孰謂此老木石心腸？

徐太守良寓居法源寺西院五年昨扶病南歸今晨入寺海棠已謝復至其處感賦

歲歲看花愁不痻，時時訪友病今歸。安驅大路風鳴驛，久住空房日隱扉。素髮丹顏終再見，江干海角孰相依？紅棠滿地難輕蹋，老鶴投林只自飛。

萚石齋詩集卷第三十五

朱編修筠招同人看呂家紫藤花即飲花下爲作歌

學使腳蹋黄山歸，江南眼飽芳菲菲。衹無后土麗姝下，何有給孤狂蔓圍？依然剝啄街東扉，藤陰蝴蝶堂前飛。甲申之三丁亥六，錦箋斑管人都非。君兩度招看此花，前限三字、後限六字賦詩。甲申之會，劉侍郎圃三、汪選部厚石俱逝矣，而趙舍人璞函被難木果木軍。丁亥之會，馮觀察紉蘭今官浙江。藤花勿愁今日錯，藤花且留明日落。彩翠懸羽千流蘇，光明寶珠萬瓔珞。帽檐儘知香漠漠，簾額已辭寒薄薄。名流跌宕哀態俱，宏獎恢張盛筵託。青天深覆高枝柯，華燈上照新綺羅。喜君徑爲花底飲，勸我續作花間歌。春晝自長春夜短，先生未老門生多。門生列坐酒行多，漏沈沈兮奈花何。

翁方綱：吟哦。

城南餞春四首并序

出永定門十里，登土山，上野亭，于以延眺，于以餞春。斜日迴車，僕夫攜酒，憩飲于何氏丙舍。期我同人者，朱編修竹君。三月廿四是爲甲午之春盡日。

鞭牛京尹乍趨埃，韋曲林園幾鬬杯。芳草落花都不管，「始從芳草去，又遂落花回」，長沙岑禪師語。登山臨水卻重來。銷魂記室從頭寫，刻意司勳滿手栽。我欲贈之何以贈，采香人未上豐臺。

無限低回悵望中，闌干亭角寂寥空。黄梅子定江南雨，苦楝花真廿四風。後夜月明千里隔，故人頭白一心同。更番正復年年事，未免東流只向東。

肅肅東風儼上征，故應雲蓋導幡旌。天皇大帝居高理，太皞句芒報政成。細甚鶯花判昔夢，紛然兒女奈今情。車輪四角方蹄馬，算與春牽總不明。

斜日急風猶自寒，烟坰草舍儘教寬。何人不感周家柏，此曲終憑張女彈。竹葉飛騰金琖凸，楊花嬾困雪毬團。誠如春好元相繫，豈忘愁來遂有端。

翁方綱：拙滯。

諸君約遊豐臺看芍藥以直不赴賦簡

老去春歸當夢看，裌衣輕暖又輕寒。省中獨坐槐陰靜，城外相思露色溥。上客綺筵銀鑿落，舊家瑤榭碧欄干。晚風十里鞭梢嚲，欲別穠香可是難。

錢儀吉：嚲，嚲。

吴應和：婉約濃麗，玉溪生亦分得杜陵一派，於此見蘀翁集中無所不有。

黄文節公小像

銀河飛落三千尺，古潭噴薄盤陀石。翠壁交撐陰黯淡，丹楓倒挂秋蕭摵。兀坐西江詩派祖，烏帽方袍手捉麈。我所思兮王右丞，誰其畫者李晞古。元豐之年此徜徉，太和之令初頡頏。公行及强面非瘦，唐也甫壯筆已蒼。李唐建炎間授成忠郎，年近八十。文節元豐三年遊廬山，方任太和，則唐之爲公寫此，當在三十許歲時。蒼然翛然萬物表，戎州宜州後難道。唐筆不入時人眼，公面頗遭俗人惱。李唐句：「早知不入時人眼，多買臙脂畫牡丹。」文節自作《戎州寫真贊》云：「頗遭俗人惱。」石牛往嘗寫伯時，努力何因食細草。不如留此終讀書，太白聞之爲絶倒。屏風高張玉叉孤，布水不響游氛無。我今蘸墨爲公起，題作《廬山觀瀑圖》。

顧列星：一起突兀。指畫，而人與詩俱在其中。

吴應和：　題古人圖畫，必考時地以實之，始有下筆處。定爲廬山觀瀑，全篇皆隱躍其辭，直至篇終一句點出，遙應起手四句，章法奇奥。

近藤元粹：　賴云：　結構嚴整，叙次不費語，而無不曲盡，洵見筆力。末句畫龍點睛，手段亦妙。○江西派亦稱西江派乎？恐誤寫。○「唐筆不入時人眼，公面頗遭俗人惱」：　各引其人之詩而爲對聯，何等適切！何等才藻！○「太白」暗爲下文廬山伏線，妙。○一結琅然有餘韻。

固節驛晚發

君恩又長鹿鳴筵，撾鼓章江渡口船。畿縣黍粱行熟矣，使臣鬢鬢太蕭然。紆迴永念平生事，悲苦空尋廿八年。只有西山青似舊，見公攬轡與周旋。丁卯正月，先大夫棄諸孤。百日後，不孝載貧不能居，入京師。六月從叔祖文端公奉命典江西試，遂攜載至豫章而還浙。

錢儀吉：　是歲先文端公薨於里，而公適奉使，道中諸詩多追輓之作，不獨《紅心驛》二律也。

傳舍

傳舍何年定，蘧廬一夢煩。迢遙仍此路，寂莫共誰言。楊柳風中騎，琉璃水上村。早蟬鳴復噪，未解我思存。

槐花

刺眼傷心樹奈何，高天落日爲公歌。槐花歲更官街植，舉子身曾驛馬馱。驟雨征衣零萼糝，新涼旅館碎陰羅。素冠況對離家乍，紅蠟偏聞苦語多。

甘露寺

瞻矚紫宫左，泉深陂且長。雙槐入門古，一夜近霄涼。父老團村社，春秋拜藥王。最先驅沴氣，不待飲甘漿。

雄縣店是文端公丁卯典試江西宿處

宛見長廊晚，都關短楫遲。横流陸程改，小歇暑庭隨。天壤無涯慕，山河有定悲。不須難就寢，儻值夢來時。

汶上

浩浩塵千里，飄飄髮一簪。東阿山翠老，舊縣昨宵陰。店小人重宿，蟬涼樹自吟。汶流南與北，可道兩般深。

三謁孟子廟

從祖攜來謁，悠悠竟暮年。井流清有月，柏蔭翠多烟。夫子道終古，嶧山秋肅然。談王于霸後，數過俟夫天。

夜行將至柳前作

柳前跋馬經三度，雨後題詩剩一心。滕縣南來衆山靜，徐州東下大河深。浮生那必關天地，轉瞬真憐即古今。明月落將滄海外，暫教不見鬢毛侵。

吴應和：險道夜行，驚魂莫定，幾何一夜髮白。說得渾融，真是大家手筆。

近藤元粹：賴云：恐是中年以前之作，沈著老成，非如後來之横放也。〇後半奇想。

高粱詞

徐州夾溝螞蚱飛，不食豆，偏食我高粱。符離淹我黃水黃。上頭急開滾水垻，滾水入野勢更長。嗟嗟高粱高粱難爲官，亦見我，在道旁。

濠梁驛宿乙酉典試江南宿處

淮上是誰家，新涼俯北涯。風迴嚙城水，草長泊檣沙。屋樣年曾記，檐端月不賒。一尊來縣尹，京邸話何嘉？驛今屬鳳陽，廣西于生萬培令此。

錢聚朝：梁，梁。

紅心驛哭文端公二首

丁卯王程喚我隨，後來乙酉奉公詩。清淮老柳今還值，天上人間已獨悲。步步經由曾不夢，心心教督更無師。滂沱老淚欹斜墨，蘚壁能勝盡灑之。

公今碧落我塵埃，白髮秋風轉益哀。一字何從行述改，半年猶欠輓詞裁。媿于往哲無傳筆，敢以征途有薦杯？省墓幸蒙旬日假，帷前拜像見歸來。行，去聲。

定遠

鄉居魯子敬，流寓尉遲恭。高下岡原勢，疎蕪草木容。侯王如有種，戰陣乃多庸。明郭子興、李善長、沐英、吳良、馮國用、胡海、藍玉暨張銓、楊國興諸武功者多出定遠。好在槎枒翠，秋來淡不濃。

宿舒城

再到朱公治，長懷母氏恩。愛之嚴幼日，鞠我力衰門。月靜婆留語，風來主簿原。吹他三堰水，并作淚潺湲。

次北峽關觀文端公所留秋日山行墨蹟軸感賦

舒城曉別向桐城，邐迤青山入曲行。人被主恩如問舊，地留公蹟孰尸盟。羊曇只解生存處，杜甫猶闕寂莫名。天路迢迢須整轡，白頭小子白崢嶸。

近青山驛沿灊山麓三十里入山谷尋石牛天已昏黑小吏云在隔水草中同遊者蕭檢討廣運

名山僧既占，名人來借山。其人慧且傑，專己性若慳。不與古雷同，獨闢天地間。時賢遂和之，文字娱其閒。今朝客此偕，實爲雙井諼。涉水歷村落，行田越岡巒。無雨風故凉，有雲日已殘。登頓再三云，導之徑右盤。如洞巨石疊，是澗微泉乾。腳踏諸公題，天影俯徒觀。老僧吹細火，小吏指荒菅。謂牛伏于彼，我亦舍之還。皖公峭且排，鐵色石不頑。嶕嶢而崱屴，頗亦藏神姦。好奇酷搜趾，必欲驚塵顏。豈知洩秀靈，去落龍眠彎。才人寂寞懷，寄托非所艱。造物輒聽之，傅會憑存刪。縣中迎炬遙，露葉穿沙灣。堤上簇馬遲，長橋出重灘。

登東山寺

馮茂山頭寺，黄梅驛裏人。筍輿涼重露，苔磴曠無鄰。已了栽松事，難空借宿因。有情天地大，俱是幻泡身。

渡潯陽江追和文端公庚午再典江西試還朝渡此閱京兆題名録知載被放賦寄韻

儆倖如公自九天，揭來步步見因緣。心依兜率初歸上，淚落匡廬晚照邊。失路儒生通繫念，無家族子輒蒙篇。皇華此日成私感，箋後諸人爲共傳。

重遊東林寺王文成公次邵二泉韻詩已刻石墨蹟壁已壞寺僧出觀文端公丁卯次韻詩庚午再過所録碧牋因取畫蓮幅寫丁卯同作詩于上付之再用韻

山遊何用傳詩草，豈謂山靈盡如好。十八高賢久已非，疎林只待秋霜老。武夷君唱人間哀，姚江節鉞章江開。壁間墨寶成終壞，門外錢生去復來。香爐之峯頻矯首，嘗共茶甌不同酒。風雨刧外公當仙，廿八年前吾已朽。殘僧兩三立荒庭，藕葉出花如江汀。匡君留與山匡姓，任爾匡山青不青。

翁方綱：「任爾匡山青不青」：是何言語？

吴應和：飄然而起，截然而止，何等空靈活潑！與之所發，留詩以紀重遊，山僧能知愛重與否？聽之可也。

近藤元粹：「再用韻」，不成語。○四句一解，平仄互用，體法謹嚴。○爲難了語，是清人得意處，而不知其陋劣粧短之病也。

過西林寺

東林樹尚深，緑馬馬亦涼。西林樹甚疎，種稻稻已黄。西寺較東寺，獨立寶塔長。東僧讓西僧，未老眉毛蒼。廚炊本兩家，禮誦分兩堂。檀欒一秋塢，芙蕖一佛香。中間指一突，日落慧遠藏。似有蟪蛄鳴，寂莫不可當。我身山之陰，我心山之陽。

錢聚朝：緑，綵。〇「一突」，手校作「孤突」。

題南浦驛館後臥桑

矮山圍屋斷檐豁，桑枝壓檐瓦松活。百年夜黑雷以風，株仆榦撐根不拔。横庭塞砌落其黄，丈餘身老貼地長。鴉音突來鳩羽去，鐵骨自壽苔皮蒼。有三别樹藤葛纏，皆過桑枝高出櫋。所難挺立乃羸臥，豈曰天乎非性然。引泉溉之起垡護，館人館人荒穢除。會須愛惜散材閒，那比扶持大廈具。

楊柳津

山翠積南康，秋更出建昌。沙平隨燭影，水動見星光。敗艇便于習，生衣健在涼。鷺鷥何處宿，我欲種垂楊。「飛來幾點鷺鷥雪，問取皆云楊柳津」，丁卯渡此句。

顧列星：起句超妙。

錢儀吉：「便」，平聲。

至南昌館于百花洲上

江城山見水周林，曲榭長橋趁碧潯。此地重來如破夢，當年共話有知音。感總憲金先生。欄前風露添荷氣，眼外徐蘇剩柳陰。行路不勞偏小病，紛吾塵事怯關心。

錢儀吉：檜門先生見公南昌旅夜二律，驚賞，目爲畏友。

西江試院雙桂歌

百千枝青萬萼黄，南昌郡中深院香。西階葉暗東階倍，桂之樹兮出檐長。丁卯文端公手植，二十八年載斯卽。儌幸蒙恩也北來，從容取士仍南國。嗟公挈我遊是邦，廬山移樹踰章江。公歸家居桂長大，風高月滿今當窗。公乎逝矣我重見，見樹思公淚如霰。荊合齋遙空所瞻，奎宿堂清那不戀。森然雲挺記吾家，十丈扶疎雙蔭嘉。正煩冰雪經呵護，自與文章閱歲華。

翁方綱：坤一好用「從容」二字，然往往未安。

錢儀吉：「荊合」，先文端公齋名。

錢聚朝：「北來」，手校作「北宸」。

吴應和：此追感文端公手植之桂而作。句句説桂，一結仍不脱試院，不但法密，辭氣亦更覺鄭重。

近藤元粹：亦四句一解，平仄互用。法則嚴整，詩則鄙陋，勇割爲是。

東齋夜起

月影中庭直，燈光四壁清。幾宵難獨坐，雙眼有諸生。親老何他望，門寒不一情。斯文先德行，上帝已權衡。

錢儀吉：五六接第四句。

別雙桂

踰月蒙高陰，兼旬領細香。壁奎聯眾宿，左右在斯堂。小子來何暮，先公樹不忘。酒澆曾與祝，金粟表南疆。

百花洲燕席感賦二首

野苹聽後仗羣賢，好我如何卻此筵？扇影衫痕秋水上，柳絲荷蓋夜燈前。亦知馬祖難成佛，誰信文簫易得仙。鱠取湖中魚味美，深杯儘耐百分傳。

卯歲庚午又九秋，氍毹舞遍只芳洲。君恩實有臣家事，四座翻催一客愁。天上公歸星緯爛，漢南樹老露華流。酒悲已被哀絃覺，詩好仍煩素壁留。丁卯、庚午文端公兩燕百花洲，皆有詩刻于壁。

顧列星：結用對偶，殊覺道逸，亦杜詩法。

吴應和：用江西人物作比喻，極親切。

近藤元粹：陸放翁詩云：「琢琱自是文章病，奇險尤傷氣骨多。君看大羹玄酒味，蟹螯蛤柱豈同科。」余尤喜之。世愛清人之詩者以爲如何也？〇近人往往喜此等詩，蓋原于不知大羹玄酒味耳。

舟發南昌

滕王閣下江鷺眠，東北風大秋無邊。不住而住一宵雨，可行則行三板船。村村碧樹濕濃淡，岸岸虚沙黄斷連。未得佛家高檻凭，舊情其敢付茫然。丁卯秋夜，隨文端公陪馮侍御、金學使、彭方伯登北蘭寺之秋屏閣。

載有詩云：「沙軟江斜竹逕青，夜遙相喚入禪扃。燭光林影棲鴉起，露氣蟲聲落桂馨。朱閣從容秋士屐，碧霄清切使臣星。待懸曉日闌干上，看盡西山十二屏。」今登閣者惟載在矣。

翁方綱：此注一詩可存。「從容」，改「追陪」。

餘干

彭蠡之上游，趨越水方西。渺想萬春山，城豈白雲齊？迴瞻羊角峯，前指弋陽溪。琵琶洲如何，沙淺略可稽。彼美胡先生，講道清蒿藜。拜墓不果酹，安樂鄉難躋。側聞松柏行，鬱鬱相高低。

雲錦溪寫望

溪雲散無際，古堞朝暉餘。迴見西北岑，不知誰讀書。其陽半林麓，焉得水木居。歌詩到虞揭，主客一蕭疎。秋客澹若此，畫勝方壺初。

顧列星：《選》體。

薌溪詞

西流欲千里，中有龍虎蹲。三十二福地，乃居畱侯孫。西江多道家，靈蹟往往存。山水使之然，儒者亦具論。落落白石閒，青青長松根。我其成獨寐，并忘歌與言。奈何張伯雨，不及虞道園。采采鬱金香，中洲鷺飛翻。

顧列星：「山水使之然，儒者亦具論」：通人之論。

錢儀吉：霅侯孫舊説不足信。近有刻江陰沙君《讀史大略》，謂：「蕭、曹之後皆有天下，亦及霅侯之裔，封號至今。」其實魏武、齊梁遙遙華胄，依附取重，皆無稽之言耳。

船緩

船緩溪三折，城寒石四遭。縴夫沙上遠，堠舍樹陰高。貴溪城之隔溪，皆石遶也。

翁方綱：此卽天冠諸景也。坤一未知。

石阻

石阻溪迴雪激湍，一重灘作兩重灘。可憐碧玉瀟瀟響，纔下灘門上便難。

水碓

車輪轉不歇，鴉觜啄不停。廿年塵滾滾，那不鬢都星。

弋陽歌

人家弋江北，縣小城生烟。若復問葛陽，猶當説孫權。龜峯又連峯，蒼紫不可數。窈窕曳秋雲，崚嶒濯秋露。迴風午送涼，驟雨晚生暖。鳥下弋陽溪，人來弋陽館。辛苦弋陽人，竇祐在丙辰。

錢儀吉：末句，謝疊山也。

宿弋江東

纔離弋陽城，灣灣泊已成。船人黑相語，岸火細多生。上水鄉心急，連宵野夢清。新腔絃拉雜，宛是海鹽聲。

竹筏歌

竹筏如梭點竹篙，鸕鷀拍翅下銀濤。棕衣絕不蓑衣破，趁水兼他趁雨豪。

灘行雨點不止望南岸諸峯斷續

遠與弋江別，饒江猶在東。稀疎仍瑟颯，歷落太溟濛。身入秋雲裏，船行畫卷中。相思不相見，比似隔簾櫳。

過弋陽六七十里感賦五首

一段一灣碧玉春，千峯千朵金蓉新。天公大不輕兒戲，著此溪山實賺人。

雨濕溪容茶竈前，雨飛峯翠酒杯邊。昔來大叫增狂劇，今亦相看欲少年。

船頭久立晚烟横，拚與諸峯一盡情。弋字涯東聯句處，灘聲已是斷腸聲。丁卯隨文端公灘行還浙聯句。

昨日晴風今雨風，風行風止我方東。天恩特地重經此，山迴溪長一哭公。

未必名山盡解愁，人生難得國恩酬。清灘自把工夫惜，只趁來風不住流。

小泊作碧灘歌二首

碧灘如玉更如苔，山色歌聲天影開。唱得櫂郎風水便，這回去又那回來。

碧灘碧灘溪盡通，溪月溪花出釣篷。嫁箇溪娃溪裏住，不教乘水復乘風。灘舟都不使女子。

將至鉛山

諸城皆北列，鉛山獨南置。溪駛山復高，嘗聞全相寺。稼軒遺舊祠，疊山集同志。空聲出宵分，暗響及卧次。三更逾悲悽，一寺盡詫異。謝公起而言，是乃辛公至。枋得見君父，當雪平生事。秉燭遂作文，旦則祭于位。忠獻與鄂王，舉以匹忠義。此事傳有無，望望感所值。霏霏雨不開，漠漠烟如寐。何處渺鵝湖，三峯鬱然翠。

廣信舟中曉起

霽色推篷遠，芙蓉照好顔。水歸彭蠡水，山似浙江山。寒欲催秋盡，鄉真數日還。何如陸鴻漸，采摘翠微閒。

崙溪

歸路輕千里，愁心過百灘。仲長元占樂，鮑照未云難。雨止碧山濕，村深紅樹寒。船家爲酤酒，我又醉無端。

蘀石齋詩集卷第三十六

將至衢州

草坪人已返，直放下灘船。老識三叉路，重逢十月天。溪寒茶味澹，山靜橘香鮮。未必無童子，棋聲落照邊。

看采橘

葉綠紅藏顆，枝繁重壓椏。頭頭籠上聲匀滿，面面隥高斜。婦女攜還立，兒童拾又譁。東西山兩岸，客舫正依沙。

岸岸

岸岸橘枝攀，村村柏葉殷。衢州人自好，秀水我應還。清氣天臨地，遠情江送山。船窗一無事，目極不知閒。

龍丘歌

漢有賢兮龍丘萇，不仕莽兮丘是藏。會稽候吏道相望，丘九石兮芙蓉青。二百里兮桐江瀓，君之我友嚴子陵。

柏子歌

紅樹樹，江滸滸；寒風厲，實纍纍，采而治之宵有煇。越之葛，吳之桑。柏之光，于廟堂。郊壇升兮大饗張，龍虎鐙兮壽而康。貴人誰家少明月，明月落兮蘭膏發，綺筵珠翠光流髮。書生不得甕牖空，螢火不及績婦功，菜油餤兮家家同。

下灘歌

上灘固不易，下灘豈不難。待得上船盡，方得下船安。下況逆風上順風，帆帆逼來飽張弓。輕猶輓前縴費手，重翻推後篙加工。下船尤難亦非一，前衝後撞那齊出。祇論前後無重輕，最在疾徐有凶吉。前船俱下下我船，尺水送勢爲平川。船人小心敢孟浪？下灘上灘都怕先。

後下灘歌

一船去，一船來，灘闊水寬船兩開。上灘船，浮若凫；下灘船，飛若梭，船子快意各不歌。浙江之灘本平易，多船少船乃相異。頃者云難姑且寘，船頭遠山眉翠低，船尾鈎月摇玻瓈。來船今夜泊何處，我船明月到蘭溪。

舟中曉起

山淡旭光出，水寒烟氣烝。倚篷忘盥漱，緣岸信呼膺。昨夜濕紅樹，初冬荒碧塍。叱牛人太早，對客飯何曾。

迴憶

迴憶灘行好，西江又浙江。一般山黛色，千里櫂歌腔。住合仙家徧，觀如畫卷雙。青帬溪上女，生小在名邦。

語船人

篷窗寒日爭一線，諺曰歸心急如箭。病緣柔艫數讓能，謬坐高灘獨虞變。雖然當急復可緩，我既分明爾方便。左眄若已嚴州城，東馳且謾桐廬縣。江山錦繡世多有，吳越中間孰此先。昔者夜過七里灘，譬之未識廬山面。富春何必大嶺畫，蘭亭所難真本見。入瀧略爲相徘徊，認水須知亦洞漩。漢時嚴先生頗住，宋代謝參軍且眄。百年那得佳處托，二臺不恡幽人擅。崖高只叫畫眉鳥，日冷不飛青葉片。潮聲折來是家江，忍性從而安筆硯。

錢儀吉：「洞」，當是「洄」。〇疑「眄」爲「眄」。

灘阻

青嶂白雲媚，碧江紅樹妍。不因灘勢阻，自著客情牽。風雨抛雙屐，圖書伴一船。相留莫歸去，望望近鄉天。

一灣

一灣復一灣，面面好青山。天每多情厚，人應寡務閒。炊烟起楓塢，漁唱返柴關。曩哲思不得，遂歸圖畫間。

題嚴州山

始信黄公望，虞山久不歸。營丘偕北苑，夕翠與朝霏。黄鶴樵人舍，梅花衲子衣。荊蠻竝吴下，謝客自清暉。

顧列星：四十字中連用人名、地名，而不見堆垛之跡者，由於格律之高。

瀧中不泊

初月一彎照，兩崖千尺陰。江流寒轉碧，夜氣清何深。天高星炯炯，火遠樹森森。倚檣猶獨立，對酒聊孤斟。所思不可作，在昔有知音。

桐江

富春山下夢，錢塘江上潮。竹枝將曲怨，楓葉似花飄。片帆輕又重，初寒暮復朝。桐君舊相見，鬢絲殊未凋。

顧列星：五言至齊、梁已具律體，亦猶隸變爲楷之有章草也。

富春江

山嫩江逾碧，江碧山盡春。一帶縈紆轉，兩行窈窕陳。青松頂有鷺，紅樹林無塵。潮上水平鏡，潮來波縐鱗。遠岸低曳烟，深塢靜隔鄰。灘聲且擣楮，峯影獨垂綸。若種富春田，只作富春人。

富陽

孫家墓，錢家江。計年春後夢，十八鯉魚雙。江干之夢，戊午夏月也。記《桐江歸舟》絕句云：「九田灣裏兩烝苗，閣閣蛙聲欲上潮。不忘故人相送遠，榴花紅過戴家橋。」錢聚朝：雨，雨。

過杭州未得至西湖

江上望知湖上山，西湖城不夜留關。好春四度翠華後，行殿兩峯丹照間。舊日酒樓堤上起，幾人詩舫月中還。王程促迫遊情減，儻著垂楊伴老顏。

到家作四首

豫章趨浙路非賒，實荷皇恩感復嗟。白髮爲官長戀闕，青山省墓暫還家。先公舊種多梅樹，老圃全荒有薛花。同塾諸郎聞已盡，比鄰翁媼訪應差。

久失東牆綠萼梅，西牆雙桂一風摧。兒時我母教兒地，母若知兒望母來。三十四年何限罪，百千萬念不如灰。曝檐破襖猶藏篋，明日焚黄祇益哀。

兩弟前亡庶母徂，後堂步步哭嗚嗚。冬寒已卜先丘葬，日晏難炊寡婦廚。范氏義莊焉得置，藍田鄉約未能渝。高桐葉落蕭蕭響，屋漏神明勉是圖。

七十猶慳謾畏寒，國恩深被報誠難。老妻京邸兒孫領，冢子鄉園幼小團。來歲西偏仍補竹，及時南向遍培蘭。太常侍御傳忠孝，不獨龐公一字安。

吴應和：第一首：黄培芳《香石詩話》：張南山曰：此結法至今日，竟爲《廣陵散》矣。明七子李于鱗尚偶得之。○第二首：真情真詩，使人不勝多讀。○張南山曰：此詩具萬鈞力，總是少陵嫡派。香山、放翁則雁行耳。○如怨如慕，如泣如訴，真是血性所發，故沈痛若此，不必於字句論工拙，氣體辯家數。

近藤元粹：第一首：至情感發，故成是絶調，不愧于古人。今春，余省鄉，頗有這様感，而無此半句，慚汗不啻。

佚名：二首皆古奥淋漓，非空疏者所采。

祭何公墓

德政鄉非遠，何家橋獨存。荒丘籠翠篠，片碣照初暾。易姓難忘自，同宗實有原。趙鄰四百載，守墓鬱成材。墓在德政鄉，舊所傳甘泉鄉者訛，蓋德政與甘泉相接也。何與錢，同出于高陽氏之後，曰陸終。

祭孝廉金先生暨元配馬孺人厝所

哭寢遥難及，成壙此定佳。實蒙猶子視，如切二人懷。宿莽淚多濕，長號風不霾。雪堂燈火語，頭白悔相乖。

丹徒阻淺

山脈渠中鑿，船聲驛外停。高燈依岸悄，短枕待潮醒。偃蹇南徐勝，開張北固形。繡旗翻曉翠，坐覺萬方寧。聞壽張賊已平于臨清。

過淮安

河曲三更沓，風獰一刻饒。淮綫下昏墊，秋若燒蕭條。荷聖鴻加卹，維神亟靖囂。揚帆欲東下，先問海門潮。

用驛壁詩韻二首驛有青溪女子張雲，甲午十月廿一日隨元和舍人北上，題壁二絕句。

花未春時月過秋，馬蹄淮上數上聲前遊。莽然塵土蕭然鬢，又是家山别秀州。

二分明月在邗溝，送到鍾吾古驛頭。楊柳秦淮霜落後，不知西北有高樓。

羊流店

晉亦曹之賊，吴非漢所臣。江山偪疆界，戰鬬苦民人。我欲瞻先墓，公猶作里神。百年陵谷意，相感詎無因？

顧列星：「晉亦操之賊，吴非漢所臣」：排奡高渾，五言長城。

錢儀吉：首二句明晉之可事、吴之當拒。第五句未得其解，自是羊公之先墓，然叔子上世不著。

宿崔家莊

泰岱雲歸晚，徂徠雪積晴。高原微月照，大路有人行。屋冷音聲遠，燈孤意緒生。兆豐齊與魯，盈尺幾州城。

望岱

廣原突起不峖嶒，全體巍然自廓澄。孔子未云天下小，我皇復以聖人登。性之善者斯爲準，春若生時物可憑。刻露精神飛雪後，溟濛渤澥旭光昇。

雪

雲陰濟南北，迢遞過河間。大雪日催日，太行山隱山。民天端此繫，聖澤夙多頒。迴語安耕鑿，嗟罔作姦。

次韻馮大司寇喜雪見簡

梅花如見莫相嗤，亭角禁寒兩袖披。乍別江南無好夢，忽傳城北有新詩。輕蹄下直翛衢靜，矮幅生春凍墨欹。四憶齋前風灑急，明燈殊悵不同之。

乙未

錢儀吉：六十八歲。

試燈日圓明園接賓恭紀

于郊盛祈穀，行賓遂賚園。職在趨先夕，情欣及上元。前湖啓扉曙，正殿簇燈溫。樂奏臨天仗，來朝宴外藩。

觀王文簡公所題馬士英畫二首

山遶長江柳帶烟，柳疎江冷暮秋前。太行西去官齋興，乙酉金陵十五年。畫於辛未，蓋其爲山西副使時。

王師南下不多年，司理揚州句爲傳。落盡春燈飛卻燕，江山如畫畫依然。

顧列星：乙巳正月，老人招宿九豐草堂。夜分譚詩，曾拈此詩詔度，蓋自喜不著一字，婉而多風也。癸亥冬記。

吴應和：風調亦絶似漁洋。

近藤元粹：有餘韻。

馮大司寇以二月三日雪用喜雪韻見簡疊韻以答

牽率雕章性所嗤，書帷無奈爲君披。清寒入骨春來雪，老黯驚人病起詩。爐畔藥香氈坐寂，檐陰梅白杖扶欹。城南早待晴光出，一盞新醪欲見之。

苑南過馮大司寇草堂猶未下直

幾度雪吟盡，伊人春病瘳。草光馬前薄，花意淀中稠。玉佩風相引，金門露已收。寧知愜孤坐，更不傍岑樓。

問村杏

溪流尋不見，況乃好花枝。茅屋幾家舊，綠楊三月遲。夢迴年是夜，春去鬢空絲。行帳難摹似，相思點破脂。

顧列星：「夢迴」一聯，寫「問」字極幽細，當於神韻間求之。

錢儀吉：末句説畫。

遶山行

舒舒春動氣，晶晶午照原。適經古墟落，獨坐老樹根。前者已催騎，後來亦停轅。盤山踰一舍，纔月未黄昏。

恭和御製三月四日詣暢春園恭問皇太后安遂啓蹕往盤山因成是什元韻

纔過上巳朝，晨省喜春饒。既望陳旋蹕，于東令發軺。土膏先以諗，花信未之要。羽衛風多暖，田盤翠不遥。

恭和御製駐蹕湯山行宫作疊壬辰韻元韻

近苑留清邃，疎窗愜静便。春經布穀雨，山有藏砂泉。重以三年涖，深于又日詮。園中盛喬木，耆老指欣然。

恭和御製敦素齋元韻

家法相承惟樸素，自然萬寓菁華露。行殿當年受祖恩，聖人此日思天顧。巍巍至治洵難名，翼翼小心惟永慕。儉而益慎懷所圖，動則惟時善於慮。

恭和御製清明元韻

薊北俗忌清明風，江南人喜清明雨。宜風宜雨古猶今，要在田功適無阻。蓮花嶺西是日晴，風從東來動天語。雨師風伯敬聽之，灑道清塵何不可叶。盤頂無雲山木春，盤凹不雨村雞午。但令温煦遍芳菲，無使顛吹過百五。御製詩注：俗諺有「清明風拂墳頭土，顛顛連連四十五」，謂其日長也。等閒采諺關耕農，惟有聖心知樂苦。

恭和御製題延春堂元韻

貞苻茂對叶其旋，花早花遲縠雨天。城裏春深元似海，山中日靜大于年。循堦泉響苔紋古，蓋院松陰鶴羽鮮。此際書堂多野趣，西峯明月又招延。

錢聚朝：苻，符。

恭和御製引勝軒疊壬辰詩韻元韻

選勝萃於斯，山靈亦惟允。疊處短如屏，叢中長若筍。土與石相扶，石與松相準。肖來澗東西，得水更無盡。高窗娛靜覽，雲翠風徐引。

奉勅賦得燈右觀書得風字五言八韻

繼晷蘭膏置，流觀竹簡通。光應如日出，勢只向春融。短袂宜緗帙，阼堦近玉蟲。背窗分研北，銜壁佐河東。照勝青藜後，銘將座右同。帷垂自南面，螢閃或西風。惟聖三陽德，猶勤四庫功。書堂晚來月，恰射寶釭紅。御製《題延春堂詩》首句曰：「書堂復此與周旋。」

錢儀吉：阼，平聲。

檀欒草堂海棠花歌

年年看花花不老，主人詩好花亦好。花總新年勝舊年，客如春暮非春早。一杯先起花根澆，花根酒卽通花梢。座中白髮不我獨，相憐相惜花枝交。塞空春氣雨宵下，壓屋春陰露朝灑。薊北常逢勸醉辰，江南豈有思歸者？高枝叢搖蓓蕾殷，低枝豔拂莓苔斑。草堂三間半花影，橫枝已過堂中間。闌干迴立遮無幔，花非能言吾欲喚。倩誰畫出碧雞坊，與子吟成紅錦段。蕭蕭寥寥風起耶，東家蝴蝶飛西家。美人美人日之夕，芳草芳草天之涯。馬蹄香上催難歇，我亦何心輒拗花。

顧列星：是花是人，説成一片。〇詩含《騷》意，其音幼眇動人。

錢儀吉：「薊北常逢勸醉辰，江南豈有思歸者」：十四字爲一句。〇公飲花下，喜以酒澆花，曰請花亦飲一杯也。劍亭先生家菊，一夕爲公醉死，玉水嘗言之。劍亭爲公門生。

錢聚朝：逢，逢。

吳應和：可惜歡娛地，都非少壯時，老去逢春，能無慨嘆？而況天涯客感，無限低徊。觸物言情，風人之遺則也。

近藤元粹：「年年看花花不老，主人詩好花亦好」：是暗學唐人《春江花月夜》等諸詩者，而往往措詞生硬，失大雅意。蓋所謂求奇卻不奇者也。〇「風起耶」，陋劣。〇徒裝點風雅耳。其實沒趣味矣。

攆石齋詩集卷第三十七

恭和御製恭奉皇太后幸避暑山莊是日啓程卽事成什元韻

歲承祖澤侍慈闈，臺榭高明禮弗違。萬壽無疆惟養志，一人有慶在崇徽。淳風蓋仿堯階土，文德如關孟氏機。律應蕤賓時雨降，不違暇逸兆先幾。

恭和御製出古北口作元韻

潮河入口聲逾暢，亭障連峰蹟尚貽。在德豈憑天下險，安邊猶切聖人思。臨洮起塞終何益，永樂淪疆更可嗤。極北諸藩今奉朔，一家中外往來斯。

錢聚朝：峰，峯。

恭和御製將軍阿桂奏報攻克遜克爾宗詩以誌事元韻

蟻穴勒圍之外險，遜克爾宗在必克。榮噶爾博之山陽，第七峯後今始得。去冬先得默格爾，穴偪猶嬰如蟻賊。噶爾丹寺噶朗噶，今夏克之賊奔匿。去蟻之穴僅數里，王師同心一準尺。遜克爾宗出我後，不取虞爲腹背敵。五月戊午奪了口，接時分攻聯兩翼。諸將前攻實攻後，副將軍豐戰尤力。霧中轟礮致賊懈，火中斫寨追賊北。直古腦進竹斯破，兩金川平石且刻。配廟元勳果毅公，元孫延賞恩超額。國之喬木惟世臣，家之駿烈惟世德。副將軍豐昇額，爲開國元臣額宜都之元孫，世爵，襲封果毅公。是役副將軍之功居多，蒙上特恩，於公號果毅公之下增「繼勇」二字，以旌其能。

恭和御製雨中至喀喇河屯元韻

安穩金輿從翠旌，微涼微暖到程程。昨應請雨卽甘雨，今勿祈晴俄快晴。列嶂四周城勢拱，清灤一道練光橫。濕衣羅拜諸藩迎，罽織還叨渥澤行。

恭和御製至避暑山莊卽事得句元韻

萬年祖澤構仙阿，福地清涼夏可過。道本重光時極盛，聖齊一揆化無訛。蓮風柳露分丹沼，桂殿松樓出翠螺。敬奉慈顔承至樂，南陔瑞獻紫芝多。

恭和御製經畬書屋元韻

繼如方罫對嶙峋，取譬新田聖契因。一畝宮先儒者業，百川學啓道之津。鄭箋孔傳苗芟莠，義種仁收富賚貧。四十年來勤述作，用康社稷與民人。

題瑤華道人所藏王翬畫十二首瑤華道人爲仁廟諸孫，名弘旿。職在御前，能詩、畫、書。上加恩王，後爵以貝子。

石谷自構萬壑響松風，百灘度流水。

高翠且深環，平流卻亂落。覆以松陰森，相答笙鏞作。厓邊獨坐人，夫豈曰無著。

仿燕文貴武夷疊嶂

灘光數漁晚，瀑響重溪深。碧浸崖崿垠，青斷雲烟林。幾疊一曲轉，九曲千嶂陰。幔亭是何處？中有瑤華音。

錢儀吉：起十字，似已在九曲中。

仿文待詔臨盧鴻草堂

草堂鴻自畫，亦復自題堪。茲景出吳鄉，蓋已非終南。墨竹夾葉椿，絲柳虯松參。大石立栟櫚，北林枯兩三。籬陰蘚夾蹊，堂陽欄俯潭。其東一角天，更以抹遠嵐。

石谷自構天際斂雲山盡出，江流收漲水初平。

松如黃鶴松，山如北苑山。疎林一村屋，孰得居其間。小橋不入郭，遠江自通灣。半幅江上帆，行行殊未還。

仿謝雪村霜林茅屋

石間灘層層，階下荷田田。遶屋竹有雲，出竹山無烟。水南石嵌空，巖西杉鬱然。若非絳葉明，豈謂新霜天。屋中緼袍人，嘯歌聲不傳。

仿趙文敏深柳讀書堂

借作吳村寫，略得輞川趣。沉沉洲渚分，段段菰茭附。綠楊柳四遭，亦不皆楊樹。耕漁兩相鄰，于焉托儒素。讀書非一朝，讀書非一暮。綠楊知此情，何不引鷗鷺？

仿巨然寒林蕭寺

皴染出大山，層疊分明見。上下近遠間，林疎葉齊變。獨彼青杉青，巖凹擁樓殿。後峯淡淡生，前徑微微轉。山根聚有溪，溪口横復江。江光動寒光，六月在我窗。

錢儀吉：徑盡豁然，又得一徑。其妙如是。

仿黄大癡

塞山碧於染，暑雨濕初洗。道人設見之，祕奥鐍先啓。赭綠展吴岫，天池石壁東。並船青箬漁，五月黄梅風。

仿范華原

嶺頭又高嶺，白雲横斷之。前嶺冠精藍，樹不叢叢衰。左右灘急奔，東西梁迴跨。淼淼見遠洲，天際雙帆下。

仿徐幼文溪亭野趣

雜樹十數株，中間一亭築。坡草披纖纖，水草漲簇簇。畫榼時哉晴，囊琴步者獨。不知北郭誰，自縱前溪目。我家詎無溪，松杉蔭柏竹。我溪雖無亭，蘭芷遶荷蘜。白髮戀君恩，初衣緘在簏。難爲多文富，實恥有道轂。

仿趙文敏鵲華秋色

碏山青如何，迢遞華不注。曠前村壤開，曲内溪沙度。虢羣閒放場，網影深懸樹。都來楓槲顔，半是蒹葭露。

錢聚朝：虢，虢。

仿沈啓南摹李營丘雪圖

營丘北苑蹟，頗貯有竹莊。雪圖豈誠似，大較規荒涼。連峯巉巉白，一塢窈窈光。枯林出高寺，乃見紅夕陽。寺後沙村遙，寒氣濛濛長。進艇訪詩人，野梅深處香。

熱河感舊二首爲蔣公溥、嵩公壽、介公福作

繚垣西麓有山隈，廿七年前住不才。葛氏堂新尚書賃蔣公，槐陰馬並侍郎來嵩公、介公。因緣豈料師門廁，鑒識多煩國士培。壬申，介公爲順天鄉試副考官，嵩公爲會試副總裁官，蔣公爲殿試讀卷官。躑躅而今尋此跡，天教老涙滴荒苔。

蓺光橋畔第西東，蔣文恪公居文肅之賜第，嵩少宗伯公典半宅以居。燈市南頭閥閱同。介少宗伯公爲元舅之孫，猶居舊邸。促促八年成逝水，明明千古溯流風。乙亥嵩公、辛巳蔣公皆薨于位，壬午介公扈蹕江南，於舟次薨。那知出塞然孤燭，更覺當杯見數公。昨夜雨涼前夜月，轆轤井轉不匆匆。蔣公以大學士薨，謚文恪。癸丑補注。

錢儀吉：文恪謚已見前句注中，此補注當刪。

錢聚朝：蓺，藝。〇文格，文恪。

和崔大司寇應階種花三首

塞草開花上擔鮮，翠英朱顆也論錢。略知名字聊相賞，暫入堦除信有緣。越女荼蘼愁殢雪，宛駒苜蓿快騰烟。情隨地轉何常定，吟過灤陽又一篇。

一鋤鴉觜任攜將，但勿分畦更列行。客院先秋蟲托蔭，鄰街過午蝶尋香。千峯驟雨重添架，八月還京未著霜。鄭重折枝憑寫去，結根原自傍仙莊。爲寫墨花一幅。

尚書年今七十七，隨輦樂極康强身。禁中騎馬紀恩好，塞上種花發興新。晏子市囂屋且大，武昌魚食家仍貧。蟹肥酒釀訪籬菊，歸喚霜顛三四人。

于相國招集行館

南近莊門沙路分，峰陰屋敞許微醺。盆荷大葉全勝露，籬豆疎花儘帶雲。內直心勞歸每晚，元臣齒宿學加勤。尚煩禮數燈前出，始覺清言塞上聞。

錢聚朝：峰，峯。

山齋二首

塞雨時逢半日晴，月宵曾放十分明。車箱入水河深淺，屐齒衝泥路直横。牆上蝶衣今午出，天邊山黛此窗生。雜花細瑣紅黄紫，太向癯顔點綴成。

宛宛山莊右幹山，灤河口送疊而環。市廛西聚皆形勝，龍虎東連不等閒。半宅坡高開石麓，雙扉巷小轉沙灣。遠遊舊記興州北，近侍今依豹尾班。

錢聚朝：逄，逢。

曹少宰秀先招集行館

金坡下直彈絲鞭，紫塞初晴展幕天。文酒敦槃饒一度，江山吳楚後諸賢。恆言喻道蒙相假，晚過酬恩媿未然。籬蔓著花黄吐綫，及時顔色總新鮮。

錢儀吉：「恆言喻道」四字，可以窺公詩矣。

七月朔日邀曹少宰秀先申副憲甫過山齋爲同徵小集賦詩六首

帝京華髮賸三人，紫塞青山話昔因。四十年難光此典，國家恩各被於身。龍頭合讓叨同壽，鼎足休誇戒外親。麗正門西連雨霽，荷香柳影屬佳辰。

舊會分明未渺茫，綠榆陰薄紫藤長。率先相國劉文定，歡洽南城錫壽堂。酒罷燈闌十年瞥，心知目數兩人傷。甲申之會，少宰以期服不至。是日會者惟副憲及載在。由來倫紀關皆重，憑仗詩篇志不忘。

賦詩殿裏蠟花開，五夜初寒玉漏催。吉士南宫先已達，少宰被薦後，元年丙辰成進士，入翰苑。是秋臨試天下所薦士，有旨免試。布衣西浙後方來。副憲籍江南，以布衣丙辰六月舉于浙江，同御試保和殿，給官燭。今叨扈從者惟副憲及載。還山苦學貧仍守，出塞長吟念未灰。天語每承嗟晚遇，昨者蒙恩召見，惜載之遲中進士。載奏及被薦御試之歲。今朝猶得廁高才。

兩公扈蹕歲聯班，賤子追隨此度關。輦下屢盟嘗不踐，尊前非夢又何慳。桓溫種柳偏經落，韓愈爲雲亦在閒。旌節馳驅賢者分，豈論暮齒少離顔。

離合升沉日月梭，當年小録俊英多。卿雲縵縵須公等，荒草茫茫奈若何？老不窮經吾澳涊，奉答少宰詩先成「蒼天隨處報窮經」之句。遠如求友兩婆娑。也知光岳承嘉運，定復英靈起大科。

王尚書有指南傳，《玉海》工夫獨欠先。碩果今推江左右，鯫生自負浙山川。百杯爛漫豐干舌，三伏陰涼子敬氊。來日宮門笑相見，興州之樂竟前緣。

翁方綱：「由來」，不可隨手。○王深寧之《詞學指南》原本經學。

和曹少宰七月三日招同申副憲爲同徵二集用王摩詰贈祖三詠韻

瀛洲式先進，既揖乃升除。流連佳日再，花藥野人如。參坐不知久，清言彌近道。天邊哉生月，露下同心草。同心卽同居，皆出古北關。門連武列水，窗分木蘭山。莊東左幹之山來自木蘭，南至灤河而止。豈非尊酒顔，良爲軺車展。所欣扈從陪，不使襟懷淺。自今信多暇，好會無前期。月缺亦相見，月圓亦相思。

錢儀吉：上半似右丞。

恭和御製題文津閣元韻

親勘羣書盡寫之，閣藏勅仿浙東爲。帝京有二山莊一，博學難名貫道時。厲揭人來匏葉晚，江湖岸遠瓠樽知。況從聖祖開清境，天地文應會在茲。

恭和御製趣亭元韻

聚書藏書得佳趣，趣以名亭閣邊峙。其西則山東則臺，碧樹扶疎石峎嵑。峰陰轉壑壑隨澗，澗響落池池益泚。收將大段天一范，兼取小齋京口米。亭中書趣勝琴趣，有絃何必無絃矣。聖心妙趣與人同，讀書之世胥樂此。

錢儀吉：直說作讀書世界，妙哉！樂哉！

錢聚朝：峰，峯。

恭和御製月臺元韻

月生于西臺則東，西山碧色長不老。山凹月上臺皎然，似照圓明園石好。石好恰直文源閣，一峯八十一穴巧。臺西月又臺西山，乃見文津勝非少。宛在中央桂樹生，臨高臺以宵涼早。臺端奎藻方迴題，閣裏耘編正深討。

恭和御製過河詣溥仁寺瞻禮元韻

聖祖恩留題古寺，我皇歲至仰高懸。如春世繼三陽泰，不息心涵四德乾。岸則先登松茂矣，雨其大悅物生焉。溥仁兩字參真諦，醲化無言本自然。

恭和御製山莊即事元韻

仙墅高居邃壑尋，碧天晴雨紫宸心。百年祖澤松雪切，萬國民依稼穡深。左右林巒隨點筆，清涼臺榭稱披襟。灤河眾水環京下，雁塞羣峯擁座臨。

恭和御製出麗正門恭迎皇太后至避暑山莊喜而成什元韻

雨師並塞早淋漓，梁道安行坦拄揞。慈壽萬年多介祉，聖皇百歲自呼兒。嘉辰仗溢光儀式，內苑輿扶笑樂之。至孝在心難繪寫，微臣跽讀得深知。

錢儀吉：應制之作，真實乃爾，所謂原本忠孝者。

恭和御製靜寄山房二詠謹序

御製序曰：「『月色江聲』爲避暑山莊三十六景之一，其中堂扁曰『靜寄山房』，皇祖御篆也。」敬成二律，以志景仰。臣載謹述。

紫塞初更上，青霄萬里空。山房于以敞，月色本來融。高下金生碧，檀欒翠濕紅。豈惟明作德，皆是靜爲功。睿照前光迪，端臨至化沖。洞天三十六，真與廣寒同。

右月色六韻

武列趨常駛，灤河挾以流。風迴江浩浩，月上夜悠悠。更覺山房靜，并將天籟收。巴人穿峽矣，越岸長潮不？一室清于耳，三更朗在眸。紹聞思所寄，常勝玉徽畱。

右江聲六韻

馮大司寇裴家文敏公奉貽詩蹟卷自京寄塞上屬題感成一百六十字

客座酒初行，塞山青未暮。人來獨泫然，忽展公詩故。公詩奉知音，知音實知心。篋尋一紙少，囊襲千秋深。江南水不歸，薊北霜被野。舊邸犬依人，高墳石成馬。三年且三年，遑問汗竹辰。況于身後文，豈若在世身。前軒綠桑遮，後院紫藤落。此地若過時，思公不可作。迴颿自江右，訪家入常州。遺書塵在榻，照晚庭經秋。古往復今來，惟人安所寄。遂令淡泊遭，每有纏緜意。我詩亦無詩，敢望知音知？夜闌只自讀，聲遶灤河涯。

錢聚朝：「照晚」，手校改「晚照」。

再題四絕句

城西寒夜昔盟會，同姓詩還《爾雅》徵。十卷已蒙三殿進，廿年不改七哥稱。載行七，戊辰王園之會，公呼載七哥。壬申殿試，公爲讀卷官。載卷進呈，禮當師生見，公以同姓義仍呼七哥。

匆匆遂了一生因，畫裏江山愛富春。懊惱梅花三丈竹，延陵季子又何人。載於土地廟得王奉常臨《富春大嶺圖》長卷，董文敏、陳仲醇跋。公愛之，遂攜去。時方畫山水，猶未直內廷也。後載居南城，與公邸相近，數借載吳仲圭《墨竹譜》長卷，有「欲並宅而居之」詩。

何事連篇詠挂蘭，前身莫作後身看。可哀信有人間曲，遊戲歸來只一般。卷中《詠挂蘭》注云：「一名風蘭，葉似菖蒲，根不著土，以髮纏之，懸于檐際。三四月間花。」詩云：「騷裔偶然同姓氏，羅生誰與闘門楣。」以其髮纏而花梢拈香粉，然已離塵獨上矣。至于「寧隨斷梗悲同病，偶托高門作寄生」，豈公之中道自有前因乎？

風雨毘陵夢去遲，開先謝早幾花枝。如何白髮明燈裏，獨向平生欠輓詞。公訃至京師，載爲位于法源寺東寮。腹稿有詩，既而迴思，不能錄。莊仲淳學士與公中表，又甲戌總裁所取士，與公先後狀頭，預王園之會。戊寅督學閩中，己卯居父喪，憂歸而歿。載還自粵西，在道聞之。有詩，亦未錄稿。

錢聚朝：戊寅，戊寅。

七月十日申副憲攜酒山齋邀曹少宰爲同徵三集少宰詩又先成輒同其體四首

宿飲纔趨直，分班已送篇。恩深今上日，事久憲皇年。三詔風雲萃，初元禮樂宣。無才雖不錄，此會尚當傳。

筮仕何先後，同承主上恩。身名場戶起，薦辟史家論。白髮愁鉛槧，金坡忝鷺鴛。門閭他日倚，就道詎能諼？丙辰應詔北上，先大夫送之河于，先夫人送之中堂東楹，目載出門。

豐嗇凋羣彥，乾坤駐兩丸。漸來京輦寡，皆在塞垣難。芳草薄言采，明河今夕闌。一尊相暱就，知子勸加餐。

恰許三人從，常成一日閒。不煩邀李白，何啻笑廬山。地近蓬萊上，才非伯仲間。他年尋許椽，提挈以俱還。奉答少宰「儻遇青泥髓，同餐享大年」之句。是日談西江逍遙山之勝。

錢儀吉：椽，掾。

錢聚朝：鴛，鵷。○河于，河干。

勿藥篇寄馮大司寇

五旬闕相訪，一札遠見投。雖傳暑病已，難遣客思休。前此既强起，棠花紅未稠。今來又平復，桐葉翠欲流。半年得兩病，百歲成千愁。豈其不自攝，豈其不自由。小雨行滑道，詩則城南儔。明月坐移央，山則郊西樓。習靜底須言，寓意那必畱。莊生之木雞，佛者之牯牛。噫嘻吾過矣，放浪君無尤。自公公事了，當職職業脩。惟敬其可吉，惟安其可偷。勿藥輒有喜，若藥或不瘳。饋藥謝康子，采藥無瀛洲。藥囊布漫緝，藥竈薪頻抽。折肱乏善技，蓄艾徒良謀。身以心爲主，心與天爲游。塞涼昨更霽，官閒力頗周。曉直宮門深，晚歸民舍幽。賴君親串好，致我居停優。北窗樹金蘐，前榮種石榴。扇紈白在手，峯黛青迎眸。盎空市先糴，甕臥鄰已篘。酣眠竟無夢，飽食況有秋。二豎語三尸，去去何所求。

謝曹少宰餉鯽魚

灤河去此三十里，健鯽分來尺半長。蘇子美詩：「尺半健鯽烟中跳。」荷葉蓋盆聲撥剌，松枝吹竈色匆忙。明公腹疾若齋禁，賤子朝飢非渴羌。叔鮪王鱣憑得計，塞天兩月始鮮嘗。

賜清音閣觀劇恭紀十首

碧檻紅樓御榻安，東西廂敞藉羣官。高高面北三層閣，閣下笙簫按鳳鸞。
盆花左右列中庭，蕙箭榴房間素馨。朝雨絲絲簾額灑，檀槽聲趁最瓏玲。
三陳玉食即分頒，盤炙甌香次第閒。內苑晚晴勝早暖，微臣白髮也丹顏。
章奏親批膳後仍，軍機晚對玉階承。分明韶濩雲山際，半日中間暇未曾。
魚龍曼衍不妨工，覽古猶關一曲中。花石船頭朱勔坐，汴梁城外水門東。
金家初旺宋家柔，不與遼家作好仇。岳頂賞花纔幾日，鳳凰山翠見杭州。
周密迴思志癸辛，貫雲石又稗官申。人間散去遺聞鑒，天上收來法曲陳。
齊天聖壽月初開，蒙古諸王續續來。並懇行圍隨雁磧，先教入座侍瓊臺。
十日爲期後接前，齋期停樂聖心虔。涼風即次晢襟佩，珪月從容待管絃。
御書每日午牌成，內監鋪將照地明。聖處工夫寸陰惜，水淙山響自歌聲。

翁方綱：「瓏玲」與「玲瓏」不同，看《甘泉賦》注自明。不意坤一尚有此失。

錢聚朝：「槽」，一作「攢」。

南天門用己巳過此韻

曉月沈西大，初陽拍海紅。環京千障負，鑿石一巔通。天地長歌外，關山小夢中。書生曾策蹇，淚不落秋風。

錢儀吉：結句實實如此，非晚爲追溯之詞，有所粉飾也。

攡石齋詩集卷第三十八

九日集馮大司寇獨往園登高主人詩先成次其韻

涼風初落霧旋輕，黃菊猶含碧宇晴。我意早成圖畫趣，此間端有嘯歌聲。岑樓遠岫來西面，老伴深杯約外城。多謝年年定相見，不妨語語太憨生。

聚奎堂早起

十度槐頻落，三場院又臨。風天疎雨點，蘚地暮秋陰。未善孫吴術，無輕甲乙心。皇謨徹邊徼，二柄待人任。

奉和皇十一子晚秋池上四首

御苑遵天路，書房洽道心。灣灣三面水，澹澹九秋陰。累土爲山迴，安橋過岸深。仰惟雍正歲，栽植久成林。

貽厥先皇澤，繩其我聖心。紫蘭分露色，翠竹列雲陰。水自瀠洄靜，山真窈窕深。午餐廚已就，芝菌采于林。

詩禮儒生業，丹鉛作者心。陳修本家法，黽勉在分陰。淡照霞邊麗，涼波雨後深。憑欄諷佳什，笙鶴下瑤林。

濠濮非莊叟，軒窗得遠心。風多天與力，霜薄地留陰。進德頻消息，論文互淺深。來年盛春物，相賞偏芳林。

錢聚朝：偏，徧。

奉酬履郡王見贈之作謹次韻

職趨黃閣本凡儔，恩許經帷廁俊流。大獮鸞旗從上塞，高齋桂樹接涼秋。茶香書味中邊徹，玉色金聲耳目謀。最說緑牋題不盡，强將枯管數入聲難酬。

寄湯學使先甲粵東二首

月夕傳杯卻，霜晨拜疏尋。迴翔丹地再，眷注紫霄深。置傅雖承乏，崇賢豈嗣音。遙瞻閏冬色，已憩老榕陰。

南海人知學，從容播化齊。五層樓獨上，九曜石先題。所願江梅發，他時竹杖攜。白頭呼粵使，綠醞問梁溪。

十一月朔日冬至圜丘禮成三日雪恭紀二首

仁孝馨香感，于今四十年。曾孫以從侍，主極肇精虔。今歲上命諸皇子侍壇觀行禮。和樂羣生上，光華大帝前。求寧惟有德，繩祖意淵然。

繁霙逾積玉，廣野等鋪金。祖澤天誠祐，前光後克歆。占豐適三白，錫瑞見初心。明日迎慈輦，恭惟萬福臨。四日上自春暉堂奉皇太后安輿進宮。

題游昭秋林醉歸圖

太平書畫供宸娛，賜出内府親賢俱。皇十一子嘗拜賜，紹興短卷游昭圖。樹身圍大人莫抱，樹頭葉沉墨與塗。亂沙隔渚天且晚，長坡逆風草未枯。一牛不叱亦不驅，一童貫鼻牽不趨。前蹏右翻後左蹋，牛背人醉秋模糊。朝衫佝僂坐成夢，芙蓉花插紗帽烏。城遙村近忘相及，山澹雲濃看若無。其時紛紛誤朝議，此老兀兀非酒徒。羖攊横飛不可掣，江淮直北何由蘇。昭家常鄰京口塔，負藝頗向錢唐湖。李晞古名竟能踵，陸務觀語良不誣。天人學探赤水珠，郭椒丁櫟奚所須？鼓鞭借之上春隴，載也識字耕田夫。

奉和履郡王最上乘雪興最上乘，閣名。

日澹層檐自愛冬，午晴難放曉寒重。苑西時玉來清風，座上天花少定容。粉蛺蝶飛藏凍雀，碧芭蕉敗壓高松。茶鐺熟後爐香靜，鄰刹旛飄未報鐘。

丙申

錢儀吉：六十九歲。

澄懷園所居

東近御園前，園猶故相傳。略培高阜樹，添種廢池蓮。牆短山横黛，門深柳待緜。呼名有鄰鴨，只少櫪頭船。

蔣京兆賜棨修北臺之會馮相國有詩追懷劉文定裘文達及家文敏因用其韻

百年難負蹋青鞵，薹菜花黄彳亍偕。破夢人猶前度約，迴腸句已後時懷。湖陰樹暖烟生郭，欄曲歌長月到階。飲酒被紈誇服食，白頭相見便爲佳。

晚入法源寺至海棠處感徐太守作

兩年不到寺中行，高閣依然夕照明。丁令鶴歸歸亦悵，莊生蝶夢夢翻驚。投園騎宕支筇瘦，傍砌娑拖踏影輕。天壤自來芳草語，大都牽惹爲平生。

錢聚朝：「娑拖」，手校作「拖娑」。

上巳日飲檀欒草堂前海棠花下作歌

今年先期再三約，主客齊祝花之辰。花如人願早遲恰，天假花緣寒暖均。濛濛前日雨灑塵，盎盎昨日簫吹鄰。今朝見花竟絕倒，三日果然天氣新。百千枝迴擎花搖，十萬花妥擁樹嬌。香玉瓣肥脂蕾嫩，殷鮮朵蔟重蕤翹。横生斜出錦帷敞，濃拖低顫苔茵撩。青幔覆架亭方方，而花安之花向陽。全身花看亭裏坐，大杓酒汎花前狂。年年團圞此草堂，草堂之醉爲海棠。我今醉與海棠言，我家江外江有園。紫藤絡榆白練翻，紅薔瀉露青莎繁。豈無好樹輕懸旛，但非老本高當軒。他時得歸定相憶，來日且住常過存。一杯今復澆花根，哉生月上初黄昏。

錢聚朝：蔟，簇。

題徐孝廉以坤海棠樹間小影七首

讀書嘗共裏湖邊，堤上桃花三十年。兩鬢踈踈風浩浩，不如君作海棠顛。

白堤花接蘇堤栽，不少紅棠佛寺開。踏省門來書券去，年時抛撇去還來。

簇簇川紅樹樹新，餘不溪窈岸斜鄰。勸君穩向巢間住，柳絮榆錢誤卻春。

負鼓吾今也作場，郭郎鮑老一郎當。如何廿四番風信，獨讓春光占海棠。

法源舊句感無涯，君又恆河與算沙。老去比年難一醉，內城花事仗馮家。

粉香脂色春復春，兒女心情始是真。夜雨曉來寒一陣，可無側臥捲簾人。

芳樹聊爾托芳心，石牀孤坐吟復吟。絕出風流都不記，許昌廳後小亭深。孝廉不能飲酒。

錢儀吉：托，託。

題陳檢討填詞圖款云：「歲在戊午閏三月廿四日，爲其翁維摩傳神。釋汕。」

髯也維摩搦湘管，敷茵藉地肩非袒。回看妙女捻瓊簫，芭蕉葉坐吹之緩。是月閏三春不短，禪人狂寫騷人誕。抛盡南唐西蜀心，看成減字偷聲伴。碧雞金馬方洗兵，公車待詔開鳳城。想見搜材遍巖穴，千載一遇古莫京。髯公江東詞是名，題者同徵多傑英。盛朝采擢闢文治，芳翰流連眄友生。百年百年觀此卷，花陰花陰吾數入聲展。就中浙西六家孰先之？絕愛小長蘆賦《摸魚兒》。豈知後來鉛山蔣家曲，賽得前邊洪昉思。洪題南曲七首，乾隆辛巳蔣莘畬題北曲十一首。

錢儀吉：此圖予嘗一見，女子坐蕉葉上吹簫也。公詩在卷中。

吳應和：「拋盡南唐西蜀心」兩句，填詞圖正面已足，卽將題圖詞之優劣作餘波，亦是作題圖詩之一法。

近藤元粹：汕，所晏切。〇「拋盡南唐西蜀心，看成減字偷聲伴。碧雞金馬方洗兵，公車待詔開鳳城。想見搜材遍巖穴，千載一遇古莫京」：作此等不了之語以爲得意，是清人之大病，要之不如不作。

南苑恭賦

一百六十里，土牆四周方。遙山何坦迤，西北牆頭蒼。安驅放馬蹄，獨立收馬韁。青天南去迴，寒食東風長。馬駒橋名水之委，鹿圈村名苑之央。三海子所注，一畝泉來旁。其上涼水河，其支草橋鄉。又支廣恩寺，匯而東泱泱。東至小紅門，門西入于牆。潞河受馬駒，苑之經流詳。右安門大堤，北紅門夕陽。稻田數十頃，初墾倍豐穰。累土連爲山，西北東低昂。下卽涼水河，環環氣象昌。苑中路分植，植路皆綠楊。有牐穿綠楊，有寺開紅棠。舊衙老槐高，東旭羣鴉翔。恭惟順治年，蒐獮茲其常。亦越康熙年，新衙西闢廂。兩朝樾蔭深，萬株烟露芳。鬱蔥際南衙，築濬勤我皇。雲罕涖行獮，安輿恭奉將。我家法至肅，我世道長康。昨者平金川，告功闕里行。迺命皇子孫，校獵于苑良。春草竟野鋪，春旗小隊颺。朝焉矢逐兔，晚焉火發鎗。斯文戒柔弱，日强振紀綱。磐石以爲宗，鞏固乎苞桑。試登晾鷹臺，土脈觀沙岡。

錢儀吉：直作中央如何？○南苑小獵，列聖詩集中屢見此題。

宛平王氏懺園戊辰嘗文讌于此後海鹽明府丈如珪自施南太守歸居之春日訪舊賢後人出接感賦以贈

蕪菁滿地樹遮門，廿九年來客尚存。廉吏可爲遺半宅，故家不墜占荒園。論交勝國先公託，枉駕名山妙句煩。文貞公未第日訪先侍御于慈仁寺，有詩。海上棠陰堪德庇，所憑玉友與金昆。

錢儀吉：王氏崇簡有《青箱堂集》。丁丑，有《錢孚于來都訪之彌陀寺坐海棠下久待之不至》詩。庚辰，有《至嘉興訪錢孚于》詩，有《錢孚于噩談信宿偕至金閶》詩，有《同錢孚于坐張天如無近虎丘客舍》詩，今不錄。己丑，有《哭錢孚于詩》三首，其首章云：「與子論交久，風塵二十年。乾坤悲板蕩，山海變滄田。抗疏摧璫燄，居心希古賢。盛名百世在，大節已能全。」

增壽寺柰花兩株

走看柰樹近相招，宣北坊西散寂寥。日暖風輕雙玉雪，蕊紅花白萬枝條。成林卻憶陶弘景，添種無煩郭四朝。名字老僧猶不識，半天香氣灑經寮。

德壽寺海棠丁香已謝牡丹初開

峨峨寶鼎發祥烟，順治鐫題十七年。名卉紛敷冠南苑，好春次第供西天。袂衣摺扇紅廊外，濃露暄風碧砌邊。但啜新茶輸舊釀，任飛蝴蝶漫嘑鵑。

法源寺海棠

曾見枯株又見栽，花應笑我白頭來。黃塵幾輩埋黃壤，佛樹依然傍佛臺。東院輕陰西院暖，十分好句百分杯。遊蜂戲蝶干何事，落去傷心只翠苔。

錢儀吉：「黃塵」中生，「黃壤」中死，固自不同。

題園居

一月不來此，槐榆陰各成。牆頭短草動，池面圓荷生。淡泊客三徑，優游書百城。南風宜得雨，坐覺乳鳩鳴。

平定兩金川詩十二章謹序

乾隆四十有一年春二月，西師征兩金川，大功垂定。既列爵酬庸，皇上至孝至敬，謁告東陵。是日，紅旗飛馳，攻克噶喇依賊巢，報捷于桃花寺行在，筰徼以平，于是謁告西陵。旋蹕南苑，慶惠春敷，恭奉皇太后安輿，祝釐岱宗。遂告成闕里，還京。將士振旅至，皇帝迎勞于郊臺，既獻俘廟社，大告成功，御午門受俘。五月之吉，恭加上聖母皇太后徽號。慶賀禮成，頒詔天下，羣臣咸力誦聖德，垂示無極。臣惟金川之乞降赦罪，既平於十四年矣，乃其遺種相噬相戕，負恩抗顔，又陰相狼狽。三十六年七月，王師之加，蓋極於不得已。我皇上如天好生，固未嘗欲復加之兵也。今者伏讀御製《平定金川告成太學之碑》，至矣哉！敷天臣民共見之。聖心一無所飾，而於辭不費。夫以山川險峻，深入爲艱，誥誡師行，且備見於宸章，諄切籌其萬全，本非遥制機宜。上體屬在將軍，迨未勝則頻告以勢難中止，事殊不易；既勝，則屢戒其不可矜滿，罔或懈疎。今者大功，將軍、參贊、領隊諸將士之力，實惟我皇上肅將五年慎如一日之聖心，克以成之。蓋息息心操，天祖鑒之矣。夫是以命將至再。先則攢拉速定，後則促浸全收，勁旅偪圍，悉皆擒獲，有適符乎神算所必周者。顧猶兢兢於勞衆，心惻始終，不欲以此揚赫濯紀勳烈。則今日之頌天子大功，祇以贊聖人小心也。臣職趨禁近，殫竭弱毫，謹撰古詩十二章，拜手稽首以獻。其詞曰：

川之土司，桃關以外。度竹索橋，水紓山大。攢拉促浸，遺種之兩。十數年來，反覆愡慌。己巳非遙，首戴皇仁。而何辜恩，仇殺其鄰。我之土司，皆欲安枕。矧是維州謠，惡萌已稔。然猶需之，屢迪其悛。終不可悛，辛卯乃加兵焉。一章二十句。

乃分西路，屢攻屢前。乃改南路，碉卡屢摧堅。壬辰仲冬，既克美諾。又取布朗郭宗，僧格桑幾縛。初時聖算，第征攢拉酋。毋令竄入促浸，師難中休。料而必中，索諾木匿之。黨惡而抗命，乃移師殛之。二章一十六句。

西路功噶爾拉，南路當噶爾拉。西收昔嶺，改塗雪風颯。簡派八旗，軍中奏止。綠旗飄颻，險憑崎巖。當噶精整，允壯國威。翁古爾壟，全師以歸。乃授將軍，副兩將軍。京兵迅赴，加以吉林索倫，定西之印。愛星阿所佩，今以佩阿桂。得勝斯在，改兩路重進。癸巳季冬，收復攢拉，不日從容。三章二十四句。

促浸去保縣，五百里餘。重山陡仄，有兩巢穴以居。勒烏圍，鼠之巢；噶喇依，螘之穴。瀘河經其中，皮船曲折。春開雪紛，揚旗如雲。命將軍西路，心一軍分。南分兩路，兩副將軍。四章一十六句。

天聲丕振，西克谷噶，南克馬尼去聲。宜喜與絨布，三路後相濟。將軍雄武，先克羅博瓦，得促浸門戶。又克色淜普，喇穆喇穆，屢進疊鉦鼓。摧其默格爾，摧其康薩爾。木工思噶旋圮，三年未竟功，一日收矣。兩副將軍，日旁盡收，況收遜克爾宗。後路先籌，既夾河西東。乃下壓上騰，夜入勒烏圍，中秋月澄。紅旗至木蘭，大獮龍乘。五章二十六句。

天聲丕振，進克西里。先登科布曲，連奪雍中寺鉏里切。圍噶喇依，一穴聚螘，自破勒圍。其母姑來降，大頭人來降。今斷水陸，賊其日恐惶。況掃獨松，況掃馬邦。環攻火攻，軍合不可當。賊羣夜叫，出降求活。二月四日，兄弟男婦，生擒無一脫。己巳之赦，詔受爾降。至德我皇，如天好生師莊切。今爾惡盈，自底滅亡。六章二十六句。

鞏我祖宗丕基，申謝于陵，至德其承。維皇帝德，維聖母福，茂綏百祿。敬哉祝釐，升于岱宗。惟福祿萬年，萬年其從，敬哉告成。先于闕里，惟文章萬國，萬國其理。寶稼登舟，頤適慈躬。德州遵陸，旋蹕其同。七章一十八句。

維聖母福，維皇帝德。春風蕃殖，我官我士。我民我兵，蹕路所經，仁施愜其情。由所經推未經，免租普覃。豈惟直隸，豈惟山東，遠且及江南。豈惟免田租，東州縣且免漕。仁如天燾。八章一十七句。

郊臺良鄉，皇帝親勞將士。得勝纛雲翔，如庚辰禮。陳將軍參贊等得勝纛于臺，上率成功將士及王公大臣等行禮。庚辰平定回部，郊勞于此。乃升御幄，上將肅前。禮行抱見，家法所永傳。凱歌大鳴，羽騎鏗鎗。聖人所自作，天地中聲。賜御馬以扈，上將介冑。入朝更吉衣，龍繪藻繡。獻俘廟社，係組闕下。旗旄魚雅，皇威正陽。斗魁文昌，曜靈天光。九章二十二句。

維皇帝德，維聖母福。崇上徽稱，萬年進祝。進祝萬年，金書玉鐫。惟寧維豫，至愛拜虔。萬國之咸，上及太清。五福之康，以介壽寧。利建侯行師，易占旣有譽。以悅以怡，以奉慈豫。十章一十六句。

皇帝大聖，龍德中正。馨于天祖，萬方以是撫。是兩金川功，仁涵義秉，其動也靜。靜以俟之，謙以受之，惟神算其有之。保我川民，師行川境。先後免田租，惟蒼黎是省。鴻文三碑，聖武懿鑠。美諸勒圍噶喇依，旌功癉惡。乃詔雅州駐防，重鎮分防，永靖川疆。十一章二十一句。

皇心勞矣，武功高矣。紫閣圖形，錫贊褒矣。文德之光，至于日出。何以報答？皇心宥密。官職其官，士職其士。民職其民，兵職其兵，以各安其生。咸曰壽人豐歲，子孫萬世，報答皇帝。十二章一十七句。

擘石齋詩集卷第三十九

芍藥花前得句

豐宜門外綠初陰，廿四橋邊客又尋。壓擔翦枝畦露重，貯缾茇葉院風深。不如最好當歸字，無奈難勝欲別心。款款報之《青玉案》，悠悠翻作《白頭吟》。

錢儀吉：五六卽坡公「瓊樓玉宇」詞意。

自題小影六首并序

藏有舊搨碑帖之殘本。戊子歲，嘗集其字以題小影冊子，而裝於後。今冊子已失之，拾廢稿錄於此。

集鍾元常薦季直表賸字

力氣尚能壯，衣食不望充。國恩夙夜報，臣其敢雷同。

集王右軍誓墓文賸字

止足之分，是在微身。小子敢踰，謹告二尊。

集王右軍黄庭經賸字

食穀參差念太倉，可能枝葉老生香。石田流水如無恙，要眇山中日月光。
寂寂靈根自有靈，莫教花落病園丁。乾坤合與存方寸，門戶長期抱一經。

集虞永興夫子廟堂碑賸字

仰聖霑文教，横經闢德基。猶膺榮命在，未覩樸誠爲。蘿洞歸何益，雲泉屬有思。敬哉天咫尺，難釋歷階時。自戊寅冬蒙恩以右史侍從，今餘十年。

天地茫茫內，初踰六十年。風楊行裂葉，海石願追先。六世祖明太常海石先生年三十六歸田講學。至道占三易，微情寫七絃。經綸已無術，不作《遠遊》篇。

趙北口曉行

燕南六月汎舟曾，繾綣今來白髮增。告祭未行蒙改命，山莊遄赴忝親承。城陰小驛聲留雨，橋上輕輿影照燈。入塾早聞山海語，前旌尚慎主恩憑。

河間過陳太守基德不值

大郡畿南老健身，廿年閒事話無因。藜光橋水同觀月，揖翠堂花幾醉人。歸我牙籤三帖舊，余藏有陳文莊公尊甫墨蹟，并文莊及公子蹟。太守，文莊元孫。欠君蕊榜一官貧。丙戌會試，分校《易經》，得太守卷以薦，被落。他時待訪蘇州宅，滿樹辛夷對晚春。君猶居文莊故第，玉蘭一株極高大。

小病

小病曹州過，相牽到兗州。扶踈桂之樹，三五月當頭。把酒難思舊，論文欲散愁。明朝公事了，一爲上南樓。

錢儀吉：第五句深厚。六句起下。

登泰山賦

社首云亭誕謾傳，翠華頻歲祝釐虔。遠稽舜典春行禮，上法仁皇德備乾。迴馬嶺開蹲虎石，萬株松落兩崖泉。東來實受君恩大，日觀峯頭見海天。

謁孔林賦

使臣循舊典，得以祭于林。仰瞻愧且淚，何敢言肅欽。新雨善草滋，高雲嘉木森。附阡澤百世，依祖歸四臨。防山脈自岱，泗水環其陰。洙水遶其陽，斯文繫天心。普天繹聖語，夫子道至今。述聖冢昌昌，生蓍亦如簪。

錢泰吉：公家書云：「孔林之祭，定例惟皇帝幸詣孔林，則祭。卽巡撫至曲阜，亦不得祭孔林。而惟許學政按考祭孔林。」

丁酉

錢儀吉：七十歲。

上元夜郝橋

半日風幾厲，初更月頗黃。山隨人到海，屋藉樹爲牆。吏散稀燈火，賓懽足酒漿。鳳城踰二紀，纔一在東方。

青州試院得送花貯淨缾

校士重門靜，遊人近郭回。世無千日醉，春有萬花開。礪埠儒之壟，琅琊帝者臺。一笻扶未得，簾影與裴回。

錢儀吉：後四句應首句。

臨淄道中

乍暖猶寒鬢任斑，行行天在澮濃間。春風呂望諸孫墓，東海周王一國山。桑女耕男豐象早，肩摩轂擊霸圖閒。使臣自憶燒燈後，雪盡嵎萊往復還。

出張店

周旋跌宕不闌珊，雨雨晴晴總一般。政要梨花籠客夢，多煩柳絮撲歸鞍。長山小縣前頭曉，薄靄深村兩畔寒。乍起兒童趨市立，慣經人吏把官看。

翁方綱：「周旋跌宕不闌珊，雨雨晴晴總一般」：是何説？○張店正與漁洋墓道相近，宜有憑弔先哲之感，而蘀石不作此等題也。卽以奉使山東，而無一語及於申轅也。

過鄒平

我已能忘老，天應與散愁。無邊麥苗毯，不住柳花毬。長白山中賞，摩訶庵裏遊。若爲謝公句，如見黛溪流。

將至濟南

人別繡江東，西來百里風。單椒何秀澤，落絮太溟濛。門口明湖綠，樓陰返照紅。馳驅聊暫歇，襬襶莫先通。

濟南使院海棠已過感題

孰是蓬萊最後仙，了無塵事許蹁躚。龍樓鳳閣春三日，柳陌桃蹊尺五天。微雨東來新月上，石橋南畔畫欄前。海棠卻也羞人老，京國攜家十八年。

翁方綱：日，月。○此其最得意之作，亦復不切。

錢儀吉：翁改「月」字，必親見底本。如是適與予所疑合。○五六妙甚。

至曹州牡丹已過

屢與花期屢後期，花天況復妒風姨。蒼苔小院飛蝴蝶，綠樹深城叫子規。酒散獨依斜月坐，春穠猶屬老年思。村村姚魏家家詫，鄭重何人折幾枝。

翁方綱：子規，山東無此鳥。○「穠猶」：此等字何用？

貯芍藥於雙鉼題壁二首

定陶國中十二釵，相逢不獨憶翻階。絲綸閣迴承申命，閶闔天清過巳牌。新筍園林穿白練，嫩萍池沼聒青蛙。江南梅子城南杜，白髮悠悠自小齋。

曹叔祠前路短長，漢高壇上極微茫。丹陵雷澤春蕪老，伊尹萊朱落照黃。今夜可能無美酒，來朝還更有濃香。憑他千古離愁劇，付與雙河柳萬行。

錢儀吉：數年前，金岱峯孝廉嘗以「伊尹」句見詢，無以答之。今乃知二詩本非詠芍藥也。題意已明。後篇只第六句道著花耳。「曹叔」四句皆以所經之地憑弔千古，而以第七句承明收束之。

曹伯祠

式序差隨弱弟肩，世家猶鎖廟門烟。社宮噩夢神明見，菏〔一〕澤遺封肸蠁傳。季女南山春翠後，黍苗陰雨夏寒邊。孫枝若也瞻周道，不忘僖公廿八年。

【校記】

〔一〕「菏」，底本作「荷」，據地名改。

范縣

顓頊遙墟落，來瞻孟子曾。麥收民氣得，市入我懷憑。請老傳惟敬，紓憂讓所能。誰家若宣獻，亦可以賢稱。

裁剪四照樓前花木

一水瀠洄跨石橋，岸南岸北樹陰饒。大槐合放紅棠出，高柳休遮翠栢凋。宛似賓升偕主拜，直須陽長使陰消。明年倍得春光好，卐字欄迴對鬢翹。

翁方綱：「岸南岸北樹陰饒」：數尺之地，可稱岸耶？○「高柳休遮翠栢凋」：「凋」字湊趁。○「宛似賓升偕主拜，直須陽長使陰消」：誤極。○末句亦不應押「翹」字。此則小旦之整矣。

濯纓橋曉坐

柳陰水東來，惆悵清渠一。人之一日生，詎非死一日？我之死也多，生則未能必。所以朝聞道，非徒時勿失。朝聞而夕死，于我事方畢。夕死不朝聞，哀哉誰與恤？南山翠雲起，東海紅輪出。獨坐石橋身，悠悠自心怵。

翁方綱：此「一」字已不好。○奇哉！君固未聞道耳，又何必如此？實是可笑。

題菊花

歸自臨清種晚花，樓前橋畔水之涯。細開愛爾搖風色，僵立愁他數竹丫。霜鬢一尊遲受代，山妻諸幼早還家。國恩深被鄉園及，不少秋英臥徑沙。

觀張翰林宣至正乙巳所書題蕭山縣令尹本中吴越兩山亭卷聽冷起敬琴次韻二詩漫成二首

漁浦一灣山色斷，琴心三疊鶴聲來。算應康里鮮于後，明祖元呼小秀才。

史局名流直等閒，仙郎協律謾相關。所憐不少鴟夷子，終古吴山對越山。

補爲曹大宗伯秀先七十

尺一東來趣瑕辭，青州城外柳花時。還朝數過街初雪，直内徐行鬢客絲。笑我同庚方老矣，煩公有句輒酬之。等閒是事拚輸卻，只讓燈前醉百巵。公性不飲。

戊戌

錢儀吉：七十一歲。

政和鳳池研歌

背凹玉筋鐫兩字，元年八年都不記。賞家每玩宣和印，道君先識政和義。面篆几字涵小池，兩旁山形低參差。一鳳翱翔儼欲下，九雲左右相繞之。其黑如漆潤如玉，其光如鏡叩如木。墨如油兮磨無聲，南唐坑采端州谷。乾隆戊戌春王正，錢子購得踰瑤瓊。六百六十幾年刻，勉旃昌文立修名。

翁方綱：「賞家每玩宣和印，道君先識政和義」：此二句實是欠通。

錢儀吉：賞鑒家去鑒字，未知所本。

雪曉入直尚書房

于郊祈穀達皇誠，卽夕昭靈降瑞霙。穩歷金階坐書幌，靜依玉殿聽春城。五經論後詩懷澹，萬歲山高樹意生。上書房，乾清門之東北嚮。鞭得土牛纔四日，太陽催釋快農耕。

雪後馮相國招飲獨往園

雪晴風定噪檐禽，老伴新詩向壁吟。三十一年重見畫，百千萬事忽愁心。出觀名畫。予丁卯所贈王奉常《富春大嶺卷》，家文敏戊辰秋攜去者，不知今乃在相國所。雲烟過眼原都幻，尊酒論文且復深。傳語海棠須記我，前春澆汝正紅陰。

上元後二夜復雪馮相國次韻見簡疊韻以答

罷作燈天對凍禽，又聽園雪就微吟。奔騰萬里春來信，寂寞千秋老去心。白屋溪山梅瓣大，紅衣關塞馬蹏深。較量俱入東風畫，正月田家況愛陰。

上啓鑾詣西陵恭紀

上元三日雪晴辰，向曉風號徹玉宸。大駕上陵皇子挈，小祥如禮祝文申。臣民實見三年達，敬愛長教萬葉循。天護聖躬寒氣薄，易州山路從羲輪。

石銚歌

蘇公别黄至真州，寫經嘗止楞伽院。泉甘名之慧日泉，至今泉在儀徵縣。縣人客京尤水村，日日飲泉鄰佛園。市頭一日石銚買，周穜餉公器尚存。銚如盋空如玉溫，厚慳半寸照徹暾。玉蒼盋香煎茶煩，有流無腳何有跟？旁琢耳三菊瓣翻，小銅鐶穿柄所根。其柄赤銅三股協，提處範一茨菰葉，葉尖分股股下接。後一前二憑手捻。其蓋元祐篆可摩，其底火斑剝落多，中容一升平不頗。銚初見公輒與哦，我不見銚曷以歌。嗚呼！穜方司理于江寧，公未赴汝留金陵。哲宗改元公入侍，薦穜學官相識曾。後來穜疏安石配神廟，公也兩章自劾繆舉懲。一銚之交悔且晚，乃用圖此來誇稱。嗚呼！石兮石兮亦可愛，「銅腥鐵澀不宜泉，愛此蒼然深且寬」，公《次韻周穜惠石銚》句。燒器雖輕閱人代。隔江試望東岡間，愁絶南唐失研山。

錢儀吉：公未見銚，不知何以題無圖字。○「銚初見公輒與哦，我不見銚曷以歌」：見坡詩元豐七年施注。

錢聚朝：「赤」，手校改「亦」。

馬士英庚辰秋暑所題施霖畫頁

解道種桐三十里，露涼月皎引倪迂。南朝莫漫愁江令，書體元來一俗無。

題趙子固水仙卷

一段生綃本是冰，墨疎香遠寂寥憑。真心到此毋相謔，絶藝成來必自矜。篋有蘭亭懷寶獨，船如米老出遊恆。祇愁微步淩波去，處子雖逢儷未能。

錢儀吉：末句不能移之鷗波，可嘆也。

吴應和：古人藝事，實費一生苦心孤詣，始得到此境界，宜其自負不淺。若近世妄庸人，一味任誕浮誇，又何足道？

近藤元粹：詩則拙滯不足觀，評則切中時弊。

佚名：一結有色采。

賀郡王梅竹小幅謹題

卓午經帷風自披，茶聲初熟静相宜。宣城管試歙州墨，李息齋兼楊補之。皴石氣蒼晴雪後，點苔痕翣早春時。勒寒待暖今年閏，分付羣芳也莫遲。

錢聚朝：翣，澀。

飲施侍御學濂寶石齋觀巨然山寺圖

道北娱賓繡衣劇，玉琴薦冷春風晴。補庵舊物手披示，略無滃染半丈横。列嶂羣木三面江，王維范寬千人英。郭熙得苔峯髻老，米敾得雲巖腹清。虞奎章先古句著，目眚字欹逸態生。東維子且高曲和，俯仰矮本流遐情。治平寺歸幾閲世，錦贉夜照油燈明。吴文定來如發覆，後之觀者今猶名。座上樹疎客騷屑，窗裏山小秋崢嶸。請君緑醑滿瓶注，百分不厭搖金觥。

錢儀吉：巨然而有半丈之横畫，豈非至寶？

施侍御學濂寶其尊甫安三十五歲手錄是年丙辰詩稿七十四首裝卷屬題

伊人早稱詩，名在雍正歲。蒹葭秋水間，所不事科第。遺文故滿家，刻集已留世。兹其一年心，真蹟獨連綴。我皇初元時，徵士起幽滯。賢者實韜光，翛然自孤詣。采彼杜若洲，鼓我木蘭枻。樊榭對笠檐，壽門接蓑袂。衹嗟兩氏衰，女也中郎繼。有子侍御如，鳳鳴遭盛際。縑猶一匹工，箒不千金敝。敬爲告方來，若何美斯濟。

讀書峯泖圖爲施侍御題

明有歙人江德甫，不住黃山白嶽間。卻來九峯三泖處，結得蘿屋開松關。作圖遂乞沈士充，嵐光際野波窮灣。柳嶼雨昏出青箬，秧田日落飛白鷴。耦堂耦堂嘗此寄，廿年自許書堂置。讓君杭郡始遷人，占我鹽官舊分地。輞口非無裴氏朋，鱸魚只欠張家季。畫餅胡然覯所思，刻舟髣若尋前事。一峯細林一鳳凰，一泖圓接一泖長。沈君之圖爲江子，德甫之乞爲耦堂。我昔曾裁九峯詠，我今欲浮三泖航。紅橋路斷禮金塔，茶竈烟生鋪葦牀。

錢聚朝：葦，筆。

近藤元粹：冗長可厭。

見南鄰桃初放

昔賃曾吾屋，今遷已別家。十年親手種，一樹隔牆花。丁令看猶是，莊生喻有涯。不知紅影裏，仍長綠萱芽。

次韻馮相國行香山下望臥佛寺一帶

深園小病自春長，每日前湖見柳黃。如佛臥來愁世味，奈公詩好報山香。來詩云：「花落春山到處香。」寺頭樹又幾年大，指抄欏。谷口苔還三月蒼。退谷在臥佛寺右，其下卽櫻桃溝之伏流。款段馬今尋舊去，櫻桃溝處坐斜陽。

錢聚朝：「花落」，手校作「花密」。○抄，杪。

再次韻簡馮相國

輦道沿山卌里長，風飄蝶白更鶯黃。相公歸騎紛春思，臥佛關門自妙香。列嶂連天晴靄澹，明湖近苑晚波蒼。村深塢小參差見，肯有花枝不向陽。

檀欒草堂海棠花前賦

張幔作亭鋪廣席，向花把酒會羣仙。風低欄角繁陰動，日暖檐頭嫩蕊鮮。不醉不歌非我事，相思相見又今年。深杯且莫輕澆與，自笑無端老欠顛。

復作檀欒草堂海棠花歌

苑西曉駕轂觫車，鐘樓東尋相君家。相君未歸庭自碧，舊樹錦濯新枝椏。十年常來一年隔，春風帝里人天涯。我豈不思城北樹，樹豈不如濟南花。濟南一株高過此，四照樓前一渠水。花身岸口影水心，晴紅壓欹濕紅委。杜鵑催回繡江東，家人爲言花爾紅。曹叔祠邊牡丹訪，不見又與樓前同。等閒大抵芳時誤，難道新人不如故。十分惆悵濟南花，一倍纏緜城北樹。天公忽妒風伯嘘，撒沙中筵撲方疏。衆賓已起主人謝，獨酌大斗重趦趄。迴旋風力鳴子珮，動搖花光牽我裾。有日吳船別花去，加餐花候寄雙魚。

馮相國邀過南淀小園借山樓後好在亭看海棠

佳園幾隔往還緣，春色多濃草木烟。爲政從容承化日，賦詩澹泊向高年。遠山入牖譚無雜，新葉遮亭坐屢遷。蜀府一株旁侍立，紅牙十八正嬋娟。

張明經燕昌贈巢孝廉端明先生鳴盛所製匏尊而作歌

匏尊聯句歲及壯，小方壺裏桐花陰。故人半入黃壤夜，對此翻驚白髮心。感君惜是巢公製，我錢與巢交以世。先侍御狀公所爲，年家子實深相契。江園何處江天長，葫蘆誰種笆籬荒。少時欲訪迷村路，今者來思在帝鄉。明經不獨匏尊惜，同里先賢諸墨蹟。俱收吾篋真文獻，奚取他家爛金石？匏尊本雙一自留，我方不作酒器謳。鼎鼎百年都鑄錯，那勝殘醉迴含愁。

奉題定郡王清漣晚汎圖

高齋常日領清言，横卷龍眠筆偶煩。被服詩畫儒者術，光明孝友聖人孫。鳴蜩柳暗休迴艇，驟雨荷深只在園。待到苑西初月上，青山影裏自沙村。

題先後父觀察元昌畫花冊子二首

少日名場最擅場，蕭寥鉛粉尚餘香。書來官後文徵仲，詩到中年白侍郎。
官職聲名可奈何，春風多處落花多。落花不落春風在，枕上邯鄲得似麼。

錢聚朝：「官」，手校本作「宫」。

爲宋舍人鎔題其曾祖閣學大業以編修從聖祖仁皇帝親征厄魯特督中路鑲大凱還京王翬畫北征圖冊後

鑾輅臨戎萬里行，天山六月雪飄旌。當年廟算殲渠捷，今日皇威掃穴平。克勒倫河信戰地，起居注館一儒生。相門有子從軍樂，轉餉騰裝見北征。

錢儀吉：「圖冊後」三字應低四格寫。

錢聚朝：手校本不誤。

觀荷小集并序

六月廿一日，同直吉太僕、胡閣學、李學士、嵇贊善、王編修五學使醵飲。同直諸先生於澄懷園荷池北岸柳陰下倪編修所居，載以試事奉命入貢院，不與。翼日，皇十一子倡韻，徵同席之詩，爰補次。

最識風裳面，難拋雪鬢年。參差吹且望，容與采休捐。官裏行何促，觴餘寫漫傳。苑東涼月曉，應教讓諸賢。

題王進士元勳東溟草閣圖卽送還嘉定

海國問瞟城，詞壇繫舊情。豈惟歸太僕，亦有四先生。君乃諸侯客，年今進士成。蕭然還草閣，且不負鷗盟。

閏六月十二日五學使再飲同直諸公荷池北岸預坐用前韻

且復陶嘉月，曾非厄閏年。椶毛鞖可繫，蒲葉扇難捐。采采西泠見，番番白紵傳。鴻臚能好事，始覺代庖賢。前數日倪編修擢鴻臚卿。

廿五日五學使三飲同直諸公荷池北岸再用韻二首

近數上聲陰晴日，歡忘大小年。真成五侯飫，奚翅一金捐。蟋蟀欄孤凭，鸊鵜杓緩傳。相觀立如玉，豈謂色猶賢。

侍幄如朱文端蔡文勤，懷芬有歲年。荷風非夢續，柳雨信塵捐。苑外仙招及，城中夜話傳。未能常酩酊，祇辨聖於賢。

送馮孝廉桂芬還海鹽

曰自錢馮契，都逾二百年。先太常講學于承啓堂，孝廉之先大參豐陽公實來師事，而以女妻太常之孫我巨源府君，是爲五世祖妣馮宜人。豐陽宜有後，海上早稱賢。秋月催南雁，長江待北船。摶扶方六息，詎必讓人先？

爲倪鴻臚題其先給諫國璉畫梅蘭水仙蓮菊竹松冊子

孝行聞公篤學名，墨花藹若見平生。題分七種堪三絶，心在孤芳恥衆英。諫草篋中無牘牘，使車江外不旋旌。青青風露東門菜，傳聞當年訪友行。事見厲徵君《樊榭山房續集》。

澄懷園所居春日皇十一子題扁曰花塢書堂秋日賦之載製楹帖，云：「池上土爲山，朝陽夕陽幾面；園中春在樹，十年百年多株。」

苑東園詔侍臣居，下直分門屋有餘。山水周環百年樹，天人元妙八分書。板橋雨滑誰尋菊，沙圃風寒未灌蔬。講讀循名稽自古，捫心夙夜媿難如。

晚出花塢書堂池上獨行

轣轤南城衹半旬，天街已仄桂花輪。憑伊來往知乾鵲，任爾蜉蝣齒大椿。釣蟹無竿還放蟹，采蓴有艇漫思蓴。蓮房荷蓋紛相對，誰是清明種藕人？

引藤書屋對菊分賦效左太沖禁體

返照明屋櫋，絡架稀藤陰。石臺寒有色，瓦缶列成林。招攜及孤笻，談言罷素琴。藥欄于以靜，堦蘚蒼然深。苦蕣亦可設，玉卮行復斟。所期廊廟具，不負巖壑心。亭亭修筠交，謖謖長松臨。歲華但如此，君子惟德馨。

九日馮相國招飲獨往園登高屬作墨菊卷卽事二首

仍循磴級當欄扶，自去東州兩度孤。樓外山青元不厭，尊前髮白宛相俱。秋供畫本祈人壽，歲闢詩蹊奉客娛。才大未妨官事攝，翰林學士執金吾。

瀛洲一老錫山公，體淑含純四座風。大司空嵇先生，雍正庚戌詞臣，今在朝詞臣皆後輩。墨瀋横圖霜野候，匏庵勝侶石田翁。酒半，董少司農出致沈啓南卷墨菊一枝，大字《九日》七律一首，爲匏庵作者。斜陽合任流連住，往事毋教幻影空。紀劉文定公、裘文達公、王文莊公、家文敏公園中九日之會。例許春秋來必醉，明年先畫海棠紅。

翁方綱：「瀛洲一老錫山公，體淑含純四座風」：肉麻。

再集引藤書屋對菊二首

登高各何處，覯止復今辰。西爽非無緒，南華別有真。天風吹欲老，霜日照逾新。一自餐英後，端惟漉酒人。

簪履從譚往，尊罍儘汎秋。未應吾道拙，不及此花幽。寫以琴三弄，參之茗一甌。金釭搖素壁，瘦影但相留。

錄春杪作

何苦文通說黯然，此情相別漫相聯。花都落瓣寧非樹，水不迴流本是川。楊柳繇飛赤欄外，酴醾雪捲畫簾前。少年最解春風惜，一倍難勝況老年。

擇石齋詩集卷第四十

己亥

錢儀吉：七十二歲。

元日會吳香亭太常、陸耳山學士、彭六一侍講會於陳伯恭編修宅

月華門内拜，退卽詣先師。上以大祥及方，十八日啓鑾謁泰陵，祭泰東陵，不受正旦朝賀，内廷諸臣皆稽拜於月華門内。乾清宫東南房，西嚮，以上書房，北嚮近。雍正間，設至聖先師、四配暨周、程、張、朱四賢位。上三更起，親行祀禮。黎明，上書房諸臣入，行禮。紫禁出方午，春街行未遲。雲山宗黨隔，禮節友朋爲。綵勝家家始，辛盤色色宜。昌朝萃文藻，老輩慎酣嬉。造化通書畫，平生辨正岐。蘇黄元有蹟，陶謝欲無詩。振蕩攀難及，蹉跎悔莫追。伯恭出觀本朝名人書畫扇面册，中有家文端公詩蹟一，載拜觀不能釋。公薨五年，教載自幼，載今年七十有二，始知今日之無學。杯深先我醉，燭短各心知。江外風梅萼，城邊雪柳絲。歡場明是寓，暇日健多隨。敢必郊遊近，韉駒尚可騎。

蔣編修士銓去歲北上攜其子明經知廉秀才知讓道南康遊廬山作記與詩其子皆賦古詩而季子秀才知節亦於家賦寄古詩過揚州朱都轉爲之圖既合裝成卷先以佳醖屬爲之題己亥試燈夜

兩泊章江秋月澄，文簫行處未吾登。名山只許畫圖有，慧業誰如父子能。巷口晚風吹送酒，檐牙高樹影懸燈。飛流三峽橋南北，持向天台駴老僧。

上啓鑾謁泰陵祭泰東陵恭紀

春正癸卯大祥臨，聖子于陵致孝心。萬化迪前端在禮，一家歸厚肇維今。山河永衛蟠元氣，松柏新培接翠陰。拜後孫曾俱仰切，露零風曉慕思深。

鄰桃又放

種桃人可奈，兩度隔牆看。爲置昨年閏，如袪今日寒。春陰仄簾額，晚色過檐端。莫必蜂兼蝶，誰凭樹下欄。

奉題皇十五子翠巖清響圖

水木東園絃誦聲，昭文任爾判虧成。敦經説史天人業，理性修身德藝程。一筆獨超函董巨，皇六子質郡王補圖。衆山皆響領韶英。松風滿谷泉流石，靜極無言膝上横。

北紅門外桃花

蔚藍天自曉，涼水河方深。土山曲折内，烟柳高低陰。一枝復一枝，一林又一林。寒食城南節，少年馬上心。時雨久相待，飛飛莫或侵。何人重相憐，采采不可簪。寂寂環小村，青青帶遥岑。曾非攜榼遊，且獨鋪茵吟。亭虚十二欄，風急下上音。如聞豔色太，豈負霜鬢臨。

題劉農部文徽讀書秋樹根圖

君家濆水九江一，江上讀書年復年。學士也吟員外置，長康還以箇中傳。打頭落葉寂無侶，送目秋鴻希在絃。贈得武岡方竹杖，樊川奚不共蹁躚。

草橋南坐往歲修禊處

紛吾及東風，旋車自南苑。披裘曾不寒，遊目未爲晚。波明柳色圍，岸仄草痕偃。誰氏林如園，是問飲且飯。萍開盥手嘗，鳥散聽詩宛。數起獨徘徊，相扶極繾綣。梵音對香刹，嵐氣接晴巘。桃綻亦今蹊，蘭枯猶昔畹。地非春夢後，人有天涯遠。太上復何情，流連輒知返。

翁方綱：「地非春夢後，人有天涯遠」：此詩爲予發也。

送王大理昶請假奉太夫人歸里葬先大夫二首

十載從軍滇蜀徼，元戎獻捷丙申春。掌謀蓮幕書生力，拜慶萱堂孝子身。報國實難先鎮定，得天雖厚總勞辛。全家帝里登蘭舫，勿謂歸人是幸人。

捧土成墳祭大夫，冰霜完得髮兼膚。國儀孔雀翎加帽，郊勞明光甲被軀。維子文章元有氣，若臣家世本來儒。鴨頭蹔蘸春風筆，更就淞南絕唱無。

題詞卷二首

獨自登樓罷撫欄，奎章也復寄情難。杏花春雨江南句，羅帕何人濕淚看？
小令清真諷幾回，坐銷銀燭罄深杯。舊時衣袂東風淚，惟有桃根說與來。

題韋編修謙恆秋林講易圖二首

翰林重入老經師，學使曾傳講《易》時。萬里黔州蒙簡擢，諸生魯國悵追隨。操觚歲月非難得，開府功名不易爲。一片大明湖好在，爲君披豁始題詩。大明湖，種藕人劃水面區分蘆界。汎舟驀直小港中，見蘆不見藕花。余在濟南，竟未嘗爲之詩。

君是前遊我後遊，一林秋過幾年秋。橋南孺子纓斯濯，岸北莊生芥以舟。使院北嚮，濯纓橋在四照樓前，西則坳芥舟也。歷城山在樓南，碏華在樓北。今圖中所見，半余未及詩者。趵突泉聲嘗出郭，碏華山色又登樓。相看自笑何知《易》，高柳寒鴉也白頭。

顧列星：約齋先生以黔撫入爲編修，故詩中云云。

錢儀吉：改顧評「約齋」二字爲「葯軒」。○「開府功名不易爲」：古道交如是。

錢舜舉梨花

愁他俊侶雪溪翁，葉軟花明賦色工。金鴨不燒寒食夜，祇應嫵媚到歐公。

御試試差諸臣於正大光明殿欽命詩題賦得山夜聞鐘得張字擬作一首

山寂人無寐，鐘清夜未央。卻緣心動乍，頓使我聞長。一杵澄紛泊，諸塵浩抑揚。壑雲猶絮惹，天月正弓張。燈不羣峯黑，衣先衆樹涼。去來今了了，言象意堂堂。聖教鯨鏗喻，真風谷應翔。微臣竊深省，本體具明光。

澄懷園池上

池南池東水勢迴，昨暮急雨聞奔雷。暖換單衣寒復裌，楊花飄盡鴨雛來。

顧列星：天籟。

上啓鑾詣泰東陵恭紀

西瞻佳氣欝從東，孟夏兹辰示有終。釋服未忘經駟隙，朝陵增感徹松風。慕踰五十重華邁，事儼生存達孝隆。皇嗣親臣敬陪列，萬方都式孝心中。

種菊滿書堂之庭載當扈蹕避暑山莊曹大宗伯直廬西近許爲灌泉除蠹長句奉簡

三月分科西摘頭，五肥六水旋關憂。節過大火焦于火，盼到中秋菊有秋。好是張南趁周北，絕非王鞅泥裴輶。塞程歸馬先重九，花塢堂前竹葉芻。

錢聚朝：芻，篘。

熱河先師廟成上親行釋奠臣載分獻恭紀

曉月清風法駕乘，莊西禮創駿奔膺。文思天子崇儒至，武列雲山鼓篋憑。承德府今新廟作，乾隆年肇大昕徵。謾論蜀郡儕齊魯，上塞雍容古未曾。

重宿甘露寺

畿縣古槐二，行宮一水分。盤根空院石，接葉短檐雲。青瑣客加老，大醫王夙聞。西窗望蒽蒨，燈影動沄沄。

趙北口水行

劉李建瓴黍粱侵，撐船指驛梢葉森。四十九淀畿南利，七八月間雨集深。賀六符驚塘濼眼，信天翁樂魚鰕心。我儂有鄉諳稽事，疾速直沽趨海潯。

題道旁柳

鬱鬱偏多繫，紛紛獨有絲。疏蟬難與說，落月不相隨。野曠長鞭揣，秋新短髮疑。高柯應未改，生意卽芳時。

高唐

幾度魚丘驛，難尋馬頰河。爽鳩安所樂，鳴犢爲之歌。小市人聲散，高林日色多。漫傳方朔廟，其奈滑稽何？

曉行次張中書虎拜韻

肅肅五更曉，沉沉千里空。秋聲大河北，海氣泰山東。並轡來天上，孤襟向月中。九輪環寶色，再見竢君同。丁卯九月十五夜，在南昌城中見月華。天青萬里，淨無星雲，皓月一輪，倍常圓徹。乃放光倏忽，周環四輪。淡如桃光靚于桃，濃如翠光明于翠，淺黄如葵嫩于葵，深紫如霞鮮于霞。自内而外，一輪光之兩邊如剪，兩輪光之相際無縫，然後再疊疊如前，濃淡淺深之光而八輪，輪之廣如月體。惟著月桃光一輪，比月體而兩之。其光一霎而吐四輪，又一霎而吐四輪，眼不及見也。于是重重華定一大圓鏡中，團圞現五采重輪。頃之一霎，月之後托出如黄金盤帖，帖于桃光之前，然後九輪光之相準，與月而十。其時月非一片，圓如水晶毬，挂黄金盤中，動搖不定。于是水晶光穿黄金盤，光如金線，如金絲，縱横四掣于八輪光中，屈折伸縮，而不越廣輪之外。其時長跽仰觀，無可贊頌。頃之倏忽不見，一霎齊吸。一片圓月，淨無星雲，天青萬里。夫五色比象，而九輪光之寶色，人間無此流豔者。其濃翠光迥不與天青光同。

翁方綱：何其絮絮至此！

西楚霸王墓

太公孫創霸，戰國禍相尋。遂有驅除力，還生受禪心。黔黎殊嗷嗷，蒼昊豈愔愔。垓下虞兮後，東阿棘草深。

又題一絕句

楚雖三戶太紛拏，玉玦提王悔莫嗟。至竟赤松元有爲，山河表裏又誰家？

東平

小洞庭何處，重重問鄆州。墓門元總管，書櫝漢春秋。酒勸三堂月，人催一笛謳。相思獨不見，卻爲使君愁。乙酉寒夜，江南使還。同年沈太守時爲州牧，觴我于州廨。

渡汶

邈矣中都治，蕭然汶上名。日華烝水澮，烟素抹林横。蹟有鏵堤築，人难史祿生。尚書逢白老，江海運休行。

孟廟下賦

孔子栖栖後，天心竟不還。梁齊言輒副，管晏遇猶慳。孟井知鄒國，秦碑到嶧山。歸儒黄老尚，未及百年間。

滕縣南刻石滕文公行井田處

下澤高陵道必因，齊宣廣土衆于民。天心若遺滕君似，豈有縱横遂帝秦？

渡河

天風幾百里，吹河入淮泗。河兮往復還，早晚徐州至。

徐州六首

荊山鑄姑舍，泗水沉惟寶。欲令魑魅愁，盡出置京鎬。

彭縣自山翠，夕陽如水流。亭長守四方，惟知猛士求。

聞之上元夕，曾有太乙精。校書天祿閣，在昔劉更生。

堤柳復堤柳，華裾歌舞筵。能無白太傅，亦有杜樊川。

燭天寶劍知，盜發亞父冢。龔生非吾徒，老父乃不恐。

細馬提壺勸，山園遊復遊。還將一枝笛，吹月坐黃樓。

隋隄

看花曾未到揚州，入泗通淮汴水流。枉卻一般歌舞地，柳枝還比竹枝愁。

褚莊

山驛有北窗，庭隅數竿竹。既避日杲杲，況來風肅肅。鄰雞鳴土牆，碧草長茅屋。槐陰半樹欹，蓼穗一叢簇。昔年此曾飯，今夕又將宿。涼輕心適身，趣靜手隨目。王程明且戒，淮岸老猶熟。月出已晶瑩，檐飛自蝙蝠。

舊識

舊識徐州好，徐南也不忘。君山富猗頓，孫盛屈真長。苔井味斓潟，柳亭陰納涼。符離明夜月，三五倍流光。

聞臨淮黃流已縮

聖人湛玉祭，河莫害田功。奪淮不得已，元自下安東。

禱河辭

清水受奔騰，黃水貫渺漫。低村縮猶浸，稻屬紛遙灘。儀封考城決，譙邑渦口延。築塞重築塞，去年及今年。天子軫黎元，不惜億金錢。河莫泗濱去，河其彭城還。其徙亦無所，海門東且寬。況偕洪澤河，仍走雲梯關。河心詎不明，河力庸有艱。沙排故道深，飆駕經流宣。我皇禮河至，增廟徐州山。揚旌飫醴牢，福民歲告虔。河兮亟此絕，河兮復彼安。徐州上下州，夫柳萬萬千。有隄天忍棄，無隄天忍殘。幸勿久于淮，淮淤功莫殫。

題臨淮乙酉甲午宿處

一宿竟三宿，無愁端有愁。雲扶圓月上，淮帶濁河流。湛湛桂華濕，疎疎瓜蔓秋。馬蹄今已老，尚自識南州。

紅心驛

惟草有紅心，于人何以任？雲沙別淮浦，烟柳向江潯。寶劍黃金勒，羅裓碧玉簪。已難成結束，不獨夕陽深。

顧列星：後四句即阿婆東塗西抹，非復三五少年時之意，從驛名穠豔得來。

錢儀吉：此評擬錄入詩匯。

定遠

十五岡盤伏，元袁豪傑生。虞姬猶有草，鄂國豈無塋。樹短村蝸舍，山遙縣斗城。雨來忽數點，千里落霞横。

廬江怨

何以生人有至艱，生人淚落在人間。竹竿魚尾男兒易，青鏡紅羅女子難。君爾尚猶蒙見錄，妾然終竟絶來還。傷心念母勞家裏，字字皇天聽亦潸。

翁方綱：此亦何必存。

爲焦仲卿妻劉氏作後復感成二首

蜈磯詞

肅肅迴風江上秋，蒼梧未解此離憂。情忘兒女家初造，禮絶婚姻孰是讎？白帝城遥雲色暮，永安宫在月華流。天心欲定三分鼎，特假參差作好逑。

翁方綱：直是多事取鬧。

沈園詞

城南雖在此生違，西掠三巴萬夢非。春水還經寺橋緑，柳緜不向沈園飛。尋來塵壁詩何忍，行作稽山土是歸。莫莫連連徒爾爾，黄泉重見語應稀。

發合肥

髩絲星使主恩頻，風露秋田歲熟新。青口紅心江北驛，横山長水浙西人。曉涼快步驕疲馬，夜永安眠健病身。稽首宣防來萬福，兕觥春酒樂斯民。

在野

在野蟲相應，知更雁欲居。曉風涼不已，銀漢澹何如。海上槎來碧，淮南葉落初。悠悠人自感，明日過龍舒。

舒城

道出朱公治，心依母氏身。劬勞皆拮手，門戶獨楮貧。我父遊京歲，惟兒就塾辰。廬江江畔草，淚滴不教春。

聞促織

發軔承德府，迢迢指南昌。星疎明月曉，露下秋風涼。風涼蟲唧唧，早禾已登場。催人理機杼，禦寒成衣裳。天行聖所本，民事《豳》所詳。王業在艱難，萬壽祈無疆。蟋蟀既牀下，蟋蟀又在堂。職思其職思，瞿瞿士也良。我行梅心驛，言采蘭澤芳。天柱高不極，大江流未央。

北峽關袁家重觀文端公所畱丁卯秋日山行詩幅感而成篇

舒城南復南，有館山之阿。昔來見公蹟，感往成清哦。甲午道此。今者突挂壁，淚落爲滂沱。公子昨已歿，參差三日瘥。敢云國之良，庶幾道靡他。至尊便殿見，垂詢太息多。祖母及陳書，省本嗟其柯。從叔刑部侍郎汝誠以五月七日病卒。十二日載扈蹕出古北口，至避暑山莊。六月八日奉命典江西試。明日謝恩，蒙召見。上垂問汝誠，太息至再四。天語曰：「陳書好人。」陳書，陳羣母，汝誠祖母。蓋自爲錢家婦，能畫，以力其貧。臣家澤亦世，澤衰理則那。請申公夙誠，勉俾錢後歌。嵩華非不高，我所願丈坡。江河非不深，我所願尺波。求福不在大，仕宦瞬以過。謙謙不在吉，歛已猶防訛。我不如鳳凰，小鳥自結窠。積善有如公，公聞或加訶。門庭桂青青，知我非婆娑。

北峽次韻文端公秋日山行

北峽名以關，蘄黃客所覯。東峯既分左，西峯遂列右。人行狹其中，土曠石多皺。岡平瓦屋稍，塢小稻田復。林開鳥影翻，坡接磵聲鬬。修延屈曲蛇，翠鬱岧嶤鷲。呂亭馬穿熟，投子僧歸瘦。露光對膏沐，雲氣兩膚腠。白沙嶺其先，十樹街其後。峽非瀉一條，關自立雙堠。公勞拂旌再，我晚搴芳又。超超天地爐，去去見聞囿。松喬誰不寄，蜉蝣亦云壽。亟瞻灊岳高，徐攬龍眠秀。

朱桐鄉墓

直直征途過，荒荒碧草蹤。秋風一抔土，漢日大司農。祠尚傳初詔，民猶種小松。誰無霑禄賜，下馬豈爲恭？

顧列星：第六句抵一則遺愛碑，而仍是詩語，故妙。

乘筏

急雨沙河下，清風竹筏開。歌如弋陽唱，客似武康來。江介秋多水，龍眠翠積隈。村娃提甕出，屋角又聞雷。

青口驛

憶訪石牛洞，歸乘燈火遥。由來春草歇，終古夕陽銷。驃騎名何減，東風嫁小喬。皖公山自好，未必記南朝。

錢儀吉：二喬須考，似非潛山人也。

望司空山

峭壁丹砂濕，南崖眾壑趨。隱嘗招太白，名自晦淳于。皖國舒州在，劉琨祖逖無。祇應老苔蘚，不信石葫蘆。

宿松

山外有江縣，縣南江有濱。村皆稻擔了，犢又麥犂勻。桑落洲西月，楓香驛北人。若爲定相見，雲色澹秋旻。

東禪寺

欲采蘋花碧玉流，白蓮花老東山頭。盧行者已嶺南去，秀上座亦江陵遊。瑟颯野風縣郭曉，縱横潦水村田秋。山門有草僧何處，佛殿無松客不留。

渡潯陽江

抖擻衣襟馬上塵，潯陽相見若爲賓。江明樓堞無兵革，山落村墟少逸淪。曉日涼風青雀舫，郡曹小吏緑楊津。沙鷗欲下翩還起，驚怪霜鬚似故人。

雨至東林宿二首

匡廬勝未見，屢過山之陰。連峯濕微雨，一壑流清音。中有晉時石，磊磊寒至今。遠公誠自得，喬嶽非所欣。田疇落翠塢，松櫝延脩岑。撰日詣巾屨，譚空晤書琴。陶公亦適至，濁酒任酌斟。邈然涅槃寄，遼矣雁門臨。傳衣問來者，役役又何心。

微雨止復灑，深塢秋更緑。靜對一林脩，曠懷千古獨。西堂飯方罷，新建詩再讀。片石謂韓陵，足音乃空谷。白雲高以沉，爐峯失于目。檐溜鳴蘚階，階流出烟麓。逆數三十年，成茲一夕宿。初非池種蓮，亦不籬采菊。泉聲聞雨中，輒已留僧屋。

顧列星：詩至不可解則妙，「中有晉時石」十字是也。每一誦此，覺清泉白石間，蓮社諸公宛乎如在。此之謂神悟。

錢儀吉：「欣」，疑「歆」。

東林曉起二首

牆陰溪㶁㶁，曲瀉青林間。青林密千株，坐對西窗閒。風與泉相忘，泉去風復還。霏微山不見，溟濛門尚關。昨夜我無夢，不知在廬山。僧廚謂將粥，客髩諒勿斑。

有情荷天地，萬物無悴顔。此心與物邇，何云出人間。宗雷輩投契，風雨時往還。遂因蓮社托，實耽桑者閒。遐哉古之狂，避世忘其艱。接輿與沮溺，曾不擇名山。

顧列星：「不識廬山真面目，祇緣身在此山中」，得此又進一解。○第一首結句：未得其解。

錢儀吉：結意未聞巢、由買山而隱。

錢泰吉：此條衎翁錄，疑是顧評。

出東林六七里望廬山

連峯出雲雲半開，奔渠捲雪響春雷。雲中屈曲明如玉，都是天池頂瀉來。

吴應和：四句一氣貫注，神來之筆。

近藤元粹：一氣呵成，甚快絕。○前數首娓娓如囈，使人思睡，至此始覺快然矣。○遙見瀑布而作。四句一氣貫注，神來之筆。

佚名：是畫手所不描得，而詩人所獨到。

行廬山後仿惆悵詞二首

解珮何言遇洛神，采芳先是托靈均。似聞烏柏門前語，卻作廬山背後人。

萬里琵琶怨不還，綠波春草恨無端。任教伯玉中央讀，莫把廬山背後看。

翁方綱：亦不成説。

德安

言自九江至，欲登敷淺原。蒲塘寒歇雨，烏石迴分村。江色見烟郭，鳥聲聞竹園。里中敦孝義，合有太丘孫。

望雲居山

楊柳津西見，橫天濕翠拖。蓮華城乃爾，洪覺範云何。雨氣巖凹積，泉飛樹杪多。歐先生屋處，半已覆兜羅。

江西試院小病雙桂盛花已落

連宵深院露華滋，孤榻重簾病起遲。八月纔開剛一瞬，百年重到更何時。南昌郡有吾家事，北斗星明老樹枝。辛苦最憐攀折手，長安落葉記憑吹。擬留楹帖云：「老桂常花，曾見先公初種此；章江再渡，已傳小子竟成翁。」款云：「乾隆丁卯、庚午，從祖文端公疊膺恩命，典試江西。其種桂樹于奎宿堂前，則丁卯也。公年六十有二，載實侍行。甲午載奉命典江西試，則雙桂扶疎，高出屋榜，蓋二十有八年矣。爲之賦長歌。今歲己亥，恭遇聖壽恩科，復典江西試，遂題楹帖，以仰紀主恩。秀水錢載年七十有二。」既而不果留。

夜讀杜詩

隴上陳安氣漫豪，魏將軍曲蠟燈高。衹應薄有騷人具，十倍分明萬鬱陶。

生日題試院芙蓉

壯齒登樓地，來朝揭曉天。蓉枝愁靜女，雨點狎飛仙。整頓重陽節，夷猶八秩年。相思誰遠道，更賦《涉江》篇。

百花洲追感金總憲先文端公二首

鴛鴦鸂鶒自相親，綠芰紅芙間白蘋。章貢一江廬阜見，徐蘇兩姓菜畦鄰。別非三月非三歲，道是新人是故人。今夜直須洲上立，露華如水夢無因。

夢幻元和欠百年，齗齗內省與齊賢。狀元已失文章伯，太傅今歸兜率天。下直考評嘗燭下，登高樽俎卽欄前。隄楊拂檻窺人意，風更淒然露泫然。

檢得甲申舊藁憶趙永年畫卷用韻成二絕句 其卷尾自題云：「荏苒

一春花事了，好山不惜共登臨。白雲青嶂常如許，輸與漁樵領趣深。元符二年九月趙令松製。」歐陽楚翁云：「緣江遠眺對千峯，雲水微茫影萬重。只恐留春無計可，漸來摩入畫圖中。」趙永年作此卷，惜春之意甚深也。玩賞之餘，仿其意題此。

不惟尺幅漫空寫，永年嘗作雪景。如此長篇散綺臨。段段春山落春水，奈何花氣與情深。

方笻健可徧千峯，春事稀疎掩閣重。卻笑卷還無藉在，幾回殘夢出圖中。

錢聚朝：符，符。

攓石齋詩集卷第四十一

德安縣東過渡山行至隘口

渺然去蒲塘，未能登傅昜。昨雨晚寒色，初晴秋野香。村中刈稻了，烏犉肥雞黄。澗灣蕎麥秀，槲葉明石梁。窈窕既複隴，蜿蜒更重岡。踰嶺見廬岳，刻石懷夏王。方輔曁匡俗，欲尋恐未遑。赭峯亂可數，修潔殊低昂。枉道出其間，從容副所望。隘口有擔夫，停輿問答相。

陶靖節墓碣

過江數人物，見道有先生。墓在廬山口，橋猶栗里名。田園樂仁智，甲子秉忠貞。緬想不封樹，當年蓋寡營。

顧列星：「過江數人物，見道有先生」：十字抵一篇傳贊。

吴應和：樸實。

近藤元粹：賴云：不能稱題。問何以然，欲辨忘言。○此等惡詩以汙靖節高士之墓碣耳。何不知恥之甚哉？

溫泉和文公朱子韻

主簿山下出，松風謖謖起。不屬陶公泉，乃屬陶公里。驛程借我閒，秋日比春美。南衡邐迤來，蟠根傑然偉。靈砂洩真陽，一穴冠諸水。孰是浴于盤，臨之心自洗。奈何繡嶺蒼，徒曰朝元矣。榮謝辱不遭，溫溫白雲裏。

醉石和文公朱子韻

濯纓池之下，底柱石之邊。其南爲栗里，其北卽溫泉。棄官還舊居，有酒無塵喧。酒豈必此醉，醉豈必此眠。後人仰高躅，髣想臨潺湲。匡廬自名山，彭蠡自大川。茲石以先生，相與光瀛壖。飲酒酒常得，樂天天獨全。前吟平原句，後詠紫陽篇。歸來館何所，但見飛鳥還。

至歸宗寺南康陳太守洛書先在

松陰黄黴遠知君，有約能來事所欣。試院三旬殊繾綣，今年江西鄉試，太守爲内簾監試。山門一笑更慇勤。殿頭耶舍金輪月，欄角羲之墨沼雲。太守不憎遊屐老，匡廬清夢暫平分。

陳太守餉廬山茶筍石耳

雲霧茶性寒，摘焙始端陽。又有閬林茶，汎若豆花香。修靜植苦竹，出筍味乃甜。比于歸宗虀，鹹虀淡不鹹。石耳生絶壁，五老峯則多。採之大如盤，頗奈縋崖何。聞斯三者品，至清至難得。今來皆惠予，所樂其可極。紙裹驛騎馱，雪晴鳳城南。燒筍配石耳，啜茗休塵談。以思太守廉，如對廬山嵐。倘得老梅枝，助我清品三。放筆寫詩竟，石几生秋風。紫霄峯影北，鸞溪水聲東。

顧列星：清削。

錢聚朝：虀，齏。

歸宗寺曉起尋佛印蘇公怪石供語刻石

已在廬山宿，不作廬山夢。五更鳴村雞，獨起出雲洞。蘇公得怪石，嘗作佛印供。與餅浴江兒，自笑易無用。佛印刻其語，苔封諒在茲。蒙蘢松篁間，回問拭眼師。儒耶君子儒，過泥者其誰？白雲復白雲，何處納須彌？

顧列星：「已在廬山宿，不作廬山夢」、「白雲復白雲，何處納須彌」：語意超妙，可謂每逢佳處輒參禪也。

望簡寂觀用韋刺史簡寂觀西澗瀑下作韻

止煩簡以靜，遠囂寂且深。搗藥臼邊蘚，聽松亭下襟。雖亦托匡居，豈惟懷董林。欲觀天監銘，與叩蓮社心。禮斗石一方，懸囊樹幾尋。長落東瀑水，清同西瀑音。

寄題簡寂觀前六朝松

虬龍榦聞數十株，種來劉道士相俱。憩根可讀黄庭卷，瞻蓋時巢白鶴雛。蕭寺梁年都莫紀，畢宏韋偃未之圖。吟成且付觀前去，我亦灑然松有無。

顧列星：「蕭寺梁年都莫紀，畢宏韋偃未之圖」：瘦硬妥帖，絕似山谷。

秀峯寺

隨雲邐迤鶴鳴還，入塢周遭木葉殷。仁廟心經三寶上，秀峯天筆萬青間。書堂買地由中主，瀑布燒松是了山。直踏飛流望江海，鄱陽西對落星灣。

觀王文成公正德庚辰摩崖蹟

文節七佛偈，讀書臺右石。石左乃大書，如照浯溪碧。鄱陽列郡兵，大戰實擒逆。武皇旣親征，遂俘歸廟畫。于事亦至難，宵人在肘腋。嗚呼南安舟，是以見忠赤。懸泉寒不斷，落葉濕相積。寂寞緬千秋，偶到浙西屐。

龍池

漱玉亭不見，青玉峽誰題？瀑春杳注東，峽東急瀉西。巨石崩且夾，潀流噴以低。濤聲迸碎珠，雪色翻晴霓。渟爲龍之居，淵若靈所棲。咫尺忘靜喧，崖壁斷徑蹊。僧言龍洗池，雷風莫端倪。積葉與墜梗，盡出不少稽。池脣琤淙微，石罅屈曲淒。釃分招隱橋，磬礫清無泥。

立四望石文殊塔左觀瀑布

黄巖上更上，蒼磴盤復盤。崖跟旋升空，嶺脊叉瞰灣。坪石根虚無，面僅敷僧單。遂依寶塔峭，相對瀑布寒。其東馬尾水，鶴鳴龜背間。其西雙劍陰，坡頂瀑所源。其中大龍池，深黑物有蟠。濫觴始涓涓，建瓴下潺潺。巖疊壑受之，滮滮平流穿。孤寺蘚苔徑，雙崖篁篠烟。水亦自口出，石脣缺無前。一落成此奇，天下之絶觀。初如匹練挂，直是銀河翻。半腰稜摺摺，中幅斜翩翩。鐵色十里壁，玉光千仞湍。曳風雪灑紛，撒空珠跳圓。玉垂石縫稠，濤舂石齒喧。荒坳逝何底，恐墜踵不安。奔流信無事，青峽下開先。高高嚮彭蠡，天外江流寬。秋晴許我遊，一笻卓千巒。懷哉懷家江，所不生羽翰。雁蕩大龍湫，石梁天台山。

顧列星：「『坪石』四句，題中數層俱到，妙在出之自然。」

緣瀑布落處入黄石巖望雙劍峯

松篁崖步仄，蒙密天影開。巨石積大壑，壑流滋石苔。水惟無他去，瀑必自此來。岩峉峯陰陰，琤琮雪漼漼。髣想龍不躍，竦對寒無雷。篁風萬瀺灂，松雨千崔嵬。翠皆著壁起，高豈由人栽？立於靜深內，笑瀑外喧豗。巖房亦峭絕，何必啜茶杯。

過萬杉寺不入

修林何陰陰，有徑出稻田。三門自深深，有僧立秋烟。遷鶯谷聲靜，慶雲峯影圓。松篁自左右，疎密相周旋。爾寺何以名，萬杉天聖年。今雖無遺株，客亦不問禪。冥冥過去心，日落山蒼然。

顧列星：「有僧立秋烟」、「今雖無遺株，客亦不問禪。冥冥過去心，日落山蒼然」：是禪語，仍是詩語，知唐賢三昧，必由妙悟得來也。

三峽澗

窈然淵水來，石觸疊怒投。天開巨石根，歲積眾水流。上下左右崖，分合大小湫。苔草隱彌縫，泥沙淨剔搜。玉蒼瑪瑙紫，凹凸滑不留。濤翻雪齗齶，雷霆發不收。水有羣龍戲，山無萬古愁。譬之灩澦堆，倏忽如馬牛。大雨沒樹腰，衹少出峽舟。祥符橋尚跨，魯班巧所鳩。虛空適獨立，水石憑相求。落落何大方，靜對忘其由。飆生一壑響，天迴四峯秋。

顧列星：末句以律入古，妙在作結，故不覺其弱。

觀淳熙錢聞詩三峽詩石

棲賢大谷秋，雪浪一條碧。支笻過橋來，不可無此石。公代南康時，嘗佐白鹿役。八分見性標，七古存風格。欹斜壞壁嵌，指點老僧惜。慨然巖壑題，邈爾晉唐蹟。

翁方綱：「七言古」竟稱「七古」，斯言典乎？

玉淵潭

萬壽寺東南，九十有九水。徑于棲賢間，入于三峽裏。平流練帶如，疎響松濤比。蒼寒寺南灣，岌嶪石叢倚。横觸又斜衝，奪隘仍破壘。雷霆谷應動，潮浪雪翻委。大石中有坳，澄潭下無底。欲落何可落，欲止莫能止。匪石甚廉悍，惟水太俶詭。輪旋風激高，霤瀉梭投駛。落潭潭則靜，漾漾淵淵爾。明鏡明展前，碧玉碧涵此。注之三峽橋，龍壯摩崖紫。出乎清泉澗，溉稻田功始。悵然潭上懷，五老峯環峙。楞伽院其西，灌莽荒難理。不來讀書蘇，久散藏書李。其鄰臥龍庵，縛屋嘗朱子。庵名卽潭名，諸葛繪圖祀。宋業不偏安，誰歘臥斯起。古來重賢達，輒若輕鄉里。悵然潭上言，擇處仁爲美。

翁方綱：此匡廬勝處。余與蔣辛畬亦皆作五古，而蘀石之作乃如此。

棲賢寺觀舍利十二粒

秋翠深于此，巖松磵竹偏。芙蓉高自出，雲霧晚齊搴。偶到三門步，徒留一飯緣。不須觀所寶，寂寞向名賢。

顧列星：起句名雋。通首俱淡泊有味。

白鹿洞書院

五老峯東南，下爲後屏山。一山隆隆起，四山宛宛環。廬岳控湖江，蘊靈于此間。李公養白鹿，無洞名自傳。南唐洎北宋，設學遞大焉。復興力朱子，繼踵懷明賢。仁廟褒正學，奎畫耀瀛寰。人文作一區，講習涵百年。藹茲衿佩心，樂是山水緣。山迴修不高，水深循以灣。橋分徑窈窕，畦出峽潺湲。懷仁若抱義，得見方知然。入門拜廟肅，歷階謁祠虔。文會堂清清，秀萃莫可言。豈惟誨有師？豈惟饟有田？鄉鄰無徭役，城郭無弋鋋。明誠中庸至，敬義德業殫。願如成公記，淳固慤實還。科舉義利岐，舜跖人禽關。道非貧是愛，學非祿是干。如徒埸屋志，曷弗洞規觀？松聲院東西，竹影窗後前。雲壑此間壑，風泉此間泉。偶來明卽去，獨寐歌碩寬。

翁方綱：「懷仁若抱義」、「明誠中庸至，敬義德業殫」：累氣至此。

顧列星：樸厚中自饒名雋。

與陳太守別

書堂松影一窗前，斗轉參横又適然。再渡章江無舊雨，同登廬岳有前緣。星軺卻偏行公治，竹馬真多說守賢。此去聞于老桑苧，谷簾泉不上廉泉。

過楊梅橋

山南山北翠逶迤，樹葉多紅髩有絲。九疊屏還三疊水，相辭澗上忍相辭。周益公《廬山後錄》：「過大當莊，至相辭橋。」蓋當日澗上之橋，即澗以名也。

高壠陳生翰爵家

進士罷東令，新墳栽白楊。漫云三徑就，全是一莊荒。意外出尋訪，江邊生感傷。看君遺子姪，科舉學方將。

吴郭山口騁望

神鴉飛飛接食秋，落日欲落金沙洲。不見鞵山雙女子，宮亭湖自入江流。

拜元公周子墓

一方清泉社，數仞三起山。嗚呼鄭太君，丹徒改葬焉。維公少而孤，奉母想至艱。改葬在辛亥，維公卒明年。治命葬母墓，南康喪此還。右祔兩縣君，山小封近巔。皇華幸道出，趨謁整裳冠。祠田及主祀，題碣皆明賢。松林肅周視，問答猶裔孫。陽峯面蓮花，四際峯繞環。行實具文公，孔孟統所原。灑落如光霽，發自文節言。江州龘萬古，太極說數篇。山港名濂溪，緬初即清泉。

九江夜雨

多煩官燭伴深宵，已分廬山入夢遥。庾亮樓頭人寂寂，江州城裏雨瀟瀟。王程惠遠東林社，離思潯陽九派潮。酒美近來偏不飲，任他庭院菊花饒。

自過黄梅連日看秋山紅葉

皖國山如畫，楓林葉未飄。丹黄明且豔，赭黛近還遥。峯下村低屋，巖間寺隱橋。最憐斜日照，漸見白雲消。

柳下惠墓

西瞻寒野壟，僵立兗州碑。聖自先尼父，風還踵伯夷。道存去邦謝，欲盡坐懷知。故社如新廟，應題魯士師。

庚子

錢儀吉：七十三歲。

恭和御製元旦日雪元韻

歲夜立春陽甫泰，歲朝呈瑞臘猶微。妙從相際天心見，快得如斯玉屑霏。萬國朝正被優渥，七旬恩詔播時幾。勝於玄圃成堆積，實有龍公効指揮。庚子五逢開慶宴，句芒三致答宵衣。江梅肥綻迎鑾軺，隴麥青含達帝畿。輻輳穰穰民氣樂，馨香穆穆聖功希。謙尊詎在諸祥賀，第一惟欣稼穡依。

題閔貞奉膳圖

追慕得其似，自圖傳二尊。筵陳猶酒肉，禮事若生存。楚樹漢陽郭，啼烏江上村。始徵昆與弟，嘗不間人言。

錢儀吉：閔孝子，同時諸公多有述其事者。

安肅

雞爪泉宜菜，龍山穴有風。參差重入望，汗漫早成翁。麟塚垂楊外，鵝城返照中。張箴與劉頌，那不劫灰同。

堯母陵下賦

望都城内柏蒼蒼，北擁堯山滱遶陽。聖實三妃庸輔帝，誕惟一子肇封唐。劬勞家室懷襄水，保抱神靈上下光。秦蜀使臣今道出，拜稽祇薦井泉香。陵前丈地，一井中直，厥泉甘洌，歲暵不枯。

定州春歌

行宮桃花紅畫扃，無多屋宇松葉青。韓琦衆春圖取徑，蘇軾雪浪石置庭。周壁御詩并御記，花光濃護龍鸞字。晴檐鵲語人不驚，晚市餳簫風欲至。瀦流植樹李宣徽，忠獻得園乃名之。一礟雄傳帥定語，兩孫渺托懷鄉辭。園嘗復修石復出，好事皆屬明人爲。四路州軍定居首，辛苦宋邊石晉後。承平邐迤趙國春，望遠披拂秦川柳。玉洞先烝萬樹霞，今年正上南山壽。

漢中山靖王墓

抔土東藩落菜塍，記來元鼎五年薨。陸城亭有他姬出，定武州還故國憑。衆呴聚蟁誠竊計，社鼷屋鼠總填膺。使旌萬里蕭蕭髮，此去成都謁惠陵。

錢儀吉：結承第三句。

新樂

鮮虞亦稱郡，故有伏羲臺。柳色今朝綠，花枝何處開。輿丁解寥寂，亭午遣裵回。繁峙源來遠，沙河日自催。

發真定

邢州南界浮橋直，石邑西趨疊嶂横。二十年經人已老，滹沱河在水方生。花開麥飯蕪蔞處，馬有函關劍閣行。敲鐙一鞭還一策，閲他三晉更何情。

井陘口

九塞一井陘，井陘即土門。承平指曰口，按轡仍馳轅。然如累犖确，抑又環巑岏。厓隨土石衖，雨作溝水翻。多盤愈窘束，一阻難飛騫。兵家能用之，陷人非至冤。是秋破魏代，下趙冬猶暄。陘山四面平，中央井深眢。方其度陘來，前趨後無援。未出口止舍，度今微水村。背水因地窄，非僅誘使奔。所以二十萬，趙初口外屯。夜先間道幟，疾奪左車言。出口旦鼓行，佯棄走所軍。餘乃入口逐，遂落鷩幰魂。自陷以陷人，陷險同其原。用險以奪險，用口惟韓勳。山川豈徒設，成敗實可論。守險何以失，奪險何以存。嗟嗟牛口賨，入險謠不聞。

錢儀吉：單舉一事細細剖晰，亦是一格。但「是秋」二字入手似太突，如文章家固多逆筆，未免稍過。

固關

井陘之西口，明人曰固關。高深通一路，內外阻重山。荒磧春花少，豐年戍角閒。趙兵如斷此，漢將恐無還。

錢儀吉：竟承上篇。

長國寺

曠矣石門口，蕭然松樹林。餘寒春二月，古翠壁千尋。座上佛何語，門前人此心。由來憑寂寞，隨處得幽深。

平定

州在萬山中，承天寨獨雄。題名有韓子，記室從裴公。誰以懸泉品，非因妒女工。南天門曉出，料峭奈東風。娘子關旁有懸泉，唐李諲作《泉銘》，刻石在妒女祠。

壽陽驛

東來三日倦山程，趙國唐軍那劇爭。谷號鴉兒深有谷，城名馬首半無城。園花巷柳懷京輦，拔刃弦弓撫鎮兵。斜日蚜蚄廟西路，降香秦蜀自驅旌。

夕次太安驛

要羅峯騁望，頡紇水潛趨。口若是間險，心爲來者虞。明燈還就舍，飽食自稱儒。詎獨騎官馬，端宜笑僕夫。

榆次

罕山天外碧雲横，汾水東來一曲清。使者風光持御仗，縣人鼓吹擁春城。藩籬襦袴猶傳李，蓍蔡權衡況有兄。語見唐李光進、光顔兩神道碑。難得殿中丞作宰，小亭如聽鳳凰聲。

祁縣

遙山相夾走高原，寒食騣騣氣未溫。酒事無功杜康廟，隱君伯況小韓村。東南風急難飄雨，桃李花遲只閉園。祁老舉賢如午赤，文家陵轢又安論。

平遙

搔首青天散晚愁，麓臺山迥未之遊。鏗鏘北伐論周雅，偃蹇西河得魏侯。馮翊詩難别零雨，枋頭書不改陽秋。鞭梢盡日成無事，苔蘚空牆跡漫留。

吴應和：典雅獨絶，不是漫填書卷。

近藤元粹：此等題目宜附細注，不然讀者不知其事實，詩亦不易解也。

佚名：一代正宗，名不虛之。

緜山

緜山亦介山，東南益緜連。南岡走靈石，東嶺跨沁源。羈紲國初返，龍蛇書孰懸。遺俗有禁火，左史云封田。潔惠爵嘗錫，元豐勅可論。忠廉迹殊似，忠廉心未原。臣皆義其罪，君惟賞其姦。齊桓此誠續，王室曷以尊？將隱山自深，偕隱母自賢。非無後世人，己力方貪天。

錢儀吉：似未透出命意所在。

郭有道先生墓

介山擁疊疊，汾水環徐徐。先生洵明哲，黨禍乃保軀。先生長八尺，褒衣博帶儒。夜觀晝察夙，違親絕俗無。閉門既教授，奬訓多生徒。人亡國殄瘁，不知誰屋烏。卒年四十二，井槨占斯區。秦西暨梁北，彌路方塞途。數萬人會葬，二千里來趨。道非先生有，聞何天下俱。古槐大莫圍，臭味神明扶。蔡碑文則存，寄言涿郡盧。

謁文忠烈公祠

勳業故難成，恩榮匪徒受。公誠事主忠，國亦報公厚。至今迹公心，入輔出藩久。四朝何以歷，一事未嘗苟。豈惟遘疾時，發端策非偶。況于社稷臣，丙霍論無咎。鬚眉故里瞻，香火遺孫守。嘉祐末迴思，貝州時在口。墓先明道題，文終孟子後。皤皤會洛陽，平格維天壽。

顧列星：起處隱括潞公本傳，看似泛論，而移置他人不得，此之謂意切。○只「須眉」十字是謁祠，不以此作結，章法似疏。

自介休至靈石

絕不峯巒起，灣環自介休。兩山相內向，一水只前流。是鐵隋皇石，無身漢將頭。江都花又盡，何況未央秋。

韓淮陰墓在嶺上

傍險荒墟獨，當春落照空。后惟承帝意，漢已賴王功。蕭相田無恙，留侯穀有終。黄塵多殺戮，青簡幾英雄。

霍州

韓侯嶺越徑峆岈，百里高盤下伏窪。寂寞山情占隘口，蒼茫戰事忌兵家。此道昔人鑿山所通者。村開堡靜蹄方坦，峯起河横巒轉賒。莫小斗城連冀野，峨峨中鎮翊休嘉。

錢儀吉：「寂寞山情占隘口」：此「占」字可平否？

趙城

善走生蜚廉，傳裔爲造父。穆王御以歸，遂爾宅茲土。奄父又善御，千畝力何努。異哉代有聞，以走繩其祖。成季冬之日，宣孟民之主。是皆稱國良，非特載盟府。嗚呼延陵言，後興在趙武。宣獻實惟三，唐封竟分取。太岳九鎮尊，姑射神人數。其中汾水來，廣衍非斥鹵。天地大難知，蓋不勝羅縷。海隅雖已驅，世家未亡譜。

杏花

杏花村落不勝情，二月風光出趙城。楊柳插檐人上塚，江南明日作清明。

洪洞

社火庭堅廟，餳簫子野村。綠楊橋外堡，紅杏寺邊園。霍岳元爲鎮，汾河自有源。高瞻羊舌氏，遺直至今言。

翁方綱：雖極通矣，何以絮絮至此！

擗石齋詩集卷第四十二

平陽

馬頭今日是清明，蝴蝶團飛早向城。稽古帝堯勳獨至，惟天爲大又何名。藐姑未必神人住，蒼頡翻愁鳥跡生。遷史紛然如衛霍，那無娘子一軍行。

顧列星：縱横揮霍，獨來獨往，於七律中可謂掉臂遊行。

清明夜史村

驛騎數入聲春節，村花忘老顏。汾東十三社，月晦太平關。紅蠟高如許，黃河近幾灣。未應紛古意，政不夢家山。

曲沃

曲沃强于晉，成師賂入周。驪姬殺太子，重耳得諸侯。地險新田錯，蒙坑之險，天下九塞之一。山圍二水流。背汾而澮。曾無無父國，乃亦見《春秋》。

顧列星：詩雖老横，卻非風人之遺。

錢聚朝：顧選又删。

聞喜二賢詩

裴文忠公

虞官伯益後，漢封裴鄉云。從衣乃除邑，東眷代有聞。輔唐晉公鉅，平蔡元和勳。非惟平蔡勳，安危天下身。君子本不黨，嘗敗於小人。泰交勿之睽，大來安得屯。干木處魏邦，諸侯息紛紜。汲黯在朝廷，淮南寢逡巡。頗牧苟不用，何必非孝文。公誠出入屢，四朝艱以純。擅威方閹豎，綠野持孤尊。北門雖臥護，焉能復經綸。方其請督戰，誓不與賊存。庶乎郭汾陽，秉德維忠勤。

趙忠簡公

天心莫可憑，運屯亦登賢。用之輒不竟，虚生有煩冤。維時渡江初，頗嘗用其言。肅宗得李勉，實見朝廷尊。紹述祖安石，釀成今日患。首罷安石配，吾道乃大存。經營始西蜀，關中圖本根。荊襄可進取，行闕宜公安。雖知用卿力，那弗終君恩。救浚再忤檜，一出膺多艱。餘生白首遠，九死丹心陳。山河壯其氣，箕尾歸于天。裴鄉接趙里，樹接仍枝連。春風兩家樹，春樹一墟烟。故知裴趙先，皆出伯益孫。嬴秦與趙宋，功烈猶同原。

顧列星：二詩如太史公屈、賈合傳。

錢儀吉：「淮南寢逡巡」：「寢」或作「計」如何？○如趙詩，結處正合傳體也。

僕馬

僕馬復僕馬，我心聊自閒。行來絳縣水，望見中條山。喔喔雞聲午，垂垂柳色寒。近城忽簫鼓，賽社未曾還。

錢儀吉：「寒」字失韻，當是「攀」字之誤。

上巳樊橋驛有懷朱學使筠閩中

麥苗菜花雜，黄隴緑畦繁。上巳日催騎，中條山映村。伊州麾短拍，汾水謝深尊。禊事城南侶，遥應品甕源。將渡河入關，承祭西岳，預日齋祓。

村花

村村官柳著烟新，樹樹村花夾路春。半日中條山色裏，白頭騎馬是遊人。

蒲州

縹緲薰風何處臺，汾陰后土亦荒哉。維南太華三峯倚，自北黄河九曲來。鸛雀樓高春幾劫，王官谷静瀑如雷。蒲州合爲潼關守，犄角方成用險才。

顧列星：以下四首皆先生自晉入秦之作，此之謂夏聲，在集中乃所僅見。

吴應和：遊歷所至，都見經濟，非徒詠山川風土而已。

查有新：氣魄磅礴，酷似放翁。

近藤元粹：以文語支綴成詩，這老大病，而此等詩稍其可觀者。

首陽山

首陽卽雷首，我行自河東。相望華岳北，實在河曲中。以暴不知非，此都讓德崇。偕登餓其下，廟火春猶紅。商郊彼鷹揚，歸來跡則同。徒聞稱義士，豈不慚于衷。伯清叔亦仁，元祖爵以公。雷首卽中條，曠然百世風。

潼關

嬴劉函谷兩無何，改設唐年理則那。縱仗兵家籌髣髴，難憑關勢壓嵯峨。手障全陝通西蜀，目瞰中原阻大河。勝敗英雄同一險，蒼蒼在德不爭多。明孫傳庭之失守，與唐哥舒翰同。

錢儀吉：「嬴劉函谷兩無何，改設唐年理則那」：真力彌滿。

近藤元粹：亦似而非者。

佚名：極力説險，爲點出「德」字。

華陰

入關紫氣藹高晴，龍纛雙雙御仗行。天子萬年文敬告，春風三月道歡迎。地祇山水由尊肇，軒帝壇場暨後賡。仰覲華峯真削出，崑崙初拔勢崢嶸。

西岳廟登樓望岳

晨入岳廟習禮專，代將牲帛惟其虔。詔修靈宮亟未旣，漢延熹八年西嶽華山廟碑：宫曰集靈。層樓翼鳳高翔然。三峯屏立照几案，四方削成凝翠烟。畫圖王履不具體，豈若横放樓之前。太極巍居擅白帝，五行配德開金天。船司空趨玉漿落，司寇冠整明星連。尹喜真符故宅守，希夷石洞先生眠。歐記題名凡幾百，幢懸碥仄苔花邊。無輕攬結五千仞，已後飛騰二十年。山中人來縣城去，一日上下南峯顛。南峯最高。皇釐三多岳稽首，降香誥旦昭蒸荃。周槐商柏徧嘉蔭，題石何讓顔程先。廟有商柏，抱周槐于腹，大可三十圍。其漢柏、唐槐至多。唐玄宗碑爲黄巢焚摧，巨石半截積立，僅存四字之半。顔真卿題名于漢碑側，宋程琳、葉清臣題名八角石幢，致佳。

玉泉院

初日出華陰，十里鋪春田。峯頭瀉玉漿，谷口匯碧泉。墜驢人已去，睡洞泉方濺。無憂七株樹，手植知何年。蓀亭立泉上，四株覆亭前。我本無所憂，坐對亭適然。近泉元祐字，灑墨大石鐫。東厓秦柏翠，葉嫩柯交纏。量之數十圍，實在無憂先。盤陀設苦茗，豈不如癯仙。「陝西鹽運副使游師雄元祐九年正月廿二日觀太華三峯」大字，刻大石上。

錢儀吉：起十字是何境界！

登華山至青柯坪望千尺幢

自觀王履圖，五岳此粗悉。清霄綠霧歛，三峯純石一。石縫土積塵，居然草纖茁。如是七千丈，四方周嵂崒。希夷崖又蜕，初平谷既叱。垂鎖下上攀，輕於船挽綍。娑羅卽菩提，獨立意款密。青柯館深造，十八盤險出。青鐵削西峯，山半衆非匹。壁懸野生桃，左右矯風日。孤幢儼以招，雙屐不余尼。悄悵玉井蓮，修莖颭芳苾。

郭忠武王祠

喬林大道古城東，祠屋巍然塑令公。唐室山河憑再造，建陵松柏表元功。門前華岳流雲碧，檜北潼關返照紅。太息百年無尚父，宦官藩鎮竟相終。

錢儀吉：「塑」擬易「祀」字，明其爲塑像，不可改也。

寇忠愍公祠

功業汾陽只等閒，嗟公憂國鬢雙斑。君恩欝欝通天帶，里社青青少華山。魏野有詩傳北使，竹林遺廟向人間。靖康若主澶淵策，何至蒙塵遂不還。

錢儀吉：一結快甚。

華州食筍

華山百村遠，敷水一春深。馬首半梨樹，州南多竹林。筍香聞驛舍，茶事趣歸心。潋上讀書處，蕭蕭横卷森。

蒲城

唐之奉先縣，城徙里不更。洛水左瀠洄，神原右崢嶸。巖巒擁其後，園寢唐是營。盤翕比龍鳳，樓殿遺枯荊。橋陵金幟山，聳若懸旆旌。德讓曰惠陵，元宗實惟兄。泰陵金粟堆，初願千秋成。陪葬高力士，無及一娥娙。景陵春草綠，豐山朝旭明。尚傳開寶修，未泐趙孚銘。元和中興主，所以龍章行。石人整冠佩，石馬騰轡纓。三朝遡哀冊，頲縉楚則名。睿宗哀冊文，蘇頲撰；玄宗哀冊文，王縉撰；憲宗哀冊文，令狐楚撰。邐迤近光陵，前有重山橫。寒烟五陵曳，碧落羣峯撐。長安久禾黍，愾嘆非周京。

錢儀吉：首句貫全篇。○加一倍結。

富平

夏後荊山鼎，秦家鄭國渠。迢迢遡西北，曖曖入村墟。麥縟中谿潤，梨香萬密疎。華原來杜甫，值水定何如？北即耀州，工部詩「我經華原來」是也。「蓊匌川氣黃，羣流會空曲」。度今沮、漆合流大溪澗處。

晚次耀州

祋祤城西日下春，范公書院客相從。曲池短彴萍初合，新筍空階蘚半封。檐掃蜘蛛憐獨結，欄扶芍藥咒遲穠。待人翟道迴鞭近，破戒何妨勸玉鍾。

顧列星：祋祤，縣名，在馮翊。字並從「示」不從「衣」。

錢儀吉：七八接第六句。去時不飲酒可知。

同官

華原草相緑，豳土近于東。澗谷好今日，盤旋娱此翁。桃花初帶雨，漆樹遠含風。遺烈聞姜女，崩城話卻同。

金鎖關

銅官山夾水，獨流兩成蔞。去金同是稱，據險城惟舊。曉霽風色厲，氣寒花信逗。路隨崖數盤，人與地俱瘦。土門出以遙，金鎖扼其腠。重山迴合阻，神水峽奔溜。壁開實峯闔，拒左仍塞右。在明嘉靖年，築設防套寇。承平武備嚴，依柳列雙堠。邊塞極榆林，襟喉此鴛甃。度關山轉幽，穿隘石多秀。征人詫園林，造物耽架構。橫斜石陂對，屈曲石泉漱。高淩皴法奇，疊起雲根皺。臺石俯石池，徑石窺石竇。奈何業石蕪，上下雜花糅。野桃必長石，石石爲之繡。更前巖益蒼，欲采蓴難就。甚宜適行遊，詎可煩戰鬭。趨口少寬舒，環岡無隙漏。折北乃砐硠，匆匆劃華陋。

顧列星：喜多生造句。

宜君晚雪

曾是苻堅郡，莽然環慶鄰。山高行未已，風急渺相親。彭祖墓雲碧，玉華宫草春。花時今夜雪，關外白頭人。

橋山篇

皇古君相皆神人，神人之道無不有。但施神力葬神山，只在人寰元不朽。子午嶺北西山連，亙千餘里延慶間。華蓋峯東下乃峽，峽石如橋左右穿。橋南起山名所自，山體如岳純無頑。羣山雙分左右肩，四周平頂圜如環。重山内向石疊趾，正對玉案横蒼灣。橋山三面灣緣延，重山三面灣盤旋。沮水右肩落于灣，山南鈎曲東弓彎。豈知早入峽橋出，左抱逆會東來湍。左肩落水再東抱，合流入洛迴長川。橋山無石翠阜巔，阜前廣衍平如原。玄宮中央土塚起，南偏土臺百尺攀。山上疊山山翠柏，更前土臺稍東偏。西坳置縣若守冢，城在山內灣猶寬。風昌宇朗數百里，靈棲宅寧半萬年。帝繼羲農三聖作，化闡陰陽萬生先。宮室衣裳器用備，甲子書契伶倫宣。師兵榮衛厥赫赫，得姓十四今緜緜。神道設教聖所以，聖所不語神無傳。帝生十二始在位，百年而崩葬橋山。且戰且仙紛世俗，鑄鼎鑄鏡難更僕。有之于神復何奇，無之于聖非不足。老君汝祖尊太上，玄女道家托符籙。帝生坊州近鄉里，相度羣臣實藏此。皇古神人皆聖人，自古聖人無不死。羣山環拱此神山，一水循環此神水。衣冠之葬誰謂然，漢皇臨祭方求仙。東封西祀仙必得，自爾不死當昇天。區中靈域緬無二，稽首敬賦《橋山篇》。

翁方綱：此等篇法于古無之，實不足存。

顧列星：評前半首云：以山記水經入韻語，妙在詞意錯綜。

錢儀吉：「有之于神復何奇，無之于聖非不足」：實不知公之命意。

回自中部至宜君

軒后廟庭柏，翠陰皇古年。踟躕人已送，躞蹀馬休鞭。短樹山頭縣，長城塞上天。雖經米脂賊，長養自炊烟。黄帝廟中古柏十餘，其一圍可三丈，柯葉交茂，夙傳黄帝時物。

宿金鎖關

百里兩崖壁，幽花春二三。高看時倒影，晚度已重嵐。戍冷迎官住，泉鳴引夢耽。山郵足深致，我僕也能談。

山驛

山驛東風暖復寒，使旌二月出長安。蕭蕭金鎖關南返，豔豔丁香樹子看。身被恩光行更遠，老知春事得尤難。七旬萬壽敷天慶，巖谷幽姿總笑歡。

題耀州紫藤花

翟道歸來問牡丹，小橋流水足盤桓。山城是月猶飄雪，穀雨今朝未放寒。狂蔓紛垂賓瓔珞，畫檐低覆曲闌干。髩絲儘伴天涯客，著處丁寧欲別難。

唐朱里

秦縣池陽谷，唐陵白鹿原。馬飢頻齕草，鴉倦亦歸村。客豈張司業，居非李氏園。紫荊花下石，綠映一叢萱。

涇陽

長陵東以迴，白水北其限。小市喧喧出，石橋鎮。荒墟寂寂回。勳名故物記，戰鬬赫連臺。瓠口春流駛，咸陽落照開。

渡涇

昔人事業總蒿萊，秦地興亡觸目哀。一夕嵯峨山下夢，曉風燈火渡涇來。

渡渭

長陵突兀畢原通，渭水無情日向東。東内花開西内落，花飛南内見唐宫。

霸陵

霸陵不治墳，陵號就水爲。峯起土無石，霸流環自回。古柏大數株，其一數十圍。陵戶亦種麥，高下成青陂。瓦器戒無飾，民力省不疲。合葬竇太后，神靈長在兹。南山拓下苑，碧落明丹曦。翩來鳳凰嘴，白鹿原逶迤。南陵薄太后，近在陵西涯。于東望吾子，靜夜神靈怡。

杜陵

帝在民間時，好作鄠杜遊。元年杜東原，治陵良有由。正方六十畝，據原原四周。守陵多貴族，陪葬數十丘。東園王皇后，同陵近東陬。許后實先崩，小陵杜南頭。是曰少陵原，相隔中青疇。杜陵既萬歲，少陵亦千秋。麥苗遶原縟，花树映麥稠。村低午雞靜，鎮小炊烟浮。遂令唐杜甫，陵後家居幽。野老称杜陵，少陵號长留。

翁方綱：漢宣帝是何代之帝？有此文理乎？

興善寺牡丹

今朝真是到城南，特地開皇叩佛龕。葉綠苞紅催宿雨，松邊柏下現優曇。不離富貴高原五，別有闌干好月三。愁絕匆匆勸杯酒，舊人奚取值何戡。

樂遊原

望望城南與杜中，高原漠漠曉濛濛。寧申岐薛亭臺里，車馬衣裳士女風。朱雀街穿池水綠，紫雲樓倚杏花紅。情知不及深盃醉，帽影鞭絲雁塔東。

慈恩寺登塔

暮春寺裏遊，牡丹院後香。遂觀諸題名，塔門石兩牆。緣梯佛相靜，倚檻朝暉昌。白髮百年少，青天千里長。南山衡嵂崒，渭水北湯湯。貫都象天漢，何許秦咸陽。金人既十二，木蘭復阿房。漢家司馬門，長樂連未央。其間樗里墓，此際槐陰蒼。漠漠六坡隋，鬱鬱三內唐。杜國今杜曲，周邦昔周王。

鎬京始豐廟，江漢被汝旁。商詩作周風，浩衍和氣翔。後來稱唐太，猶尚媲成康。生民有治亂，聖智難備防。東遷豈無那，委秦以舊疆。乃包函谷關，乃收六國强。生民自茲慘，山水如相忘。八川湊淼淼，兩戒分茫茫。欲下少陵原，東風吹我裳。

翁方綱：意欲自居於苞蓄前古之作，其實不應如此作耳。〇「山水如相忘」：是何說？

韋曲

村口問村名，答云此韋曲。藹然唐世人，昔者城南俗。鴻固原何高，皇子陂相屬。西爲第五橋，南有樊川綠。朱門皇后家，別業逍遙躅。午烟桃塢殘，宿雨麥畦縟。藤枝石角稀，亂水垂楊足。居非韓鄭鄰，土似塔坡沃。杜曲猶在東，春行莫能局。

牛頭寺

韋曲東復東，水來自樊川。沄沄引清溝，活活分平田。躞蹀動蔭坡，馬嬉不復鞭。遂上牛頭寺，南見神禾原。樊川在南下，支流過坡前。望望杏花坪，漠漠餳簫天。坡東祠少陵，寺建由貞元。仿蜀牛頭山，如客鄠縣年。高窗啜茗坐，老僧爲我言。原仍鴻固舊，曲與杜陵連。我昨霸陵回，實行下杜間。南杜水長草，北杜花明烟。鮑陂迤西處，朱陂牧之篇。老嬾且深憩，靜對終南山。

尋曲江已無水江之西杏園亦莫知其處

廣陵江幾曲，龍華尼寺南。已過中元節，纔當上巳三。學士綵舟動，教坊繁吹酣。玉樓金殿影，向晚波光涵。杏園榜下宴，曲江亭子占。金輿亦臨觀，玉面皆垂簾。杏花風是杏，探花使誰探。開元天寶春，駿馬園頭忺。女郎舊時折，爲水何人諳。岸西東不見，細草還纖纖。鄭谷《曲江紅杏》句：「女郎折得殷勤看，道是春風及第花。」李山甫《曲江》句：「一種是春長富貴，大都爲水也風流。」白居易《曲江》句：「細草岸西東。」

宣陽坊

繡嶺東西總不凡，韋家燕子尚呢喃。主人欲問從容甚，步輦黄羅曳帔衫。

畢原篇

畢原西可三百里，南涇北渭兩水夾。東注臨潼口始交，九嵕麓趨原廣狹。王季都之封畢公，文王葬畢西于豐。上祭于畢太子發，成王元年武王之葬同。原今咸陽縣北中，維原高平靈氣充，文明之象巍元宫。文王前，武王後。康王左，成王右。四陵密邇十里間，原無一石土隆阜。文陵左可二百餘步乃葬周太師，晝爲太師死葬茲。又左周公冢稍大，必葬成周，公心不敢成王離。王亦讓公葬于畢，以從文王，小子不敢臣，公敬且悲。伯禽墓亦後公墓，如文武陵協孝慈。公墓模木已無枝，公墓如文生草蓍。文陵頂平極方大，武陵頂起圓其外。成康陵衡坦適均，背涇面渭春陽藹。嗚呼！橋山天造神力乘，畢原地脈天心憑。原之東下漢長陵，原之餘氣猶烝騰。維九嵕，來嶻嶭。涇出嶻嶭，渭出鳥鼠，兩水夾原以趨東，畢原萬古天穹窿。

翁方綱：其意以風水先生自命也，竟不成詩。

顧列星：《橋山篇》拙樸繁重，此篇排奡宏敞，爲絕構也。

錢儀吉：謂原之有廣狹。○當云北涇南渭，以宋敏求《長安志》校之，信。

唐昭陵

維嶻嶭，趨九嵕。渭前涇後，交流于臨潼。九嵕巀嶭漢所賦，唐營昭陵山嶽固。「固同山嶽」，山陵使閻立德奏語。鑿山南面玄宮深，懸絕百仞高嶔崟。不藏金玉一棺足，無累庶息姦盜心。況當文德訣薄葬，帝章揭陵信可欽。奈何埏道下見語，蘭亭玉匣紛傳今。功臣密戚蒙賜地，如漢陪陵給祕器。熙寧耕種麥青青，百六十冢湮無次。三月廿五日承祭禮畢，匆匆于陵南尋見房喬、魏徵、李勣、李靖、薛收、許洛仁塚與碑。而高士廉碑存，塚已無。當年石馬汗嘗流，君長諸番列十四。六駿圖移石不全，陵陰石室空存記。狄梁公墓乾州村，奉天乾陵高出雲。不解華原鎮將甫投谷，何以風雨奔騰朱雀門。

翁方綱：不及林同人撰記之該備，則又何以詩爲？

錢儀吉：「作詩必此詩，定知非詩人」，蘇齋竟未悟此。況專以考訂論詩，自來未有也。○結是朱泚否？

乾州

梁山今日見，昔者古公踰。王業端其肇，仁人衆所趨。雲青陵闕石，雨緑驛亭蕪。一詔匡危祚，忠州竄跡孤。

武功

周室有部女，姜嫄復太姜。雍原若山固，漆水自流長。唐氏興還此，蘇家盛孰方。平林與隘巷，西滸至岐陽。

班蘭臺令史墓

好畤連鄜畤，春殘遍緑蕪。石蹲羊虎四，冢起斧堂孤。司馬揚雄後，龍門太史殊。公家擅闔彥，著作古曾無。

馬新息侯祠

祠扉晝閉長蒿蓬，鬒髮端居矍鑠翁。馬革裹屍非誕節，城西槀葬有膚公。雲臺將相多顏色，聚米山川少目中。班馬徙家兼耿魯，馬家香火尚扶風。

岐山

南有周原廣，岐山是北山。吁嗟遷洛後，豐鎬賜秦還。鳴鳥家誠瑞，戡黎歲亦艱。如何斜谷口，空對落星灣。

鳳翔道中

子規聲急喚行人，官柳絲長拂路塵。鼎鼎百年空復老，堂堂三月奈何春。杜陽雲氣懷天柱，漢畤風光別渭津。踏遍西平原上草，夜來婪尾酒邊身。

寶雞

神至必雊雉，夜星流自東。漢方祠五時，秦實霸西戎。渺與堇原別，艱將雲棧通。不知誰賣酒，柳外市樓紅。

吴應和：蘀翁篤于根本，孝悌忠信，至性至情，發而爲詩，其旨敦厚，其氣清剛，其意沉著，其辭排奡。漢魏六朝、三唐兩宋，靡不□有，尤致力於少陵，造詣深沉，脱盡膚顔浮響，自成一大家面目。蒼莽之極，轉似荒率，宜乎難爲識者矣。茲錄其有門徑可尋者、極就規矩之作，爲昧于讀全集者導夫先路。有一種渾噩真樸、不假修辭屬對爲工，其品愈高，反不敢選，恐索解人更不可得也。

按：此評，本爲《浙西六家詩鈔》蘀石詩之總評，置於卷首。唐仁壽節錄置于此。

攆石齋詩集卷第四十三

登西鎮吳山

五峯天挺秀，康熙四十二年，賜宸翰曰「五峯挺秀」。一水汧流佳。一水河發望輦峯左，旋入渭，卽汧水之一支。其一出岍山。東西徑屢進，前後屏雙排。前屏土膚漸，後屏石骨皆。石卽五峯插，秀傑高其儕。鎮西中立小，肅穆四峯諧。大賢左拱歸，靈應右拔襄。南臨會仙儼，北顧望輦偕。各擕小峯侍，中立獨如齋。森森邃投谷，仄仄危緣崖。千尺巖垂霤，一繩雨滴階。靈應峯下大巖若半屋，其腹門極高，雨淋不到處，粉書「晴巖飛雨」四大字，「萬曆二年三月江南吳問春」。蓋巖上石溜水，懸繩千尺及半，濛濛若飛雨。古根偏楓櫟，茂葉連柏槐。峯峯紫白花，層層綠萱荄。惜不及霜曉，喜猶過春霾。出險驚白髮，升空破青鞵。靈湫絕壁下，呀豁門常闖。石上字半蝕，樹陰眼頻揩。靈應峯前壁千仞，極高處大字刻「吳嶽鎮西成德王湫」。又「嶽鎮龍湫」四大篆字，明陳棐書。又極高片石仄處，横刻「金天靈液」四大字，徐彥登書。靜測龍所宮，膏枯非礫蛙。舊祠守者去，叵奈夜虎豺。昨夜有虎至山下館後。遂置仙人碥，甘輸樵子柴。終南壎篪儗，太華項背挨。職方秩于鎮，牢醴虔不乖。山外山周環，山內山旋蝸。吳山關隴跨，李令雲嵐懷。唐興元于公異《吳嶽祠堂記》云：「縈雲拊嵐，以屆于祠下，爲李晟有感于神，上請褒異。詔使中使孟希價持傘賜神錦袍、金帶、夫人花冠等。山鎮之秩，次于方岳，而作碑。今在廟左檐下。茲歲降御香，嵩呼慶靡涯。

顧列星：善于用韻。○板滯似光祿，拙澀似永嘉。轉于病處見古。

錢儀吉：校「鎮西中立小」：當云「西鎮中立小」，恐係倒誤。

入益門鎮至玉女祠

渭水渡不遠，隘口哆短山。碓聲屋兩三，雨氣嵐孱顔。舊城略不見，元末李思齊築。高天渺思攀。西南翠蒙密，秦嶺東險艱。姜水瀉其陰，趨渭紆綸瀾。斜壁削入底，卷濤擁成慳。後波駕前波，是爲軍陽灣。巨石欲阻行，棧始磴屈盤。巨巖疊疊起，秀樾梢梢攢。雙崖夾一路，是爲二里關。關前老路廢，新路木欄杆。折下復折上，巨壑鳴幽潺。樹緑到峯頂，峯攢交緑灣。灣中水與人，迎送心相閒。十里迴澗道，千峯插雲端。破絮纏列屏，白龍戲奔湍。

顧列星：以下數古詩，摹老杜秦州詩，如唐臨晉帖。

半坡觀瀑布上煎茶坪

姜水遶嶺東，棧路行水西。南乃姜水別，上上高復低。忽見匹練飛，翠壁雙削齊。于中劈飛下，窈如雪色霓。東經雲蓋寺，半坡適初躋。匡廬之絕觀，不謂在寶雞。遂上煎茶坪，乾坤錯端倪。瑤峯盡嘉樹，翠壑多芳荑。平石疊坡濕，絲雨搴霧淒。清深四薈蔚，旋折一階梯。花葉隨左右，園林欲取攜。下坪疎如秋，維草轉萋萋。千樹亦苔身，千石亦烟蹊。伊誰設赭色，疎密邀分題。

過涑河至黃牛堡

南橋接北橋，兩道河淙淙。別爾濫觴處，去爲嘉陵江。橋南草如毯，草上峯如幢。始憐煎茶頃，勝絕不可雙。龍溝迅流駭，石窰奔渠雙。後灘擁前灘，捲濤復驚瀧。峯根石阻束，振落氣未降。水急使馬遲，越川屢趨杠。宋人廢壁壘，黃犢勤耕耬。雜采坪上花，供之拓晚窗。

曉趨草涼驛

嘉陵江未見，涑河水猶隨。相送莫相別，我行鳳縣之。白雲出山澮，春露被草滋。土碥緣始仄，偏橋接如夷。乃下長橋鋪，鋪舍方晨炊。仰巖危欲落，對壁削若垂。羣峯壓影碧，亂水交聲時。疎疎林轉塢，矗矗峯圍涯。峯前路去有，塢後水來知。乃出紅花鋪，天曠明奔曦。闌干朽逾峻，人馬歇已飢。望望草涼樓，小店飄青旗。

晚次鳳縣

棧行甫取左，右棧殊未知。巖崖就跟阯，盤折依高卑。石碥鑿難廣，土碥崩易攲。偏橋力補缺，插腳憑可支。其對峯互逐，其俯水逼馳。寧須必平坦，實亦無險巇。棧方大略得，馬仍小心爲。石門關崱屴，柳樹灣逶迤。西岐在鳳翔，鳳縣曰南岐。鸑鷟旣鳴後，翺翔曾集斯。日落邂跡山，不與張果期。沄沄故道水，渺渺嘉陵涯。

顧列星：「棧行甫取左，右棧殊未知」、「寧須必平坦，實亦無險巇」：閱歷之言。

逢林觀察儁

不謂事兵間，書生竟爾嫺。辭京十餘稔，宦蜀萬重山。驛並小江曲，城臨新月彎。同悲兗州守，莫肯眄塵顔。丁丑分校，得宛平俞瀚與觀察同學，以去歲卒于官。

鳳嶺

出郭上高岡，登登幾百步。卻望後山雲，迭見來時路。路平盤乃勝，山大折成趣。水石蒼秀間，人家兩三處。嶺半起數峯，峯身擁千樹。天曠忘所娱，意行馬非駐。峯坳夏綠叢，鳥聲不知數。峯上復層峯，峯肩徑乃度。其陽列翠屏，屏麓深猶沍。梨花白有雪，菜花黄不霧。惜哉林何焚，居者穡是務。鋤爲種麥坡，楓櫟弗之顧。古路仍左盤，嶺盤亟斯赴。密陰棧闌干，曲曲偏橋護。峯圍樹皆僊，日篩水相注。乃入心紅峽，澗夾青壁互。壁修眾葉垂，澗窈疊泉吐。檀欒丁香蕤，下上畫眥嗉。設無白雲眠，遂欲流水住。暖然鳳嶺經，愁語昔人誤。

顧列星：數詩刻削。生造語多可喜。

宿南星

近在連雲寺，郵亭得數間。前來野羊水，後擁廢丘關。有夢成無夢，千山隔萬山。老人隨所遇，城遠濁醪慳。

柴關嶺

綠樹兩峯間，四十里不斷。寒猶立夏後，氣不侵晨散。歷高漸漸危，轉曲層層緩。千樹澗谷深，萬樹岡巒滿。并爲大嶺陰，日照勢無煖。昔云虎之藪，中或熊所館。孤亭連理枝，小歇極情款。柴關以樹勝，霜候他山罕。丹黄楓槲交，再過肯成嬾。踰嶺戍旗翻，一松翠無伴。嶺後八里長，嶺前七里短。

紫柏山下留侯祠

祠屋近柴關，高峯四而環。猶傳赤松子，相望定軍山。事業興衰際，英雄氣數間。洞門七十二，惟有洩雲還。

顧列星：「英雄氣數間」：語大而切。

錢儀吉：此句接定軍山言之，樊桐稱美，一「切」字，非也。

吳應和：直逼少陵。

近藤元粹：賴云：未敢言逼杜。然視諸時詩，鐵中錚錚矣。前聯較諸葛，故後聯可解。○又云：如何景明《弔先主祠》：「漂泊依劉計，間關入蜀身。中原無社稷，亂世有君臣。」則可謂之逼杜已。

次畱垻遇沈太守清任

褒谷停驂晚，濤牋出袖新。論兵諸險劇，挈子一官貧。京洛尊前夜，湖山夢裏春。還朝定相待，有幾白頭人。

畫眉關

山盤水曲闌干橫，土石高高鑿口行。後水轉爲前水出，左山趨與右山迎。錢塘天竺寺遥辨，鳳縣心紅峽近爭。千里綠陰春乍老，畫眉關外畫眉聲。

顧列星：「後水轉爲前水出，左山趨與右山迎」：與白傅「一山門作兩山門」一詩，可謂異曲同工。

觀音碥

連山根抱黑江馳，憑仗中丞不險巇。百尺高崖題字徧，就中一首蔚州詩。崖刻：「西南蜀道古蠶叢，萬折巉巖一炬空。謾向雍梁誇勝蹟，千秋國史紀神功。康熙壬子秋，聞棧道削平，大司馬賈公之功也。賦以紀之。古蔚魏象樞。」蓋曲沃賈漢復撫蜀時，煅石闢閻王碥路，易名觀音。

翁方綱：豈坤一不滿荔裳詩邪？抑不知有荔裳詩邪？其實蔚州此作，焉能必勝於宋乎？自是特要抹殺宋荔裳之作耳，則何必哉？爲人不能平心，一至于此。

錢儀吉：覃翁如此論詩，亦從來未有。〇公意只是重蔚州之人，特爲表其行跡耳。

諸葛忠武侯廟

入蜀先欽諸葛君，後於三代感斯文。仁爲己任驅馳許，業不偏安涕泣云。沔上自多庭柏撫，楹間如有石琴聞。傳家澹泊終寧靜，矯首南陽悵白雲。石琴一，無絃，扣之，其聲清越以長，傳是侯所御者。今設廟之前楹，琢石爲薦，蒼潤，亦數百年物。

顧列星：武鄉侯人物是伊呂一輩中人，少陵非漫許也。此詩「仁爲己任」十四字更見純臣心事。此其所以侑食兩廡，而儒臣無異議也。

翁方綱：「欽」字，肉麻。

渡漢江至定軍山謁諸葛忠武侯墓

定軍山下戰，破魏黃侯忠。沔陽受璽綬，先主王漢中。山可容萬軍，衹今林一叢。瞻林黃岡大，即地綠草豐。《水經注》云：「因即地勢，不起墳壟。」今墓舊傳後人所設。巨樸參重霄，長根護幽宫。庭桂夾垣竹，古柏相蒙籠。登岡望千里，左右峯立空。天心宅斯人，山水忘其功。優劣比伊呂，莘野堯舜風。三顧若三聘，南陽耕且躬。誰懷甲子志，事豈鷹揚同。後車老匹夫，憤勿以擬公。縣官寒食祭，百姓雞酒供。徘徊桂柏蔭，髣髴艱難衷。陣圖鼓聲出，兵書石匣紅。墓門漢江南，祠堂沔縣東。

翁方綱：「優劣比伊呂」：此間可下得一劣字耶？

錢儀吉：寵，寵。

寧羌

莽莽武都郡，葭萌南復西。磨刀隔荒壘，浣石向迴谿。路有青棡樹，山無白馬氏。龍門信幽邃，不及宋賢題。

列堠

列堠煩迎送，孤襟忘險夷。千山隨馬足，一路採花枝。白髮巴人見，青羌漢使知。修名如可踐，努力未云遲。

連日采山路黄紫翠花中多紅薔今日乃得白薔

蠶叢春好過春蠶，人老今年七十三。記取朝天關下路，紅薔花北白薔南。

錢儀吉：蠶叢，人名，似未可接下三字。

月下過桔柏渡

桔柏渡桔柏，今朝急相見。我馬信然瘏，山郵詎云戀。況沿江岸來，鎮與明流眷。巴人牽網能，越客撐篙便。澹魄會將圓，環巒略可眄。白水下嘉陵，灣回中出縣。縣令待沙頭，張燈覿初面。鄉音聞浙西，野次一笑忭。

天雄關見常紀題壁詩錄七絕一首：「江曲真成字似之，牛頭衮衮上來遲。放懷今古無窮思，問著山僧總不知。」常紀，崇慶州知州，奉天承德人。被木果木之難。

常君通籍本留都，言貌居平似腐儒。突見牛頭詩灑落，直教馬上淚模糊。金酉已逼捐生竟，玉骨難尋返葬無。心事山僧應不解，招魂萬里仗巴巫。

劍門

佳園孔道新，明天啓四年開此路，立石題「孔道新開」，土人乃稱其地爲「孔道新」。樹石四峯括。卵石融結奇，巉崖愛難割。木橋復石橋，左右泉活活。蝴蝶花紫翩，菖蒲葉青拔。于凹有盤紆，于凸無滑澾。高廟蹋脊見，大小劍轇轕。大者崇墉連，隤然中斷豁。爰下七里坡，樹石益清脫。磴坦赤欄扶，林濃晝胥聒。適爲佳園行，遂以險徑達。奇哉卯石團，層疊少迴斡。翕張及關南，千里氣斯閼。我今語劍門，在險皆抹撥。據蜀險必憑，破蜀險先奪。不獨鑒陰平，非徒泥諸葛。

錢儀吉：字新不如句新，句新不若意新。造意取新，又不如自然轃拍。

劍州蔭路柏歌

劍門關偪柏巔出，誌公寺上森六七。不知挺特荒寒隅，何藉瑰奇古翠質。入關一舍遍行衢，高低曲直山坡俱。大柏樹灣疎密欲千株，輪囷十圍根互絡，杈枒百尺柯交扶。疊疊平石柏下鋪，泉峯暎帶雲霑濡。石洞溝來斷不斷，講書臺去無處無。乃知廣西李壁劍州守，正德年間種斯有。侯之治行明代最，只如種柏堪不朽。閬州以西梓潼南，數十萬株夫豈偶。劍州土石本自佳，土黃且厚時緣崖。巨石巋崎小磊砢，柏生其間一莓苔。柏身擁石石蔭柏，柏陰成衙如柳槐。爨火斧斤雷雹劫，葛藤榛莽風烟排。我行廣西全州嘗見松蔭路，百二十里不知數。此松種自楚馬殷，補種後人極培護。又聞路翠與路青，元說武連種松樹。劍州柏，全州松。鄉人之福我民福，夏陰不薄冬陰濃。三百里蒼天下罕，豈惟行路太息爲敬恭！郭璞《武連栽松碑》云：「縣路翠，武連貴。縣路青，武連榮。」

錢儀吉：此景純語顯爲妄託，似不必引。

武連驛午睡

燕壘萬山圍，山郵自裌衣。路長行處倦，晝寢覺來非。天外巴江字，林間杜宇歸。赤闌干一曲，垂柳不陰稀。

過上亭鋪是郎當驛成二絕句

雨點吹來閣道長，鈴聲未免碎丁當。已知舞袖郎當甚，鮑老何煩笑郭郎。

長安歸去也郎當，蜀道鈴聲且自長。昨夜興元西畔月，一株梨樹佛前堂。

七曲山謁梓潼神

童年曉就塾，輒令拜文昌。謂是梓潼神，實司鄉會場。天下父母心，能不貧賤傷？晝餅充忽忽，豚蹄祝倀倀。小子捷泥金，二人痛終堂。獲罪必於天，罰遲孰主張？今來梓潼縣，祠下猶彷徨。羣山入劍門，二百里舒長。萃此山脈秀，鬱然山頭蒼。盤陀石如磨，肖像踞胡牀。檜端晉陽柏，一榮一枯僵。八州開地勢，萬仞融天光。山水曲乃成，田疇平且良。昌昌以文明，爾爾無隱藏。鴻生與漢經，萌芽比言揚。進士復試廷，昉隋盛則唐。三場肇延祐，四書遵紫陽。元宗誕降夕，文昌炯星芒。學宮享孔孟，生員業文章。能者科所取，取之行或妨。《易》曰餘慶殃，《書》曰百祥殃。上帝稽世德，顯道從時王。爾室善淫際，大廷刑賞常。分職宜有神，古禮蓋未詳。香火遍區中，發跡在蜀疆。列宿況上應，斗魁先戴筐。遺文據張亞，小説誇姚萇。乩仙托符籙，俗流未渠央。凡事必神寓，凡神必靈翔。維天昌斯文，曷不神無方？

錢儀吉：鴻都非佳事，昌黎已不審。鴻生非鴻都也。策對始西京，鴻生當指晁、董諸人。

發梓潼

日出光騰躍，山趨氣展舒。掃場收麥後，堰水插秧初。烏牸三家雨，黄雞八月廬。巴西西更好，第一鱠魴魚。

錢儀吉：「三家雨」，未詳。

題魏城驛舍芭蕉

襄漢路斯近，長安城不遥。雙飛下梁燕，十樹蔽庭蕉。風色白團扇，水聲金帶橋。淳熙有文字，望古未蕭寥。魏城，廢縣也。宋淳熙庚子，承議郎知魏城縣事尹商彦《魏城縣建通濟橋記》云：「大溪深二十尺，廣六倍。」今溪狹，碑猶立宿莽中，大字記與書俱佳。驛之金帶橋即其處。

錢儀吉：蕉大至蔽庭，可作故實。

晚至舊緜州

急雨收還灑，長虹挂獨明。緜山自駢抱，涪水太縱横。蠶熟桑齊翦，園荒竹已成。羅江來日到，廢縣改州城。

落鳳坡

君失臣何失，高光度未優。天如存別駕，諸葛自荊州。

錢儀吉：王應奎《柳南隨筆》：「『落鳳坡』出《三國演義》。王新城《弔龐士元》詩。」不當著之於題。○擬改題《龐士元墓》。

德陽

收雨開晚照，插秧種新田。短山黄邐迤，深水碧回旋。許令僊風遠，姜家孝行偏。三吳今四月，村好可皆然。

彌牟鎮觀八陣圖并序

舊說在夔者六十有四，方陣法也。在彌牟者一百二十有八，當頭陣法也。在棋盤市者二百五十有六，下營法也。載過彌牟，按一百二十有八之聚石爲魁。今諸葛廟前東西相對，周凡四百七十二步，乃知假六十四卦以結陣，而彌牟則兩六十四卦也。特其所以變化或不傳，孰謂兵非詭道哉！觀廟碑，都不及此。

八物陰陽錯，重生造化周。易家藏變互，兵法借權籌。方位圖書肇，儲胥伍兩脩。懵於忠武托，震若鬼神侔。白帝城荒壘，棋盤市僻陬。維公遺故蹟，其一在彌牟。峙土排魁整，成行聚礫稠。東西皆八八，缺沒半悠悠。陣結三軍示，儀分六子儔。風雷隨步伐，奇正協剛柔。萬里神乎卦，孤心帝者劉。非惟愚彼敵，是用善吾謀。逖聽紆雲棧，先聲叱木牛。中原天必復，危急歲何秋。廟外弓嬴畝，林陽岸偪溝。于夔揣方陣，此地屬當頭。韜略餘形迹，兒童少踐蹂。四門兼二首，百計亦千愁。入蜀淒涼漢，臨江肸蠁侯。常山蛇勢比，上智任相求。

翁方綱：是爲合作。

至成都館于貢院

錯道宣華院裏來，茙葵紅白落蒼苔。摩訶一曲春流淺，曾見耽書蜀秀才。

謁江瀆廟

岷山夏后導，曰維百谷王。昭靈以廣源，瀆長于南方。丕丕列聖基，道治永今皇。涵濡我萬物，康熙四十二年，賜御書額曰「涵濡萬物」。東會其昌昌。九霄開壽辰，一誠致御香。獻官具展儀，天貺行肅將。孟夏海榴紅，前滎山柏蒼。歷階敦所習，所禱申無疆。

浣花溪

出郭之澄江，我遊誰主人。豈無八九家，何許南北鄰。昨經杜中里，暫見城南春。皆公別後憶，莫得歸相親。圓荷復細麥，悵悵值兹辰。王粲與揚雄，爾爾非其倫。送詩多所覓，枉駕亦有賓。碧色門向灘，急流市近津。西枝村不置，吏隱再托身。奈何草屋賃，仍使瀼西新。蜀相祠自古，公來名益振。溪今並天壤，花飛蜀卽秦。

草堂寺與查按察禮飲

杜陵與少陵，稱地每相托。卜鄰草堂寺，乃更草堂作。將老果斯遊，況君以酬酢。竹烟江外梢，榴火佛前萼。從戎剿金川，守險駐美諾。力於猛固橋，誰謂儒生弱。既聞闢新路，實藉佐雄略。聖鑾錫恩殊，繇來勵勤恪。我今海棠後，念昔丁香落。百年復幾何，金琖但同嚼。晚愁潭不住，春夢花無著。翰墨可言勳，寧須上麟閣。

翁方綱：每用「繇來」二字，皆不妥。

慰忠祠

木果木軍劫，兩金川背恩。維忠死于事，有彥及吾門。栗主千秋淚，刀州萬里魂。拜瞻青史輩，嘗共夜堂尊。常君紀丁丑進士，孫君維龍庚辰進士，皆載充同考官所得士。趙公文哲、吳公璜，皆與載友善。

顧列星：詩格清老，語悲而壯，可以教忠。

謁漢惠陵

臣僕操權已陸梁，將軍載主獨蒼茫。荊州不襲秭歸返，高祖重符王業昌。賽社雞豚三蜀儉，參天竹樹一抔荒。直須廟廡先諸葛，增配關張馬趙黄。

泛舟錦江

相留作嘉會，相邀出華陽。心在海棠樓，身過碧雞坊。雙流愛江流，迴風蕩晴光。此水下揚州，萬里鄰吾鄉。錦官住何許，錦院機幾張。有井訪薛濤，有岸穿修篁。翠陰森自合，午景高爲涼。且緩送郫筒，汲之洌可嘗。濯錦既以鮮，製牋復以香。行行扣蘭檝，聊試吴歈長。

出漢州

金雁橋邊驛，白魚河外沙。稻秧過朝雨，笋竹接村家。犉犢鞭麾尾，葵榴餉戴花。西湖湖已塞，百頃綠蒹葭。

林坎鎮

沃野行初盡，高坡已夕曛。疎疎村擁竹，澮澮嶺收雲。白馬關名舊，金山郡地分。桃花溪裏岸，實有鳳雛墳。

出新緜州是舊羅江縣

果是羅紋水，江迴絕可憐。青苗近畦見，黃土外山連。筀竹時村落，潺亭老石泉。雞鳴橋漸去，亦未過炊烟。

天際日出望峨眉積雪

大峨中峨耀太陽，小峨積雪連神光。普賢只在人間世，卻與文殊各道場。

繅絲

蠶市風何舊，行行近左縣。繅絲當店口，曬繭在街邊。梅子枇杷摘，燕兒蝴蝶翩。祇應喚江曲，六柱上吳船。

打麥

來見燒畬處，歸聞打麥聲。竹枝傳作苦，江水有裁成。晝晝諸州灌，畦畦是月耕。婦姑勤所獲，休養遂其生。

漢議郎李先生祠堂址

石馬地數弓，水草廟一椽。拓爲議郎祠，明之嘉靖年。議郎甘飲鴆，公孫恥作緣。秉德貞乃節，艱哉亂世賢。石闕無勝蹟，翠微荒曉烟。尚書金獻民，詩記苔花鐫。縣人急科目，梓潼祠則虔。藐是孔門徒，不知有道阡。

宿郎當驛

晉代柏蒼蒼，斜陽過吉陽。馬雖輸款段，鈴亦任郎當。不醉身猶健，無眠夜豈長。百年穹壤內，觸撥總難忘。

出劍門

雲飛石疊曉巉巉，谽斷蒙籠綠樹間。萬里來遊草堂寺，雙旌歸度劍門關。憑誰力盡終能守，使我心煩莫可芟。何事天公大遊戲，削爲城郭詡孱顔。

誌公寺

破寺不可入，亂堆雲自低。因緣盡江左，爪髮或巴西。大劍山落月，姜維城絕蹊。門關蒼柏頂，佛聽野猿啼。

顧列星：造句下字，生硬而妥帖，純是老杜家數。

牛頭山

牛頭山見北村低，隱隱炊烟叫午雞。安石榴花紅瑪瑙，嘉陵江水碧玻瓈。

千佛崖用刻石元至元三年僉西蜀四川道肅政廣訪司察罕不花題韻

石鼓巖青敞列楹，莊嚴相好幻無生。雲根未辨隋唐鑿，江口初經隴蜀行。御史名留春蘚老，詩人心在水風清。憑誰傳語新城去，員外龍門閣又更。崖之鑿佛，相傳唐韋抗。今崖上亞中大夫、保寧萬〔一〕戶述律鐸爾直次韻云：「何代人爲佛寫生。」明神宗時鄭振先句：「曾閲隋唐同過隙。」則不定是唐鑿也。又元鮮于圭御史題名記，高不可辨。元、明人題句至多。本朝王文簡入蜀，謂所過龍洞背，即少陵詩之龍門閣。今崖北立坊有廣元令大書云「千佛崖」，即古之龍門閣。

【校記】

〔一〕　萬，底本作「百」，據元陳旅《安雅堂集》卷六《述律復舊氏序》、柳貫《柳待制文集》卷三《送蕭從道還蜀歌》、黄溍《黄文獻集》卷四《跋平雲南頌》述其人爲「保寧萬戶」改。述律鐸爾直，又作述律傑、述律從道、蕭從道，參方齡貴《元述律傑事蹟輯考》（《中國民族歷史研究》，中國社會科學出版社一九八七年版；後收入《元史叢考》，民族出版社二〇〇四年版）。

朝天嶺

蜀人朝天程，出入前後峽。前來夾大山，後去山大夾。雖非歸州匹，頗亦利州甲。所虞棧閣傾，非特波濤狎。後人改於嶺，嶺行何高高。其後峻無險，其前坦不勞。翠雲堆巨石，好樹風周遭。園林有如斯，亦足散鬱陶。

七盤嶺

昨來七盤山，雄雄雞頭關。今行七盤嶺，七盤卽五盤。少陵昔此道，棧閣猶云艱。逶迤五折瞰，忼恨千年還。蜀之北門是，高有連峯環。斗城四扇閉，角吹三更閒。南北照明月，戍卒居其間。馬憐坪陡入，偪仄山孱顔。隘穿復盤上，蜀險在秦山。千層崖嶄絕，一線溝潺湲。

宿黃壩

三更好夢難，萬里新愁獨。杜甫祠前江，薛濤井上竹。

分水嶺

相隔自淙淙，東西不得雙。北穿五丁峽，南入嘉陵江。清瑤流可愛，碧玉石無雙。回道有終合，所思非異邦。

五丁峽歌

來爲順峽行，歸作逆峽歌。謂之曰峽以狹勝，山峽水峽遑知他。初過浣石舖，將上滴水巖。峯連峯夾青巉巉，峯身樹交綠不芟。懸泉一滴滴石潭，左巖危壓攀停驂。其上諸水匯出罅，其前一澗明趨南。遂循上水穿竹樹，水左水右隨石注。旋高稍展密更蒙，屢折仍深寒欲煦。鳥聲獨嘎飛何枝，仙草偏生香此路。中間疎朗若平澮，盤崖赴壑乃類險。赤欄扶橋幽入坎，倒流鳴溪風急颭。蒼峯巨巖狹且嵌，峯陰成塞樹成闇。巖如覆屋屋如广，洞不可測龍蟄黕，天光一線照窮覽。金牛古道誰手題，洞雲溪月何端倪。洞刻「金牛古道」四大字。又「洞雲溪月」四大字。縱使鑿廣漢司隸，五丁所開誠無稽。人言峽中既苦石又患水，我謂患水或有之，苦石恐無是。高巖如城上無雲，大石如雲下有穴。回灣如磬泉丁東，對聳如門峯屼嵲。秦坤蜀艮此其遒，造物警策於發收。峽前幽絕後奇絕，故知後之脈絡維梁州，嶓冢沔漾紛幽蟉。

大安驛

寂寥大安驛，莽蒼大安軍。明日湘纍弔，晚山鵑鳥聞。葭萌關亦廢，嶓冢水初分。回首金牛道，長天橫片雲。

褒城

西逐漢江聲，山光入縣城。孫樵驛壁記，王遠石門名。碧野雞遙唱，連雲棧始行。蜀葵花總好，未免有離情。

擇石齋詩集卷第四十四

度雞頭關連日歷舊閣道處得詩五首

雞幘可云險，蜀行蓋未經。盤盤磴道仄，高高山骨青。箕山偪幽阻，褒谷插深冥。浸根一線水，聲響莫得聽。奈何石門塞，邈然歐陽銘。無路以成路，盤下尤伶俜。昨來春已夏，無一花忪惺。今過夏已仲，寒氣如霜零。蹣跚咎我老，是用煩輿丁。遑問丙穴魚，及麓心神寧。

架梁鑿石跡，目炫方方看。今者土石碥，不如古所難。奔濤逆我來，萬古響水灘棧名。盤龍塢既出，石龍灣已闌。依然堡子舖，山迴人家安。片片石無根，飛石崖飛石崖等俱棧名巑岏。稍前觀音碥，不作閻王觀。黑龍江聲壯，四塞峯青攢。架雲可半里，雲翠堆琅玕。架雲，亦棧名。青橋且逍遙，吾豈忘朝餐。青橋，一名逍遙。峯身樹叢綠，樹頂石太寒。延江偶山脚，險越苦屢干。鑿之凹乃跨，下上如馬鞍。馬道驛西有，蓋皆雲棧端。

樊橋何侹侹，寒溪亦深深。孤雲與兩角，聞猶祀淮陰。孤雲山與兩角山相連，其上石刻云：「漢相國何追韓信處」。淮陰侯廟在焉。燕子崖可巢，鳴玉出清音。樹石互荒秀，從茲忘古今。乃上虎頭關，詰曲褒水喑。蒼嵓疊高危，夏綠蒙幽森。泉懸峯四塞，上天橋迴臨。武曲遙見屋，火燒碥槮槮。碧綃明縠紋，石梯倚翠岑。上梯壑漏日，下梯泉盈襟。燕子崖、嗚玉、上天橋、武曲橋、火燒碥、碧綃、石梯，皆棧名，所謂二十四馬鞍之舊閣道，而行者誤以爲馬鞍嶺也。焦巖岸復岸，樹石諧翹心。方稀輒已過，愈勝遑重尋。道于右峯下，左峯偪欲侵。前後峯屢轉，水聲接風林。

武休關下水，西北仇池通。褒水太白來，入與棧始終。武關水合之，曲出石泉東。斜谷水自北，亦流于褒中。諸山黃草山，棧左青叢叢。連高復夾深，岸峭憑于谼。萬樹覆其上，窈然清氣充。草樹有雜香，畫眉聲則同。冷水又寒溪，會褒南渢渢。奈何將出漢，溝黑箕山童。

連雲武關半，已別臘魚潭。棧名。武關既疎曠，午景亦未炎。逆流緣峭岸，曲水抱重嵐。迭過馬鞍橋，樹石前逾忺。青龍寺躞蹀，青羊橋⿺走參䞨。偪入無路處，大山溪盡探。去時攬未了，歸來趣稍諳。雞頭關以北，畫眉關以南。褒中棧之勝，樹石泉峯兼。其上褒谷頓，又上斜谷覘。南口達北口，連連雲步參。褒斜行未遍，聊以最勝拈。

顧列星：「無路以成路」：以生硬澀滯之筆，狀詰曲崎嶇之境。昔人稱老杜秦州詩爲掃殘禿筆，亦所歷之地使然也。○「方稀輒已過，愈勝遑重尋」：大謝得意句。

題柴關嶺連理樹

枝峯蔓壑夏陰敷，小立紅亭日未晡。秦嶺蜀江人萬里，一枝連理見來無。青桐，樹也。一根挺雙柯，直上二十尺許。交枝連理，復挺雙柯，直上可四十尺。錢儀吉：此樹奇矣。

心紅峽

樹石泉峯最，吾將游太初。嶄然列青壁，未見有匡廬。山水可言性，靈明不在書。盤陀老苔蘚，清樾鎮相於。顧列星：「山水可言性」：「知仁樂山水」一章書旨，五字道破。

二里關下觀族祖施南公刻石「王道坦平」四大字，雍正十二年甲寅七月，知寶雞縣事鹽官錢界題。

萬里歸來立馬看，益門崖石自鹽官。遺民白髮他州徧，先壠青山半宅寒。永安湖之山葬近先塋，貧無半宅。隴首秋雲巴子曲，滕王高閣楚江闌。兒時相器今相感，碥路安驅老不難。

馬嵬二首

謫墮塵寰那再言，春風花蝶劇飛翻。丙申六月維丁酉，回盼君王已割恩。

密令移葬失西東，大海蓬壺總是空。不及興平坡卅里，縣人長記太真宮。李益《過馬嵬》詩：「路至牆垣問樵者，顧予云是太真宮。」今坡前立坊，猶題曰太真宮。

孝經臺

天寶四載秋，石臺甫畢功。遂奉兩本獻，光順門曈曨。聖文神武帝，訓注垂無窮。國子祭酒李齊古《表》：開元天寶聖文神武皇帝陛下。御翰南山壽，睿詞北極崇。唐之國子監，實惟今學宮。開成石經在，石刻唐宋充。環列庭左右，《孝經》立之中。四石合而方，華蓋以隆隆。唐遺見猶僅，質樸擅乃工。摩挲三歎息，至德何昭融。開元元年冬，講武驪山雄。二年如溫湯，亦不歲歲同。歷年三十五，華清照新豐。天寶六載十月，廣溫泉宮爲華清宮。敬哉茲臺建，展義克有終。

灞橋二首

白鹿原開曉黛滋，看花幾輩好春時。水邊楊柳婆娑甚，自笑行人兩鬢絲。

相逢相別漫相憑，到眼風光感不勝。長樂坡連人割麥，唐家諸后舊園陵。

顧列星：上首語淺而情深，下首語淡而意悲，深得中唐人截句三昧。

登驪山

寶坊大地陽春牓，仁廟西巡駐天仗。御湯賜與百姓同，秦漢隋唐跡無兩。使臣豈訪唐華清，當年聞説求長生。年年十月貴妃五家劍南旌節盛，從幸觀風講武按歌鬭鷄舞馬繡嶺東西横。十六長湯暖，大小毬場平。老子太上興不淺，羯鼓樓前玉像明。津陽門今在何處，縣門北向臨潼城。繚垣半曲細草亂，古柏萬株高烟晴。朝元閣已更，惟有金精在。老子像，云是太白谷中玉石所琢，天實金星之精。雕琢擅良工，流傳信真宰。星辰湯不改，復出海棠湯。依然一闋香詞讀，石上青苔照夕陽。坡下近復掘出海棠湯，金僕散汝弼《風流子》詞石，猶砌湯上。

新豐原

靈臺諸山翠，北下爲高原。蜿蜒可卌里，零口連坳墩。東原草纖被，西原樹緑繁。于中出酒水，其西有瀑園。四峯合飛泉，寂寞泉潺湲。水行且遠渭，小縣城開門。下邽我所思，蓮勺故不存。寇家普照寺，白氏紫蘭村。

齊雲樓

銀漢無聲此夜寒，長安何處望長安？紇干山雀飛來苦，《菩薩蠻》詞唱出難。

鄭桓公墓

古鄭漢弘農，司徒世靖共。從遷自新邑，葬考在初封。草碧如芰棘，林荒盍補松？緇衣風不遠，適館受從容。

西岳廟題名

華嶽題名者，其人五百一。歐陽集亦偶，治亂已心怵。開元迄清泰，身世證凶吉。世間山骨青，不枉掃苔筆。雁塔遍題名，進士聞唐年。宋僧塗壁後，刮壁愛復傳。刻于塔西南，字好稱爛然。石磨付小劫，廢院鋪春烟。岳廟搜斷缺，題者乃數百。明元金宋唐，碑陰并漢迹。豈惟祠岳虔，遊宦或從役。俄頃諸古先，笑言同几席。題名重當日，書法首魯公。我行佳山水，手搨箧屢充。慨然千秋名，常遇寂寞中。金石信多壽，何知斜照紅。

楊太尉墓

改葬潼亭近，來翔大鳥悲。里中夫子教，朝右孝安時。直僅傳三疏，清猶見四知。荒烟今七塚，定失袝孫碑。

顧列星：謹嚴莊重，與題相稱。

自蜀道回復過韓侯嶺感成六首

咸陽春草曉如熏，馬道寒溪夜自分。碌碌人間刀筆吏，紿君入賀本追君。長安人謂予：「長樂鐘室之地，年年生紅草一片。寒溪出馬道西，東與褒谷水合。侯亡至溪，一夜盛漲，不得渡，蕭何乃追及。」

高祖初心蜀已違，畱侯晚計蜀如歸。避於所棄誰相偪，躡足真王合悔非。

獨憑靈石賽如神，自出陳蒼跡未湮。等是東阿今日縣，青山不葬魯公身。

只此登壇大將旗，萬家守塚乃成悲。故鄉尚有淮陰水，落日應尋漂母祠。

盈野盈城殺氣腥，請從孟氏授遺經。不緣看盡孫吳輩，善戰焉知服上刑。

萬壟紛蟠一翠螺，橫開太岳下汾河。土門百里重重隘，險絕韓侯意若何。

趙北口作二首

紅橋綠水曉光濃，行殿風楊掃蓼茸。好似白沙堤上望，別來南北兩高峯。

西泠東畔讀書人，黄相漁磯近作鄰。三十五年紅芍藥，裹湖看雨丙寅春。

濠梁驛

降香江瀆返，連涉濟河淮。河復復如舊，淮清清自佳。民安惟帝賴，聖敬與天諧。楊柳人家外，秋飆颭碧涯。

懷婦病

秦蜀萬里歸，豈知病在牀。仲春我奉使，君健爲飭裝。病由清明始，是日至平陽。飄飖十旬逾，乃未得康强。還京趨雁塞，復命覲山莊。尋被主恩深，江南典試行。暑雨既連宵，藥爐朝不涼。有兒兒有婦，萬事宜周詳。我身日以遠，我心日以長。莫知死與生，音書墮渺茫。典試迴避，戒家書不得榜前達。濟南送君返，從此安其鄉。京邸十七冬，累君薄衣裳。謂予當復來，復來理所當。兒若進士成，兒婦同北航。君言幸而中，去冬犯冰霜。更攜女孫嫁，仍住宣南坊。同庚七十三，辛苦輒難忘。不知死與生，向天獨慨慷。燕山自青青，淮水何湯湯。相思重相見，相别猶相望。七月歲庚子，徘徊賦此章。二十有三日，迢遥過舟梁。此際君晚飯，趙婆數呼將。無煩念我行，後日滁州疆。作此詩時，夫人之歿已十有一日。辛丑注。

錢儀吉：趙婆幸矣。余乳媪亦趙姓，無以傳之。

醉翁亭

郭外風香荷葉浦，山中雨熟稻花田。泠泠如動醉翁操，落落重聞三兩絃。補種老梅生碧蘚，移來大石對荒泉。聖人好句題遺像，留與滁州在必傳。

題江驛

鵑聲纔聽浣花舟，驥尾真爲秉燭遊。十六年還尋浦口，萬餘里却到江頭。吳宮晉代鍾山色，漢寢唐陵渭水流。一種人間官柳樹，不論長短總關愁。

渡江

江浦縣邊江色秋，江神祭後放江舟。青山隱隱雲生際，白髮蕭蕭雪滿頭。信有南朝盛文物，始於東晉太風流。月寒天迥星光爛，惆悵曾登試院樓。

錢儀吉：第四句近率易。

秣陵

秣陵楊柳不勝攀，數盡歸鴉落照閒。蠟屐唾壺紛士女，投鞭麈扇此江山。終南涇渭消磨劇，三代唐虞闕略還。合遣端憂庾開府，渺然家國但衰顏。

翁方綱：實不知其意所在。

錢儀吉：意在憑弔江左人物之盛，偏安一隅，不見中原耳。公適奉使關中還京，未幾即來秣陵，於身事爲親切矣。

江城二首

江城涼雨濕涼花，鐘鼓樓高山脈斜。行過內橋多所憶，宣陽門啓是誰家。

秦淮相見問青溪，水自通江柳拂堤。朱雀航東桃葉渡，板橋南又夕陽西。

館朝天宫道士院

東齋自閉關，孤坐寂寥間。佛手柑堆琖，仙人鑑照顔。白楊驃騎墓，秋草冶城山。盡日聽多雨，無風拂更還。

九月八日聞張夫人訃

棘院斷家書，揭曉甫得知。外堂乃後齋，一哀此涕洟。舊門適中落，賴君實肩茲。居常豈不感，瞬霎已徒悲。蹉跎百年計，刺促一世爲。寒食君病日，我行過平陽。七月君歿日，我行次高唐。九月君耗至，我猶在建康。不知醫不庸，不知藥不良。君幽我暫明，報君以永傷。

宿攝山夜月步至德雲庵前坐松下二首戴編修名均元，邀爲山遊。

遠景捨後湖，勝侶强茲遊。瞰江最高峯，啜茗幽居幽。我心嬾于僧，并不與僧求。眾壑流活活，層崖木搜搜。東西濕翠間，千佛知所留。

一榻靜鳴泉，半檐涼出月。篁深下曲坡，萬影非恍惚。庵扉向山閉，我自松根歇。天光疎不籟，諸峯短突兀。已忘江外身，亦暫離城闕。

顧列星：語參禪悅，卻不落禪宗窠臼。

秋草

秋草萋更綠，鰥魚夜不眠。無燈照孤館，有夢落遙天。淮莫黃河入，江元大海連。山風何激切，頂髮倍蕭然。

顧列星：聲清以壯，調兼商角。

除夕奠內五首

老攜賜果出東華，獨樹軒中慰藉加。我是黔婁偏後死，紙窗風急炧燈花。

不知在北與歸南，長大諸雛兩地諳。樓上故房房後竈，旅人門戶累君堪。紀丁卯夏北行，至己卯夏夫人始來京，十二年之別。中間甲戌秋假歸，營先大夫葬。

重來去臘自江鄉，秦蜀歸看已臥牀。秋雨平階方屬纊，南行是日次高唐。

辛苦從夫那得甘，同庚七十已過三。同過七十君差長，生日春秋在濟南。夫人生于戊子正月二日，余生于戊子九月八日。
和淚深卮薦影前，與君同穴是何年？不成死別成生別，今夜人間獨黯然。

辛丑

錢儀吉：七十三歲。

恭和御製茶宴內廷諸臣翰林等題快雪堂帖聯句并成二律元韻

穀日祈年穀應符，詰晨朶殿集仙儒。壽開八秩春增麗，宴號三清道本腴。雪甲汎甌聆管籥，瑤林聯珮奉都俞。我皇恭儉還慈惠，歲歲恩光歲例夫。
堂名孟頫采于宮，風色時晴恰轉東。石本佳猶涿州補，奎章高豈右軍同。吟分鷺序茵相接，坐對鼇山曲未終。何取緗奩小蒼璧，穆然澹泊見淵衷。

恭和御製春仲經筵元韻

講學今瞻大成聖，集賢春侍列仙裾。乾能美利還陳矩，進講《大學》「此之謂絜矩之道」，《周易·文言》「能以美利利天下，不言所利。」宰有民人且讀書。以歲省方猶志闕，御製詩曰：「南巡去歲經筵闕。」惟文載道豈耽居？緝熙敬止皇心見，始憶顏淵曰舜予。

恭和御製經筵畢文淵閣賜茶作元韻

早春閣外雪花集，初日殿頭磚影移。茗葉靜香恩始入，樗材榮渥老應遲。近加聖誨中宵感，常切言箴末路私。校理祕文深湛露，成編敢後十年期？臣蒙恩總閱《四庫書》。

上巳朱學使筠初自閩還偕過法源寺歸飲其宅得詩二首

鄰寺稀來幾度春，春花應記白頭人。棠梨隔院紅猶欠，槐柳遮牆綠已真。細聽武夷輕櫂語，健扶華岳瘦笻身。閒時得見須尋樂，不獨風光爲禊辰。

子弟莘莘入品題，金昆玉友屋東西。藏書地小周旋劇，種樹年多長養齊。樺燭曲欄成酒事，草橋流水問詩蹊。憶甲午修禊處。漫因棘院趨承近，官裏心催報曙雞。

上巳後二日蔣侍郎招集北臺看桃花諸公約賦詩載以承命知貢舉明日入闈補作於西齋二首

春本無愁客自愁，春長春短豈知由。園桃風色扶雕檻，堤柳湖光盻雉樓。三十年來青鬢改，管絃聲裏夕陽流。稀疎舊雨成今雨，落托前遊付後遊。

人間容易是斜陽，檀板何勞勸玉觴。惆悵依然伴春住，慇勤聊且爲花忙。第四句用定圃大宗伯先成之句。紛紛寒食烟齊禁，渺渺江南草獨芳。不信于歸屬之子，全憑太乙有東皇。

翁方綱：「不信于歸屬之子，全憑太乙有東皇」：此則未通。

吴應和：後半二十八字，包舉數十年契闊譚讌、存亡序散之情，纏綿悱惻，含意不盡。此種又似大蘇筆墨，范、陸不能有也。

近藤元粹：後半絕佳。○使劍南作此，必有出色妙篇，決不止此等詩也。

試院小雨

辛苦三場試，懽忻十日晴。東風濕微雨，曉靄静高城。著物先花蘂，隨天遍麥萌。青旂回晉野，膏澤稱皇情。

與施侍御學濂沈侍御琳兩監試談江鄉春事

南宮賞雨勸添衣，話到江鄉樂事稀。曉艇錢塘湖打網，施侍御，杭人。夜燈濮院鎮鳴機。沈侍御所家。籬根水浸野薔白，陌上絲橫胡蝶飛。九十九峯春已老，子規猶道不如歸。先人丙舍在澉浦。

試院畫杏花

惜花天著畫花人，卻爲誰家點筆新。丹鳳樓東初日色，曲江亭上少年春。文章有格殊凡豔，風雨無端豈宿因？折取一枝留亦得，漫加朱粉任天真。

顧列星：語語雙關，卻是大方，不落纖巧一路。

闈中作

一世追思忍復云，東城燈下雨聲聞。詩書門第深憂我，柴米夫妻獨累君。禾諺有云：「柴米夫妻。」報德未伸兒女力，榮封徒貯鳳鸞文。涼秋靈櫬還鄉里，萬古新松爲起墳。

顧列星：記鄉先輩家蒿村先生悼亡句云：「四十餘年柴米累，教人何處説從頭」，純是糟糠家當。此兼清華之氣，故措詞更覺莊雅。

錢儀吉：此評録之。

自題畫墨花至公堂西齋

贏得滔滔孟夏臨，畫梁哺鴿睡蛇侵。嬾舒抹月批風手，粗費鈎花點葉心。觀象臺高通院肅，聚奎堂寂隔門深。川紅坐與城南憶，勒住春寒十日陰。

憶檀欒草堂前海棠花

去年行役及春陽，萬里幾于見海棠。老卻成都子規鳥，空來四月碧雞坊。孤吟莫得徵花譜，舊會端宜屬草堂。咫尺相公鮮錦萼，明朝放榜待飛觴。

顧列星：清空如話，一片神行。

憶蔣侍郎家紫藤花

見君十幾歲時栽，三十年多滿院開。壓架流蘇萬纓絡，飄茵紺雪一莓苔。

先朝賜宅憑歡醉，落日聽歌未擬回。不獨馮家海棠好，成團蝴蝶北城來。

擬出貢院後種菊于花塢書堂

不住澄懷近兩年，馬蹄一萬里贏千。中間已作無妻老，瞬息都關有命天。且要秋花籠錦石，仍妨夏雨疊苔錢。裌衣補綻凴誰手？當日山籬斷爨烟。

送陳郎中朗出守撫州

同郡同朝我更迂，頻年行役欠相於。解元早有春風筆，比部今來竹使符。一晏二王三陸地，人心風俗紀綱圖。登高靈谷山頭酒，卻老萸囊肯寄無。

送夫人靈柩至張家灣登舟

行行國東出，八月曉星闌。君是鄉園返，吾非夢寐看。船檣自風正，灣水未宵寒。已辦藏千古，休令感萬端。

九日集獨往園相國有詩次其韻

老矣難勝髩髮涼，相催相喚作重陽。年年徑蘚秋逾碧，采采籬花晚獨黃。高興祇應蒙一笑，深情猶欲勸千觴。海棠自是檀欒樹，兩隔春風憶醉場。原倡落句：「誰知詩老豪猶昔，預判繁紅醉一場。」注云：「余家海棠，擇翁未見者二年矣。」

攆石齋詩集卷第四十五

恭和御製雪元韻

臘雪乘時賁三白，冬至日大寒，後復微雪。茲立春前十日，雪積四寸。聖心五夜喜臨晨。麥萌被壠安村舍，梅片漫山拓地垠。萬國兆豐唯所澤，九霄涵煦卽吾民。邵雍可悟春都是，泰象今開百歲春。御製《三十六宮都是春》注曰：用邵子句。

題詞卷三首

驛壁流連便繫恩，詩人心性總難言。芭蕉卻到黃昏雨，不記城南是沈園。

吳郎豈要賺清詞，祇恐無端把玉巵。王謝堂前新燕子，宣和殿裏小宮姬。

由來二月月將三，妙伎當歌儘自諳。和淚匆匆在羅帕，杏花春雨憶江南。

壬寅

錢儀吉：七十五歲。

恭和御製經筵畢文淵閣賜宴以四庫全書第一部告成庋閣內用幸翰林院例得近體四律首章即疊去歲詩韻元韻

仲春閣下廣筵列，方沼庭中晴晷移。親校充踰萬籤富，加詳耐向十年遲。酉陽汲郡雖多祕，芸館蓬山不少私。甲乙景丁荀勗采，慶先一部副昌期。

語曰先難尚矣哉，繼今三部速陳來。經天緯地丹鉛出，裕後光前竹素該。芳醑禮行皇嗣酌，玉階恩殖眾臣材。集成自有圖書後，講殿深趨宴賞陪。

十八瀛洲學士歌，大羅天雨曼陀羅。陽春養物歡無量，聖主崇儒吉有他。持較漢唐難較是，臣攷漢天祿閣、唐集賢殿猶遜于今。陋如永樂得如麼。讀書兩字躬行足，稽首乾元藴太和。

河東待問非三篋，太史書功欠一籌。內出頻繁霑賜徧，晚歸鄭重笑攜不。特從孔子尊文藝，概與前朝闢謬悠。高閣深深羣玉府，天家清氣萬年留。

馮相國檀欒草堂賞海棠

蜀道風光夢去賒，檀欒依舊見明霞。春纔病起能觴客，我已詩慵欲負花。欄影自深禽語靜，柳緜不少鬢絲加。縱無樊子歸相憶，未遣貧中讓白家。白詩：「病與樂天相伴住，春隨樊子一時歸。」又：「貧中無處可安貧。」又：「的應勝在白家時。」

恭和御製幸避暑山莊啓蹕之作元韻

頤和本是心無暑，法祖端宜歲有行。萬禩涼臺臨佛國，七程迴塞護神京。啓蹕至山莊，歲以七日爲程。天風綠野斂輕靄，夏雨青林開早晴。村落歡瞻祝多壽，最知三祝見民情。顧列星：「頤和本是心無暑，法祖端宜歲有行」：立言有體。卽一避暑間，具見本朝聖聖相承之家法。

恭和御製過懷柔縣詠古元韻

《書》云乃武文，《詩》曰允文武。大哉我皇文武二柄兼，馭外廓基光烈祖。視邊近出五柳城，彈汗懷柔唐跡撫。重爲誥誡，貞觀開元，武剛文柔各有偏，剛柔得中則可久叶。至哉豈惟二柄兼，所其無逸敬作所。聖化風翔不記里，伊犁遠訖無踰此。廓乎漢唐宋遼金元明而中外定於一，蓋智周乎物情之千萬什伯與倍蓰。執中用中應乎中，天下歸仁先克己。是以任賢文武惟其人，闢門明目更聽耳。

恭和御製常山峪行宮三疊舊作韻元韻

青石梁趨後，常山峪倚前。萬松平谷裏，一水濕雲邊。舊徑還登履，新書恰對筵。聖之時以學，仁者壽於年。峯慣相迎起，花仍自愛妍。塞垣深締構，祖澤大承肩。

恭和御製永佑寺瞻禮元韻

壽皇殿閟展儀崇，安佑宮深孝享衷。神御禮行皆愛慤，山莊地創復親躬。古稀天子今瞻祖，六十一年長繼風。何論衣冠漢原廟，不將宋代景靈同。

夜涼

夜涼雨初止，天迴露微零。山不響𥌓𥌓，樹無飄點螢。葛衫紈扇老，苔壁石堦廳。便及曉趨直，閒殊門引鈴。

得世錫書卜以九月二十六日葬其母夫人於嘉興縣九曲裏之新阡感成追憶詩二十九首寄焚墓前

夢醒人自過灤陽，今夜壬寅雨後涼。乙未君猶帝城住，匆匆己亥在江鄉。乙未、己亥載皆扈從熱河。

翁方綱：坤一每喜僂數千支，竟像星平盤子。

一世驚爲死別分，六時心斷那相聞。來生便復生同室，已是何人不是君。

喪歸無恙賴神明，河水東侵八牐行。邸舍家門心孔棘，寒風竟泊秀州城。

生未曾居數去聲使然，諸雛百福巷方遷。回溪老屋稱新婦，深仗漂搖廿許年。

哀哀我母殯于堂，跪與亡姑櫛髮長。行次外州君殮矣，此心那不此生傷。夫人卒于七月十二日。載奉使江南，是日次高唐州。

風雪還家父病危，一言火急藥鐺時。丈夫牖下何須淚，家事無專汝婦知。

十八年纔京國同，既歸復至雪飄風。濟南四照樓前水，大段梳頭吃飯工。吳諺云：「十月工，梳頭喫飯工。」蓋言日之漸短。

豈有剛腸使耐貧，篋遺破襖痛吾親。宣南坊底年年雪，未索溫裘一被身。

安問銅簪伴木梳，一巾盥嗽十年餘。北行隔歲書陳几，歸日依然未徙書。元年丙辰應詔北上。

木訥居然不自娛，兩家父母謂言殊。弟兄姊妹年來少，八秩惟應望六姑。

回門癸丑食猶寒，惇裕堂前種玉蘭。五十年來花已大，外家風景問平安。吳俗，嫁女初歸曰回門。夫人之嫁，外舅外姑前卒。

池環榆柳岸圍桑，好是軍家宅外廊。不記雙雛隨母立，向南連畝菜花黃。雙雛，時則世錫、鴻錫。

祖母南山葬甫寧，中男病夭哭零丁。阿鴻此際應扶母，難道身低尚八齡。鴻錫之夭四十一年矣。

小兒女慣破新鞋，手線風檐閱日皆。已矣昊天無報答，我生豈不免於懷？

南山葬母是家山，明歲全家一櫂還。癸亥暮春春日霽，先墳曾拜萬松間。先妣葬以壬戌，先公卽營壽藏。其山近六世祖孝廉魯南府君墓、五世祖戶部巨源府君墓。兩山之右，坡麓連屬，古松新松萬株。

家忌陳籩總不忘，一如我母教兒行。城南除夜懸先像，最是更衣出後堂。

褊性狂生負舊門，太常侍御疏空存。窮愁妄罵嘗相及，詩酒而今悔莫言。

二人廿旨幾曾安，也儘妻孥不餒寒。今日脊梁猶未斷，算來輸卻一生難。諺云：「窮斷脊梁。」

君嘗語我苦爲人，願力來生作樹身。稽首虛空寧復我，是人非樹又何因。

病急焉知沸藥爐，太平關夜禁烟孤。家山不夢渾如夢，夢破君今夢定無。庚子載奉命告祭于秦蜀。二月二十九日清明過平陽，宿史村。得詩，落句云：「未應紛古意，政不夢家山。」豈知夫人于京邸以是日嬰危疾也。

起坐三番切與箴，歸來蜀道病旋深。書房向後言母讜，寸晷猶關事國心。

翁方綱：「母」作「毋」。

苑東寒食直廬晴，來看山光杏萼明。白髮青裙車一輛，攜孫纔此出城行。夫人居京城十八年，惟丙申春月出城。

四照樓高泲水流，八窗飛翠碏華秋。買船南下臨當別，自說看山更上樓。

深院閒庭見種花，丁香桃杏刺梅奢。濟南别後還京住，花在鄰牆隔一家。

安橋曲曲水連鄉，聞道南還輒葦杭。辛苦一蔬錢氏女，白頭上冢見爺孃。夫人丁酉還家，以戊戌清明至安橋，祭外舅漢師先生、外姑沈孺人墓。

聞將起冢蔭松柯，有日親朋送我歌。癡想月明風雨夜，不難無米紙錢多。

近西作舍白雲扉，登壟丹楓要四圍。寒月于歸雙燭下，豈知此地是真歸？已丁寧諸子夾墓種松，松外四周種紅葉樹。

我北君南斷續緣，流塵想見故房邊。小樓月午窗櫺白，不得同看竟卅年。

歸日相尋一短笻，便留西舍老如農。社醅若何治雙耳，曲岸蹣跚過聽松。

題後三首并寄

零星掇拾漫云云，大體猶存略似君。那不生時常與說，今朝一紙墓前焚。

諸兒諸婦哭聲吞，一女諸孫又外孫。向墓慓颺君且笑，平生此舉尚知恩。

只當秋風酹一杯，水流應不此腸迴。他時葬我詩誰寄，方相前頭自唱來。

種草花

山鄰我猶客，市擔草皆花。雨裹雜紅翠，牆陰連整斜。酒慳惟茗對，畫嬾且詩誇。武列水東館，生涯何有涯。

埋老馬

塞天牧可放，夏月草寧腓。矍鑠方縈策，虺隤乃脫鞿。幽厓坎深掩，落景僕遙歸。折髀亦爲福，淮南曾所希。

再種草花

昨宵秋已立，七月朔將新。顔色凴花擔，工夫替草茵。戒慵嬉細事，圖暢健閒身。更汲門前井，皆成塞上春。

顧列星：「戒慵」一聯，字字有汁漿，宋人得意句也。〇「嬉細」、「健閒」，詩家所謂雙聲是也。

恭和御製寫心精舍元韻

超然書屋名，穆矣聖心寫。河歸舊川兮，惠以龢民也。北口青龍岡，築濬歲縈惹。曰咨南岸更，萬福來可把。斯民祖宗民，承家之大者。雅詩歌是宜，君子見弗捨。

恭和御製烟雨樓對雨元韻

非雲非霧雷先鳴，重檻賞值天瓢傾。撒玉千疇水稻色，跳珠一沼風荷聲。高明臺榭舞山翠，左右圖書流顥晶。幸是澹湖蒙攬勝，署耑采八御園名。

恭和御製題文津閣元韻

書庫初成宴早成，依前勅準館中卿。二三四部六年竣，寫校編官親覽程。文溯充惟盛京送，山莊貯並御園贏。臺西有月高多趣，閣上重傳翠墨盈。

恭和御製哈薩克馬元韻

我邊伊犁西北哈薩克，遠暨土爾扈特部，各傳哈薩馬蕃許其就暖牧。南並土爾扈特近我邊，兩部來服先哈薩，游牧就暖年復年。去冬馬佚土爾扈特地，雪花如席乃致牛蹊田。其王察知鄰馬告邊吏，塔爾巴哈駐臺地名大臣入奏焉。帝嘉土爾扈特王之克恭順，爰詔哈薩克人領其多馬還。昭獎賜幣外藩式，作歌紀事中誠宣。維皇脩和應枹鼓，保我烝庶除撟虔。薄來厚往親以禮，畱屯殖穀無邊患。兵之雷霆萬里懾，德之雨露萬國安。陋彼大宛之徠非今哈薩産可較，舊以哈薩克産馬，多謂即古大宛。御製有《讀史記·大宛傳》詩，早辨其訛。何況還馬馭遠聖化之大參昊乾。

恭和御製題所仿倪瓚獅子林圖五疊前韻元韻

《獅子林圖》祕石渠，御臨全得逼真書。軾之論畫神惟似，瓚可與言曰起予。題已五番申大雅，御制元韻曰：「圖成題已五番書。」園非獨樂甲姑胥。嗚謙貞吉撝謙利，萬化心如一藝如。

攡石齋詩集卷第四十六

山莊書房入直

麗正門趨曉靄蒼，高齋別院進西牆。宣于便殿垂詢悉，奉以閒身聚學常。家法萬端勤且儉，文心三古漢還唐。庭柯葉茂先朝植，山鹿鳴初孟月涼。

散直

散直歸來野趣漻，喜無塵土奈多蠅。闌珊弈謝衢州祝，寂寞聾叨許縣丞。深坐袷衣羣岫列，早秋虛院碧霄澄。吾家烟雨樓前水，十里涼風正采菱。

恭和御製晴碧亭憶舊元韻

東方升日日華晴，午運開天天宇碧。聖齡十二承祖恩，早侍山莊賜山宅。近亭臨水迓蘭舟，聞語呼名下雲壁。眷以安趨寧厥躬，仰惟慈念深當日。亭陽萬壑松風山，松今合抱山猶昔。白頭宮監無舊人，維茂龍姿光叡質。六十年遙敬不忘，億千壽大勤無息。前壬寅甫今壬寅，後聖德如先聖德。

恭和御制題戒得堂元韻

堂記初鐫更與詩，道心相感總隨時。聿觀新構仍懷祖，誕保前模尚振詞。蒼蘚鋪庭平若薦，濕雲繚樹軟同披。聖惟戒得超常解，請雨如期輒得之。

恭和御製古松書屋作歌元韻

有松有松栽何年，輪囷磅礴無其前。青牛老子之樹既瘦且禿莫與齒，黄帝手植之柏至今蔥翠可比肩。御園幸際聖人賞，蒼穹上摩厚地蟠。松兮松兮感所緣，一室方丈濃陰間。今辰古稀天子拈此示，我佛如來微笑爲便旋。非惟參，唯賜然，初幾無字傳。至人心鏡朗圓照，一如天之何言，而於松適寄焉。

恭和御製偶見元韻

聖人憫麑作是詩，民如赤子保弗委。親民不若秦西巴，豈不屬毛不離裏。官如酷吏史且傳去聲，境無苛政婦不徙。仁心及物去害民，豈惟去之寘之死。林中斑鹿仙囿遊，銜草鳴麑駭其耳。畏人捨麑逸其母，莫能相顧豐草美。肩輿看山適見之，不忍其母棄其子。命人守視頃焉報，母來領子兩完矣。不忍政根不忍心，孟子牽牛仁術是。禁麛射麛禮各然，吏而忍民乃如彼，凡不憫麑具告此。

恭和御製霞標弗待月元韻

霞標之臺登待月，迴馬下山昔則然。山流素光任屈曲，馬踏清影煩盤旋。親御鞍馬講武必，夜遊可采方朔焉。御製元韻曰：「萬山之中夜跋馬，自覺磬控艱周旋。有如銜橛，亦何要身先去聲，習武寧渠謂此焉。」臺端待月今則否，玉鞭金鐙夜行止。是日肩輿上翠微，新情舊緒題相語叶。宜文宜武操永圖，可逸可勞誠偏喜。古稀天子慎身脩，宣于山月道至矣。一日千里周以時，惠養驊騮與騄耳。

恭和御製批摺元韻

中外奏用摺，御下執其要。何分甲乙夜，親覽歲彌劭。厚生穀攸先，時雨豐乃告。高者雨勿旱，下者雨勿澇。今茲大有書，溥暢田歌調。六月三旬間，五風十雨膏。應禱或速遲，催耕如好樂。京畿十五省，邊部迭奏報。于胥勃然興，未有不曾到。硃批軫復深，夫豈言語約？時雨幸時賜，如淖那弗淖。穹蒼答惟馨，岳牧敬無傲。

恭和御製蒙古田元韻

邊卭耕獵牧，三者不可去。蒙古寖忘舊，乃惟力播穫叶。昔時靠天收，猶不廢獵牧叶。恭繹元韻。蒙古舊俗，種田畢，舍之去，不復耕耘。及秋穫之日，靠天收。國家設用之，從征在軍務。農而不習武，是宜善所慮。洪惟文皇朝，大勳紀掌故。蒙古實先服，勍者使備豫。今聞青海嬉，嘗偪黑帳懼。黑帳房，番人。耕稼何不爲，獵牧何不作。邇者青海好飲偷安，番人不惟不之畏，轉被劫奪。蒙天恩訓飭，令莫忘舊俗。厄魯特諸部，獵牧豈其除。給之暖地耕，飽則遐情固。如村版升稠，依山種落庶叶。恭繹御注。蒙古語土瓦屋曰拜牲，明人訛爲版升。馴爲邊外風，近同邊內趣。皇心顧以籌，邊部還其素。射獵畜牧勤，兵卽農隙寓。爾田報有秋，舊俗重宣諭。

錢儀吉：「農而不習武，是宜善所慮」：昨見秋潭相國《東使》詩，意正如此。書生但知重農，尚未見及。此等詩不可不讀。

恭和御製上駟元韻

天蓋而地輿，四時則爲馬。陰陽以御之，《淮南》辭蓋寡。牧與御道殊，歸之皆馭下。牧善斯御善，藝二道一也。卜式謂治民，猶牧固猶若叶。愛馬喻莊周，乃弗筐蜄舍。敬誦上駟篇，時乘月維夏。物理適在觀，蠅附驥如訝叶。清塵風自清，或亦蚊虻惹。禮難天駟隨，麾以玉麈把。方其秣天閑，適然僕緣且。愛而常過之，頃同不及者。是心歌宜頌，是心歌宜雅。尚秉職惟勤，攻駒力毋假。用愛權其中，穆然聖心寫。

恭和御製題鏡香亭元韻

靜觀戒得堂陰沼，心鏡如斯本不磨。相印光明照天月，自涵芬馥出風荷。柳絲傍檻還如拭，翠羽窺奩漫作窠。富貴有那無隱者，不惟君子采芳多。

恭和御製助夫元韻

帝寫愛民心，如寫熏風絃。北隄繕且䪥，南渠改而穿。公役無私役，新川歸舊川。增防作重隄，掘地輟民田。爲民以棄地，仁經乃智權。百六十里餘，夫少力恐緜。河兮脩是亟，夫兮多又難。河南請助夫，直隸山東連。爲民復爲民，惟帝籌其然。山東水侵矣，直隸歲豐焉。不豐役代賑，無水役徒艱。下將勞民往，上祗愛民還。及秋催未蕆，涉冬展何愆。必勤完一闕，毋廹善兩全。工興多給直，家法常承前。給直心仍憂，減夫心特傳。豫夫力從容，免使鄰如遷。東役更議之，北役速舍旃。我民皆所愛，我民皆所憐。初權輕重際，再權緩急間。萬國聖皆仁，于兹適見端。山木則自寇，膏火則自煎。民奚咎于河，瀆靈福早延。深深渠既通，高高隄既堅。翠華望臨觀，休役我車煩。桃花岸南北，漁者歌春瀾。

恭和御製清舒山館元韻

聖祖早建儲，晚猶扁承慶。題額于内書堂曰「承慶」。皇天在萬年，聖繼復繼聖。萬年以繩繩，世寶大寶命。仰聆山館篇，重誥後來聽。儲宮昔此居，撫跡可弗儆。大哉天下家，惟肖在能敬。有道信云常，于民又何病。巖巒望豈遊，結構思方怲。松宇秋落濤，月庭夜懸鏡。

恭和御製河源元韻

聖治運天綱，乾惟大德四。懷柔歆百神，無疆利行地。治河今探源，沉璧夙有事。必于源禱神，壬寅遣使祭。使還圖以陳，親覽按其至。廓增舊所傳，沿溯真斯備。星宿海超超，鄂敦淖爾是叶。御注：「鄂敦卽星宿，淖爾卽海也。」湧泉綠千百，黃則不可謂。惟一西南河，黃金義托寄。其水色黃金，三百里獨邃。屈注星宿海，上流無雜廁。蒙古蓋稱曰，阿勒坦郭勒叶。御注：「蒙古語阿勒坦卽黃金，郭勒卽河也。」由此達更上，其西大取義。北極星石高，亦繙蒙古字叶。御注：「阿勒坦郭勒之上，一巨石高數丈，名阿勒坦噶達素齊老。蒙古語阿勒坦噶達素，北極星也。齊老，石也。」一石峯孤標，旁土崖壁意。土皆色黃金，卽色端倪契。其上天池噴，黃金色潭積叶。下趨黃金河，一源出不二。鴻文正嶽瀆，精鑑豁蒙翳。河兮導復疏，九曲來萬里叶。并川千百渠，其流誠匪易。黃金河之上，天池黃金色叶。探源可治流，惟德馨乃致。《元史》星宿海，始見名弗異。《爾雅》崑崙虛，色白殆漢記。臣謹按：《張騫傳》「窮河源，天子名河所出山曰崑崙」云，則《爾雅》「河出崑崙虛，色白」，已竄入漢人語。至于東北隅，莫證恐猶僞。《山海經》云「出于崑崙之東北隅，實爲河源」，則又沿《爾雅》也。今說皆以《元史》「所窮星宿海」訛譯曰「火敦腦兒」者爲漶，但《元史·地理志》僅得「星宿海」，未至「星宿海」以上。遠藩僻境收，新蹟靈源示。河寧萬福同，天賜賴君賜。

曹侍講仁虎招同曹少卿學閔張侍讀燾程編修晉芳陳編修崇本飲

頻年旣于役，內直況有恆。遂疎城南侶，莫得好會徵。髩霜已如許，實賴同道朋。周旋幸相假，言笑尚克承。少卿昨見客，庭院瓜蔬塍。君家汾水陽，野興乃爾憑。今朝錫壽堂，易主凡幾登。黃花後軒列，返景西偏仍。停觴亦非醉，攬緒忽在膺。雙童但解事，捧硯張華燈。自朱學使竹君歿後，及今秋稍涉文讌。

翁方綱： 君與竹君何嘗心知，而惓惓如此者，僞耳。

補作重陽會於獨往園

西城霜信發林皋，南市津門到蟹螯。三日已愆仍此地，十年常會屬吾曹。青山閣上吟猶健，紫塞歸來飲更豪。俯仰不知身是客，相尋何必爲登高？

近藤元粹： 後半又妙。

佚名： 詩中「健」、「豪」之字，可評此詩。

對雪

梅花柳絮不同時，臘近春生又見之。歷落每成高樹戀，飄翻如解故園思。風前尊俎禁雙髩，月裏山河徹四垂。開拆海紅窠石畔，水仙作配趙昌知。

錢聚朝：「徹」爲「澈」。

上書房詩課盈冊和作三首

詠雞缸

金缸纍百玉缸千，只欠成窯畫彩鮮。芳草鬬雞春興托，新城秀水舊聞傳。萋迷江漢閒游女，濩落清明劇少年。今夜一杯歌一闋，白頭起舞雪花前。

太平鼓

鞔得圓棬蕳紙輕，左持右擊伴童嬰。喧如荅臘高低節，響徹衚衕內外城。白索戲連仍習俗，唐花催徧應升平。那知燈市今年盛，燕九前頭不住聲。

雪水

陰凝爲雪消仍水，商略春芽别有情。耐冷非夸陶學士，歸真不幻耿先生。何妨品落山泉後，張又新記雪水第二十。政要詩隨石鼎成。壓遍崦梅三百本，泠泠澗道汲來清。

次韻奉答馮相國十一月晦日雪保定見懷

暫鎮三持節，新吟六出花。金臺梅信未，白髮墨行斜。城静如聞屐，堂深已放衙。座中應有士，知不僅劉叉。相國奉命三攝總督直隸。

酌查大中丞禮同曹侍講仁虎陸大理錫熊集程編修晉芳齋

今夕相呼醉尚能，蕭寥容易見飛騰。銅街訪舊爲歡暫，巴徼從戎出險曾。開府勳名自青史，鄙人心眼只紅燈。湖南歲稔宣醲化，岳頂雲收拄瘦藤。

萚石齋詩集卷第四十七

癸卯

錢儀吉：七十六歲。

三月四日清明右安門南甲午修禊處感朱學使筠

青山忍思歸，白髮猶戀恩。出逢墦間祭，適趨海子門。已催路柳色，未回沙草痕。舊遊旋軫係，獨佇横襟煩。瞻林有斜暉，藉地無清尊。方橋自侹侹，曲渚還沄沄。降才良不易，績學尤難言。中道失斯人，真宰知其原。淒淒此山陰，漠漠彼蘭蓀。和風亦相煦，落英徒爾繁。

翁方綱：謂感竹君者，非其實也。

顧列星：《選》體中淡雅之作。

歸舟述四首

際聖拔於衆，被恩休以老。微軀曷堪勝，迅晷徒自保。帝德大日新，化成隆久道。晚達受鑒知，庚子冬被旨：「錢載本係晚達。」陽春備小草。報答寧有待，科名雖不早。今猶叨雨露，未即就枯槁。

徒叨主上恩，實闕進退思。七閏十九歲，一日十二時。豈無一刻心，豈無一事知。迂踈偃仰謝，薄弱蹉跎隨。古賢傷不遇，遇矣今何辭。不能由自棄，自棄難有爲。

依依不可釋，切切何能攄。夏病秋發舟，水逆風鳴渠。棗熟山東晚，楓落淮南初。迴瞻北州郡，一一遠以踈。毛羽且知報，鬢髩羞弗如。禁門闢五更，冬雪徒冠裾。

來年翠華巡，江國方六度。三月嘉禾臨，十日聖因駐。願如滮湖水，復似蘇堤樹。碧瀾承御舟，金縷翹輦路。臣身及蕭衰，臣心比童孺。切切重依依，仰聖感深遇。

蔣侍郎贈盆桂舟中盛開

放纜隨千里，分叢及二旬。都將心與送，凂以夢爲因。露曉曾添葉，根盤不受辛。「褭回受辛盆」，薛季宣《石盆》句。故山天意厚，芝菌靜相鄰。

東昌待牐

汶來須不淺，銜尾度糧艘。晚飯黄花菜，秋風白氈袍。歲知東郡稔，天仰北辰高。有慶瓜低蔓，河渠伏故槽。

李海務待牐鄒給諫夢皋歸舟至奉簡

司業好兒郎，黄門合返鄉。餞余纔隔月，請假忽連檣。津吏開三板，秋鴻去一行。東林如可訪，短杖卓苔蒼。

顧列星：「秋鴻」，句語意雙關，對法亦極活變。

白髮

白髮何妨有，丹心不可無。功名豪傑事，道德聖賢徒。枕上蛩聲亂，村邊燭影孤。悠悠深自恥，莫唤挽船夫。

賤日

賤日難家室，高天及子孫。幾曾襄大務，維是荷深恩。絲誥山陲壟，秧疇海畔村。來生安可必，補報矢空言。

翰藻

翰藻誠無益，乙未六月蒙恩召見于山莊。上兩及之，曰「詩文竟是無益。」恢張況不工。人才隆世道，科舉敝儒風。孔子尊三策，班書贊數公。自聆天語聖，方企德先功。

先壟

先壟山臨水，高松露變霜。掃除幾積蔓，跪拜孰銜傷。殖穀農斯上，瘝官士豈良。縱多陳楮鏹，難一告幽堂。

九曲

九曲灣環土一限，諸兒葬母未成堆。他時薛碣題同穴，去歲邊鴻寄永哀。詩即淵明難意表，人非元凱有將來。奢心松柏連楓槲，近墓添教兩樹梅。

謝鄒給諫

纏綿誰說萬緣空，寂寞惟愁兩耳聾。補以三餘追季直，加於六悔拜萊公。穿渠汶水今秋淺，待牐檣燈昨夜紅。多謝道鄉賢後健，隔船餉鴨使餐風。

孤坐

百福巷將見，宣南坊已辭。兩頭兼所係，一念鎮相隨。孤坐日深照，長吟風緩吹。飽餐還斷酒，傳與子孫知。

早起

遲眠非不許，早起更無難。盥漱心先洗，爬梳鏡只看。神靈一芻狗，日月兩跳丸。來去終成有，當前才是安。

攜歸

攜歸晚香玉，伴得兩丁香。南國遠根徙，西村新族昌。將種之九曲裏之西舍。紫荊遍生意，雨露有恩光。如在鳳城日，葳蕤皆馥芳。

錢儀吉：「紫荊」，疑「柴荊」之誤。

錢聚朝：「紫」，疑「柴」。

復述

初辭病葉難忘本，已倦昏鴉合返林。家事漫隨粗了定，君恩常到默思深。申祈天慶綏于萬，普畀民豐永自今。盆桂船窗歌數數，岸楓村旭伴鬖鬖。

城裏

城裏明明徑，堂前歷歷塵。親朋自童稚，翁媪到鄉鄰。曉井嬉擔水，霜街叫買薪。似聞盲嫗病，九十歲過春。

張嫗三首

方嫗侍先妣，所生于世辭。傷心一棺側，抱我六齡時。弟妹連年歿，歸休獨向悲。蒼天俾難老，子女乃無遺。

汲井晨扛共，關門夜橛同。父遊兒塾外，母代婢廚東。家已珠兼桂，天幾雨又風。回溪堂上教，應尚記先公。

衰年七十八，嫗長舊人存。竹杖扶教緩，緜衣著使温。慣勞身故健，多淚眼先昏。見日如追昔，心傷媿更煩。

憶西湖

斜日輕風燕尾船，桃花楊柳六橋烟。人生百歲常難得，天氣三春亦偶然。驚代麒麟真畫閣，戀恩鶺鴒孰題篇。鱸香蓴滑元相憶，不見西湖廿八年。

明年

上馬非貙虎，扶犂必草萊。寂寥三寸管，惆悵十分杯。韓愈詩中蝨，陳摶坐處灰。明年東海上，九日獨登臺。

卻輓馮相國

早聽詩名白下門，晚躋政府數相論。風期澹泊平生事，夙夜虔恭主上恩。花落北城深臥病，雁飛南國遠傷魂。去年猶補登高會，何日重尋獨往園？

憶檀欒草堂海棠

滿意看花病主人，門深院靜不開尊。風簾此際莊生蝶，蘚砌當年漢相茵。七十已過公更長，畫圖雖在樹休春。嘗爲之寫影。傳將一掬無情淚，灑與芳根散六塵。

開牐

檣燈自相引，牐吏亦何求。節水回南漕，愁風上北舟。魚蝦前路賣，梨柿遍村收。李海務邊好，孤吟十日留。

馮編修敏昌銘端硯二伴椰杯二贈行卻寄以謝編修欽州人。一銘云：「筆食葉，名山業。」一銘云：「水巖之環匠琢之，以佐吾師畫書詩。」

千秋已失九秋又，六絕誠難三絕無。北壁石誇南壁石，人心珠勝海心珠。後先鄉里瓊山起，左右衰遲璧友須。椰子一杯花萬樹，明年春好在西湖。

食芋

旱畺水則芋，喜得煨爐頭。那必三年采，諒云昨夜收。種之根深深，澆之涓涓流。鋤之草莫生，我本齊民優。田居九曲裏，雨移千竹修。其陰樹短籬，其下開長溝。雜以慈姑屬，連以小畦儔。葱本韭薤區，蒿芽蒜荽稠。可食皆名菜，從茲不外求。霜果況早摘，春醅亦已篘。天晴出孤筇，村近尋鄰叟。多謝兩黃鵠，歸歸行自謀。

我鄉

口耳追前哲，山川若我鄉。正惟多德業，殊不少文章。逝矣顛毛白，歸哉落葉黃。平生無一可，長水自言長。

淺

一水分南北，千艘視疾徐。秋風戴家埧，白老宋尚書。長絙盤多力，輕篙拉弗如。泉源應偶短，向亦歲深疏。

歸興

睡時不肯老如何，銜曉張帆興且多。蘄口村聲連雨隱，鄲州山翠拂窗過。大樗漫托莊生社，春夢休煩學士婆。後艢已開前艢放，吳歈一曲近鄉歌。

蘄家口

叱犢呼雞野色蒼，蘄家村小夾河長。髩絲三十年前客，堤柳陰陰尚未霜。

出山東艢後寫望

天依山色平遠，樹到春光二三。雄鴨頭波畫舫，誰能不愛江南？

清口

乙亥冬經北，寒風此乍歸。簪裳虛十閏，城郭有雙扉。頻歲咨淮甸，安流照帝暉。車螯如可買，何必鯉魚肥。

過露筋祠阻風夜雪

纔得北風利，風號不可行。祠荒村黯淡，水急樹縱横。夜雪聞來驟，家園積已盈。歸心向江口，寒柳認蕪城。

野泊

左環江海右河淮，白髮烏篷滯一涯。大野狂聲風不定，長空寒勢雪相偕。薄他明遠難行句，謝爾柴桑快飲懷。天地高深須警策，梅花好自傍山齋。

草堂

山屐茶瓢半有無，老梅寒菜未疎蕪。十年夢寐先人墓，萬里歸來不肖軀。北巷蟹行橋水縮，南鄰銀杏樹霜枯。賜書賜帖凴開展，聰聽如何勉令圖？

甲辰

錢儀吉：七十七歲。

西城錢園祝氏買之雍正乙巳後故人文酒於此

蓋二十餘年今唐侍御買之過而感賦

名園有主逢三易，殘夢非癡更一來。綠蕚已枯猶臥蘚，白頭相見且銜杯。鶴洲廢定荷池涸，倦圃荒應竹徑開。扶石分泉成卻掃，當年借作讀書臺。

題石鼓亭

貢于國庠，張氏燕昌。手拓石鼓，大成門旁。持歸鹽官，考校模刻。作亭覆之，書堂之側。同郡錢載，爲題其梁。乾隆甲辰，冬月維陽。

乙巳

錢儀吉：七十八歲。

泛南湖

隨意江濱與海濱，今年春似舊年春。幸蒙一詔恩歸里，敢以連章乞得身。缸面甕頭唯對酒，柳枝桃葉不須人。東風好自吹襟袂，覆載含容感極真。

顧列星：神味深厚，絕似放翁。

錢聚朝：含，含。

曹明經秉鈞貽漳蘭蕚有品字者并以紙屬寫而題之

小巷坐思山雨涼，幽人來挈瓦盆黄。七閩隔海帆加駛，三點成伊佛散香。宣德紙膚瑩可愛，鷗波亭蹟妙難方。獨頭是一雙頭二，對此且誇陳夢良。漳蘭以紫花之陳夢良爲甲，其蕚多至二十有五。

里中

里中朋友兄憐弟，泉下朱陳祝與王。甲子已週真破夢，雍正乙巳定交，載年最小。今重經乙巳。山川猶是獨歸鄉。身如客舍歌三疊，事有才人淚兩行。南郭明朝攜酒去，過橋幾樹舊垂楊。戊申嘗集彪湖南煮茶。近處朱君之偶圃。合鈔五家詩爲一集，曰《南郭新詩》。

錢聚朝：手校本作「心是才人淚兩行」。

贈吴明府懋政

晚達幸同燒尾宴，先塋俱在永安湖。君爲廉吏還司訓，歸以惇師徧學徒。貞肅祠堂今代及，先太常公本朝賜謚貞肅，并香火田七十畝。文章軌範近來無。君近有《天崇百篇》之選。登高插菊年年事，海上青山兩杖扶。

世錫歸

空踈媿亦玷清華，復荷君恩得返家。珠桂力將妻子勉，丹鉛心共弟昆加。種桑後圃勤除草，栽果前庭緩著花。犬馬他生難報答，《駉》篇那不儆無邪。

擘石齋詩集卷第四十八

丙午

蔣明經元龍食楊梅頃以紫液入幅成木芍藥花兼取庭草汁作葉吾家文端公首題之裝卷二十年色猶不減屬詩於末

錢儀吉：七十九歲。

楊梅子幻魏花香，草汁還添葉短長。畫者何人大遊戲，書家聖處本顛狂。竹頭木屑非無用，西抹東塗儘擅場。我欲生綃開百朵，摘來五月飽君嘗。

顧列星：七律惟坡仙之作縱橫變化，有跌宕不羈之致。此爲神似。

獨坐憶故人

更無剝啄自書堂，纔歇簾纖又夕陽。何處幾家京洛舊，酒邊燈下歲時長。重重入夢誰歡噱，一一沉泉獨黯傷。西舍梅花開已落，杏花還與照東牆。末句爲故人之存者，載猶相望也。

顧列星：神韻絕世，宋體。亦自佳。

陳太夫人魚籃觀音像

何緣觀世音，而證是菩薩。衆生稱其名，苦惱卽解脱。菩薩心大慈，解脱速普施。奈彼失心徒，而轉苦惱爲。像之或魚籃，贊者宋文憲。今瞻所提如，敬欲一花獻。早侍太夫人，承啓堂西牆。食貧畫以供，補紡印尚藏。喬木半邏村，祖澤遺忠孝。賣畫米斯買，養先後則教。康熙己巳冬，莊嚴相適成。其年歲三十，懿惟庚子生。文端生丙寅，是年方四歲。敷榮子逮孫，左劵艱難際。乾隆丙午夏，墨采將百年。載年七十九，媿莫振我錢。母德聖主嘉，屢詢召對及。常時輒不忘，萬感茲辰集。五香根再薰，一句一見心。申讚太夫人，合掌觀世音。

題蔣明經元龍戴笠圖

羊求徑外遶清渠，襄毅堂東問舊廬。越俗擔簦聊復爾，蘇公著屐定何如？流傳詩句惟搔髩，教授生徒不曳裾。好在奎章羅帕上，江南春雨杏花初。君家並項襄毅宅，自號「春雨」。

百福巷作

乳雀庭空迅晷遲，綠陰風動葉翻枝。自傷晚達難驅策，實感深恩有鑒知。一屋便安忘歎歲，三朝生長報何時？遠書孤姪山東至，苦說河南接壤饑。

春花好吳諺以蠶麥及菜荳子多收，謂之春花好。

鄉農八郡喜云云，菜荳先收已十分。蠶熟底妨桑葉貴，麥香行覺稻花聞。種田戽水民恆業，平糶寬租歲聖君。疊布詔恩蒼昊答，慎司能不體憂勤。

縣南

縣南深巷有微霜，隨意寒花著小堂。日在師孃橋外住，不知宋代鄭師孃。

永安湖坐雨

湖岸有山難力登，海門矯首陽烏升。白梅花照青松樹，狗毛雨生雞腳冰。薄酒何如千日釀，短笻不及萬年藤。悟空寺遠鐘無響，支傘猶來乞食僧。

永安湖北岸守先墓人獻大土地

郁老造新屋，越歲祀神爾。我來丙舍倚，雪風歲暮矣。當門宰豬羊，呼兒捉雞鴨。春秫酒已篘，灌畦菜方甲。小除前二日，燒紙來鋪陳。禾俗，男巫謂之燒紙先生。几筵高及下，像設卑自尊。北極諸天供，弧南一星真。補陀釋家佛，武當道家神。近海海入江，海潮稱之王。赤兔馬壯繆，鐵如意文昌。施相公助運，元總管隨糧。元壇兮聚財，猛將兮驅蝗。簪花兮太歲，秉笏兮城隍。三層森羅儼，兩牖悉數遑。土地末坐陪，牲醴大報穰。爆竹轟雷爆，香爐渫雲香。廊陰縛草舩，牆偶焚紙錢。紙旛紙旗立，紅燭紅燈然。五穀金橘雜，雙龍粉餈權。我昨郡城携，水仙塍枸櫞。琱盤登枸櫞，冰盎麾水仙。唱讚長短申，侑歌童叟續。略同鼓兒詞，猶是海鹽俗。詠諧神其欣，傅會人其欲。拜跪倦頻更，婦姑忙督促。辛夷楣蕙櫋，雲車兮風馬。煜爚青有光，翩翻欻來下。庭喧雪急灑，廚黑甕煖烝。先生首厭飫，老子旁懵騰。蟄蟲蟄竟可，睡蛇睡最能。擁被既夜盡，披裘復晨興。郁老謝先生，望之去若騁。麻串幾佰錢，篾籃冊枚餅。來年祝屢豐，作社勞重整。非贏渾舍喜，且賺比鄰請。醉不送神舞，醒爲娛客歌。鹿山右偃蹇，颺山左巍峨。湖心亙一堤，柳絲蘸千波。清明上塚好，穀雨采茶多。勤儉太平人，我歌奈樂何。

錢儀吉：餘翁云此是真樂府。

錢聚朝：「偶」，手校改「隅」。

山中除夕

杖鄉杖國欠飛騰，八十明朝椰栗鐙。山擁東西錢氏舍，湖收南北郁家塍。僕酣與勸椒花琖，僮戲看燒蠟鳳燈。離郡扁舟何太久，祀先都付子孫曾。

顧列星：以下數首俱逼真劍南。

錢儀吉：八十歲。

丁未

山中元日

梅花農舍即吾廬，人事雞鳴各有初。天上朝正心總繫，海濱開歲髮還梳。先塋山勢雲連合，神道松林雪密疎。逢著新衣笑相賀，定無名帖答能如。

新年出遊

舊年已去又新年，去舊來新本適然。天地蘧廬非傲吏，二三鄰曲自斜川。衆山漸綠全消雪，叢木方春半帶烟。窈窕崎嶇無不可，蹣跚著屐或之先。

尋野梅

籬落微茫幾樹梅，不扶童子獨尋來。一笻老矣松坡雪，雙屐翛然石徑苔。相對早春惟淡泊，無言盡日與徘徊。山空到此知茶味，香遠從之謝酒杯。

顧列星：「山空」七字，妙在不切，所謂味在酸鹹之外者。

見野梅

扶杖侵寒獨向春，淡雲疎日忽相親。穿籬枝折多經雪，傍磵花開不爲人。下有江蘭亦香草，夜來明月是前身。盤陀石上莓苔坐，未許襄陽畫幅巾。

顧列星：五六句對法活變，惟東坡善用此法。

仙掌峯侍御先公書堂

天目蜿蜒鬱以舒，南龍九十九峯初。屋於高處非忘世，志欲終焉此讀書。冰雪衰柯晚鴉護，石泉荒蔓老樵除。寥寥陟降皆遺跡，欲問無鄰歲月疎。

吳應和：三四命意既高，筆亦清老。

近藤元粹：文耶？詩耶？以此等寫清老，初學之詩、出於幼學詩韻詩語粹金者，皆清老也。

佚名：落筆疏俊，感惋係焉。

吳家梅

九杞山灣墓樹叢，前朝給諫許封公。岡南磵北晴吹雪，村口籬頭曉綻風。自有兔園連玉砌，不妨烟舍近牛宫。今年花好田都好，杏白桃殷菜麥豐。

詹家梅

胡詹兩家山一隅，西家梅種胡家無。澗東泉放亦何取，籬畔德鄰良不孤。嘗拜詹翁春九十，復來錢老雪髭鬚。摇摇風竹難誇勁，的的冰花可讓癯。

顧列星：瘦硬通神，逼真老杜吴體，非僅襲皮毛者。○對句結移置中間不得。

錢儀吉：「胡」與「吴」，不知是一否。

將築萬蒼舍未能先語鄰曲以概其樂

外人相問莫相誇，丈亦安知屋上鴉。姑射本來非處子，玄真何處有桃花。高天厚地常三祝，南陌東阡共一家。月出不聞山犬吠，腰機燈火織纖麻。

紫雲山

唐代記耕女，紫雲常覆之。入宫非豔色，賦命偶應時。王者蘭生谷，騷人木有枝。寄言與兄嫂，轑釜亦何爲。

颶山

颶山石馬没燒芀，太息人間感易興。踏遍咸陽春草路，長陵拜後拜昭陵。山有宋常家墳，端明殿學士、吏部尚書楙之後。元楊宣慰墳，康惠梓也。今石馬一，不知誰家墓上物。

西澗尋梅

鄧尉梅花尋未得，西溪梅樹未能尋。山中老屋雪還雪，溆上新年吟復吟。豈不參差如窈窕，曾非蒙密且嶇嶔。寒香何有蜜蜂出，初霽復來松磵陰。

峭寒

峭寒山寂寂，薄日天陰陰。人家炊烟起，散入青松林。

山中元夕

鳳城燈事樂無邊，車馬南城趁少年。迴數風光猶健在，得歸田里此歡然。湖濱翠黛如相笑，海上銀輪第一圓。長記螭坳簪珥日，殿頭幾度侍瓊筵。

郁家東舍作

多雨少晴風雪加，隔歲來伴老梅花。青田語隨桐壽記，仲瑛詩任廉夫誇。四圍山起大湖麓，九里城低東海涯。村落早春殊自在，高林霽景照農家。

憶雍正庚戌八月偕王五入萬蒼山延覽諸勝約結鄰西磵

曠然百年感，誰爲總角交？里閈有志業，往來惟寂寥。秋雨亦山屐，松風亦山椒。嘗立鷹窠頂，同觀大海潮。古賢抗長策，兹日付濁醪。莊子德充符，旅人後號咷。晚焉成進士，暫爾官刑曹。養親歸乃瘁，衰絰殮荒皋。渺然爲位所，法源之僧寮。西磵此泉石，無人永夕朝。

憶辛亥春祝大偕余至其袁花故居余先入萬蒼約祝大來山同過禊日

袁花君舊里，春賞同山船。君里右山近，我山東溪邊。騁懷秦皇橋，濯足滄海壖。學道終有得，入世全其天。同郡多俊彥，數子相周旋。風悲盡黄壤，淚下如流泉。所極不忘者，吾朱明府偶圃乾隆己巳歿於江西，陳明經乳巢癸酉歿於涼州。中書老不第，落落塵網牽。琳宫哭君殯，忘德成千年。一子才遄逝，諸孫稚必賢。吾生行已矣，陳迹徒悽然。

拜族祖施南府君墓

府君器我幼，相好歷萬端。化民輒以德，拙宦何汍瀾。先塋自明代，面湖曰永安。新阡澗西密，連麓春陰寒。先君墓在東，明月夜未闌。平生一楸坪，松下時盤桓。皇華道荊楚，所去思罔殫。遺民秦隴山，豫章高下灘。蒼石焚冥鈔，聾耳鳴哀湍。同心數子盡，府君知此難。公先與朱明府偶圃、陳明經乳巢、祝典籍豫堂友善。雍正乙未，載年十八，始與三君同所講習。今拜公墓，回溯六十二年以來，萬事蒼茫矣。

食銀魚

二寸魚何小，千絲網不空。多煩正月雨，早送半帆風。鶯脰誇諸港，梅花伴一翁。糟牀聞已醉，太覺晚庖充。

修湖天海月樓將成

寄於郁家爨，修我丙舍樓。山麓萬松翠，祭田今歲秋。貲憑友書遠，歸賴主恩優。老得手相理，宵爲興且謳。

澉浦績麻曲十首

浸麻方績麻，績麻元是紵。大則養蠶孃，小則采桑女。
一絲續一絲，論筐不論丈。切莫亂絲頭，何如紡車紡。
采葛婦如何，葛覃風自古。績麻不娑娑，乃復有澉浦。
若無紵擘指，那得腰張機。若不買絲去，那得賣布歸？

腰機立兩木，生經去聲轉前軸。後軸坐縛腰，下蹋上抽速。
海灘晴曬鹽，夏月勤種田。復得腰機織，男兒當有錢。
春來不忙多績麻，田家女兒雙髻鴉。山花插髻且須插，不采菜花蠶荳花。
春來忙也總隨孃，一年績麻那必忙。紅襖青裙齊換了，觀音山北喚燒香。
績麻有女織機男，澉浦腰機他不諳。大半木棉勝得繭，東南女手卻如蠶。
棉若紡紗寒布多，麻如不績夏布何，浦上海頭傳唱去，腰機歌是績麻歌。

雲濤莊是許黄門所築

書愛十年讀，逕爲三益開。惟應朱朴至，或是董澐來。松色近先墓，鶴聲留廢臺。杜家灣窅窱，合抱見楊梅。楊梅樹一株，三百年矣。

金牛洞

廟訪蘇驃騎，洞傳皋伯通。烏非無杜宇，國實有蠶叢。

鷹窠頂下孟姥泉

絕頂勢盤鷹，曠臨滄海青。上爲九曲逕，中有三休亭。灌莽雲泉瀵，松篁雪瀑聽。幽人時一至，相品汲雙瓶。

小桃已作花

雨飄岸柳綠匆匆，日出村桃破小紅。知否宣南深巷裏，每當把酒祝東風。

延真院楊宣慰家梳粧樓

澉浦城何小，延真觀已空。松飄三角髻，磬定十樓風。雜劇元人擅，新塘海舶通。蘚壇荒且寂，衹益晚濛濛。里呼十間樓，尚存。

吾廬

吾廬寂寞亦寬閒，相隔杭州百里間。乍浦連村塘路轉，上虞對岸海潮還。今朝一杖看花出，昨夜雙扉聽雨關。此地坡公曾不到，漫言看盡浙西山。

菜花魚歌二首

一湖南北兩湖長，水網牽還岸網張。燕子飛來山筍出，菜花魚上菜花黄。

巨口細鱗香比鱸，也名土步出西湖。貓頭筍更松花蕈，宋嫂羹湯定是輸。

南山

南山翠起沃焦頂，西磵清流盤石坡。竹樹田園都若此，耕桑兒女復如何。四周阡陌西湖少，兩境魚鹽大海多。丙舍關門任風雨，焙茶燒筍一春過。

捉白鰷魚歌五首

棬竹結紵網似兜，竹竿湖面插成洲。一繩纏去聲竹著湖面，抛兜著繩洲動浮。

載兜划艇晚來風，結網如兜十百同。藴草撒兜魚未出，悄然山影落湖中。

白鰷立夏肥且長，生子夜跳湖面涼。極樂近依洲草戲，不知深入網兜藏。

竹竿嫋嫋繩是洲，記抛一一網如兜。五更划艇沿繩去，兜裹魚多倒籠收。

倒籠魚多動十斤，偶然空網水沄沄。賣魚六里堰初曉，買米永安湖未曛。

嘗從

嘗從老虎石邊瞰，轉入黄沙塢裹遊。憶乙亥事。山杖已愁芳草路，野花還壓老人頭。鶯聲滿樹堪攜酒，春水如天好泛舟。卻向湖西望殘照，荻芽一片緑前洲。

西磵五絕句

磊落石數堆，曲折泉一脈。待誰書屋居，荒哉此泉石。

松聲寒坐石，竹影靜觀泉。人生亦幾何，陶公三十年。
豈有不相思，相思復相憶。西磵古迢迢，東風今側側。
磵上松萬株，桃李松陰開。不如辭磵去，那必問磵來。
層陰樹挂壁，一碧石流灣。磵上數去聲年時，褒谷虎頭關。

摘茶

蘿葛澉山邊，分明穀雨前。滿籃雲氣馥，兩指露光鮮。東麓花漊井，西崖雪竇泉。總來初焙後，已聽竹爐煎。

松花蕈

茅草千山薙，松花萬樹吹。濃霏晴粉落，鮮挺腐英滋。雨露元相發，根荄各自知。盈筐猶帶濕，入饌已餐芝。

金粟寺

松檜蕭森影，高高怖鵠翎。碧山周六里，金刹越千齡。天冊吳碑目，熙寧宋藏經。余家收有熙寧藏經半卷，尾頁款云：「大宋熙寧十年，歲次丁巳，十一月二十六日，起首勾當寫造《轉輪大藏》，賜紫沙門思恭誌。」人間多變滅，東望自滄溟。

哭姚侍御晉錫

入山甫隔歲，返郡乃哭君。藥餌荷見遺，匕箸猶餘芬。師門早懷璞，館課先策勳。薄遊偕鄠杜，壯節立霄雯。廿年遂林棲，雙扉絕垢氛。幸有先人田，無曠子孫耘。我歸益相好，屢示近所文。究極皆本原，非惟討幽紛。鄉賢企逸叟，妙墨儲新芸。同姓可追配，後來必流聞。畫冊屬未竟，抱恨老不勤。世間成此缺，淚落復何云。酒漬空尚陳，日斜那共醺。人生亦各偶，道在輒以羣。城東青桂庭，忍更躡蘚紋。結念逢吉壤，慰君起高墳。

南湖泛飲

燈蕊開花昨夜紅，畫船相喚出城東。鵓鴣聲散村村雨，楊柳樓高面面風。《耆舊傳》尋鴛渚社，《浪淘沙》唱竹垞翁。天涯芳草歸何定，長此尊前一笑同。

校王五丁辛老屋集鈔本寄還其令子攝知縣事復於鄢陵

法源爲位卅年將，衰絰秋原痛所藏。君之歿，封君之喪未終治，命以衰絰殮。後世相知定誰某，古來不朽豈文章？之官有子駢縅慦，同社惟余旣髦强。蝴蝶芙蓉何處是，三生石上月全荒。少日，嘗同偶圃、乳巢及君飲于祝大綠溪莊，薄醉而宿。君乃夢人贈之詩云：「攜君入座愛君才，略話三生庾信哀。溪上小軒題夢綠，那年春盡見君來。」君於是賦句云：「芙蓉別後應無主，蝴蝶飛來不記誰。」後見張孟載有《夢綠軒》詩：「溪上綠陰幽草，畫中春水人家。何處江南風景？鶯啼小雨飛花。」所謂溪上小軒者，非耶？今年八十猶爲說此，而疇昔親交無一在者。

揅石齋詩集卷第四十九

戊申

錢儀吉：八十一歲。

上元雪

向晚霏霏灑曲楹，油燈一穗雀門清。略無簫鼓鄰家鬧，初得歌吟獨夜成。蘭草徑山僧不至，梅花鄧尉舫何憑。海天松麓先瑩靜，郁老思余在郡城。

寶澤堂花木

卽次嬌文杏，從容豔海棠。玉蘭宜月上，金粟待秋涼。最以堦墀近，兼之雨露香。客來深巷裏，任喚讀書堂。

觀徐石麒印

尚書名氏見晶章，望古無爲後裔傷。已賣賀家橋别墅，人間三字可經堂。

到墓屋九豐堂

郡城廿里著深林，九曲灣灣水到門。春物儘隨新歲見，舊情安得故人言。親朋是事淒都斷，田野經時媿獨存。窗外梅花今夜月，此生惟有感恩君。

錢聚朝：恩君，君恩。

九豐堂

款扉鄰曲日相陪，顧陸聞人自草萊。村北顧陸，吾郡東吴時姓。村西聞人，宋代姓。西舍不遥東舍近，梅花初落杏花開。罱泥擔糞看齊出，蒽本桑秧買旋栽。將及春分前夜雪，早過驚蟄一聲雷。

癸卯蒙恩歸冬十二月十五日克葬張夫人于九曲裏之原預營生壙戊申載八十有一歲而復爲之詩

克葬少相答，預營初不奢。山松及梅萼，籬槿又蘭芽。同穴如同室，我家本汝家。賤身安有此？長以主恩誇。

永豐鄉

欲白玉蘭蕊，未黄金柳條。永豐鄉裏舍，九曲港前橋。寂寞何寂寞，逍遥且逍遥。曹王廟相近，可有賣餳簫？

喜聞王師大捷臺灣賊已就擒

神略多勞聖主心，海疆又捷武功音。遥飛檣艫加籌算，迅戮鯨鯢悉縛擒。四境豐年閩浙邇，萬方壽域福威深。春風息息羣生樂，紫極巍巍大德臨。

款村老酌

蹣跚欲去罷攜笻，剝啄能來滿笑容。海靖游氛翁定曉，人多喜氣盞須濃。梅花自伴微醺暖，白髮何辭久坐慵。祇向太平尋樂事，諸餘瑣屑不關儂。

錢儀吉：時臺灣林逆初平。

敍村老話

盛世吉祥多善事，乾隆五十有三年。從茲聖壽齊天慶，見上重華協帝篇。溪鳥溪花聞此語，村童村女早相傳。永豐鄉接都豐歲，芒種時催快種田。

錢儀吉：「見」字提行未喻。

墓屋東生壙後隙地種桑秧三百本

笑以他家丙舍方，寬然草墅未蒼涼。差贏庾信兩三行，難較成都八百桑。春少雜蔬傭力嬾，老多靜坐日程荒。堂中鄭簠所分書「五畝雜蔬五畝種竹，半日靜坐半日讀書」之楹帖，汪碧巢家遺物。盈籠採向錢家墓，我亦何知蠶事忙。

顧老送紫藤三本輒作歌

北浜顧老解人意，手掘紫藤艇搖至。屋西苦楝風椏杈，婁絡一本催之花。兩本紆威走虺蔓，齊收麂眼新籬笆。紛來增添極點綴，大不率略殊奢華。吾生此花弱齡㧙，裴島高樹晴蕤斜。京師卅春花幾架，呂庭蔣院馮君家。馮家海棠蜀府冠，錢老粉繪徐熙誇。朋箋北芒半寂寂，秃髩南國空嗟嗟。藤今吾有憑相屬，花定如霞更如玉。非關顧老惹成愁，祇願花繁看到足。

錢聚朝：「楝」，疑「棟」。〇「芒」，手校改「邙」。

九豐堂二十四韻

白苧丘墟近，青林坐臥頻。市囂吟趣乏，野曠俗情真。鵲口桑開未，桃花水到新。長閒長一日，獨樂獨三春。栗里陶非我，襄陽孟有鄰。劉盧如顧陸，嫁娶並婚姻。禮樂文章世，耕耘紡織人。形骸勞則壽，莄稗熟於仁。半邏連先宅，扁舟趁令辰。戴公鸝試聽，謝女絮隨因。上塚當時記，歸田著處親。泥孩賣村廟，盃珓卜叢神。海岸雞聞越，山區馬駐秦。墓松依逼臘，城雨返經旬。小巷拋岑寂，深溪就朴淳。不知扶杖手，猶是入朝身。際聖天方午，登科歲在申。晚榮心總赤，今落髩空銀。丞相衚衕曲，豐臺芍藥晨。貯瓶香影絕，彈指夢醒均。萬里行過半，羣賢迹漫陳。港流高壙結，籬樹遠風振。枝照仍呼盞，英飄或掃茵。莊周與蝴蝶，誰喜復誰嗔？

錢儀吉：玉溪見而失步，遑問餘子。

陸侍郎費墀枉過村居

橋邊輕舫水邊村，雞犬寥寥靜不喧。九曲裏家春夜宿，廿年來事帝城論。官階名第同差後，兒女婚姻許是孫。小圃梅花香兩樹，滿窗明月一開樽。

村居

村居誰謂閉門高，夜雨憑添水半篙。楊柳初絲亞文杏，木蘭如玉照櫻桃。王官谷小杯同注，華子岡深犬夜嗥。短杖一枝扶便出，西阡北陌又東皋。

籬門

籬門開闔野田香，楊樹灣東近漢塘。曉露滿畦蠶豆綠，晚風連頃菜花黃。年光只有春來好，日景誰知老去長。村裏乞書尋乞畫，白頭成笑不成忙。

近藤元粹：賴云：此等晚年頹唐之作，所以來蘭泉、倉山譏評也。

佚名：容與閑雅，風華可想。

裁翦所種墓松

墓松手種四經霜，擁岸周籬歲漸長。陰茂土饅頭翠色，花開九曲裏風香。披枝櫂幹先除蔓，養稚摧枯勝斫桑。翁仲雖無森左右，楓杉行並出尋常。

錢聚朝：「櫂」，手校改「擢」。

插槿幾年舊冬織籬百丈春來栽野卉附籬都遍爰得詩

野外今栽有竹笆，籬根春遂寄叢花。株株溪友村童送，日日深鉏細縛加。條弱蔓修緣上壁，薔紅藤紫爛成霞。隸人也解非樘突，給酒何煩一斛誇。

錢聚朝：「緣」，手校改「緣」。

屢夕夢見故人

晴拓虛窗雨掩門，梅花開落更誰言。沉冥獨夜常無寤，勞動諸君數見存。何厭一塵生倦枕，不辭千里熟荒村。小童喚醒燈飄燼，淒斷來魂倏去魂。

憶當年陳丈詩句爲寫成之

錦帶河邊嫩柳絲，寶花倉口夕陽遲。新愁不斷抛金翦，舊夢無痕上翠眉。付與虹亭傳本事，淒然鄭驛是當時。婆娑此樹何心賦，搖落今來合對誰。

南九曲

永光寺破宋朝名，舊址聞莊讀且耕。聞人氏後。南港幾灣星聚落，東風多樹鳥飛鳴。吾廬不遠斜陽見，野艇重來細雨生。吳下相傳從假借，馬蹄曾向梓潼行。七曲山、九曲水經過梓潼神所居，始信真九曲。

家學士大昕撰廿二史考異先寄已刻史記漢書兩帙報以四韻

《困學》前惟王伯厚，《日知》近有顧亭林。儒家獨起山川秀，史籍旁搜歲月深。但乞遠書長隔面，勿言多病突驚心。鳳城是事難忘記，蘭臭如君數往尋。

小店

小店青帘又夕陽，兒童竿木也逢場。丁丁絃響村風急，灼灼桃開水岸香。富厚易傳蘇季子，是非難管蔡中郎。不成買醉欣然坐，搖鼓鼕鼕自賣糖。

水廟

柳橋桑岸復何因，紅色旗竿處處新。穿繭作燈村女獻，縛船將草野巫陳。農蠶往歲皆如願，土地今年倍有神。好及雨風寒食後，都來香火太平人。

九曲二首

九曲灣環綠浸涯，一筇彳亍鬢鬖髿。圃梅南北半飛片，籬卉萬千齊報芽。落日松杉生壙聽，暮春錦繡鬼鄰詩。卻逢祭掃頻相問，隔水高墳是邵家。

邵家水北墓徐張，今代叢叢異代荒。鬼亦有鄰先問訊，宅寧無廢後悲涼。墦間本祭從猶愈，上世誰銘闕不妨。切被主恩難報答，生存零落總天光。

朱老送小黄楊梧桐

趁雨移根太有情，因緣觸撥劇分明。雖經閏月嘗逃厄，也向朝陽實幸生。水北諸家多所致，橋南數本又相迎。種來他日看高矮，好在春風自悴榮。

北浜徐家杭州燒香歸送竹籃

西子湖邊路短長，幾年不到問春光。聖因寺柳行宫碧，天竺山花佛國香。憐得竹籃人賣處，劇于蓬島夢飛將。六橋桃樹開寒食，瓜艇緣堤半夕陽。

清明

早起籬門卯色天，犬聲落落鵲聲傳。踏青人出村無雨，上塚船回樹有烟。海上遠山看此屋，城南新火伴今年。蠶花祭後忙催劇，豆莢桑枝徧野田。禾俗，蠶家謂蠶神曰蠶花，祭必以清明夜。

吳應和：寫清明郊外風景如畫。此與前篇，在放翁集中亦是上乘。

近藤元粹：「村無雨」，未圓。○第四句在此方不費，辯則難通，故無味。是風土之異也。

見村人去曹王廟燒香

柳長橋短碧溪隈，白叟紅娃小艇催。春社早聞村鼓賽，廟門遙對海雲開。功曹事有錢塘至，武惠兵非越國來。落日兒童應未轉，竹笙吹得買泥孩。

上巳獨居感舊遊二首

綠楊裊裊燕翩翩，如此風光孰與論？寶所山明堤上舫，豐臺花麗水邊村。長安不遠仍三月，芳草難歌又幾番。寂寂湔裙人未見，野船搖過夕陽門。

顧列星：結句神韻獨絕。

錢聚朝：「翩」，疑「翻」。

上巳已過寒復暄，碧雞坊更樂遊原。海棠三月一春好，晴日紫藤紅藥繁。天上不愁無白髮，人間何苦有青尊？試尋朱五槐陰院，重叩馮家穀雨園。

顧列星：「試尋朱五槐陰院，重叩馮家穀雨園」：謂竹君先生、英相國。○先生予告家居，每布衣草屨，獨行阡陌，與田父野老相酹對，不知其爲二品貴人也。嘗有墨守介一鄉先達謁公，自朝守至日昃，公堅臥不爲起。其高峻類如此。予嘗謁公於百福巷，無應門之童。登其堂，闃其無人。剝啄良久，始有一小婢出應客。其清風亮節可以想見矣。

錢儀吉：此評可以酌錄。顧氏原評不在此詩上也。

上張夫人冢

掃此新阡尚不難，松遮高蓋下飄蘭。子孫老幼輕船至，風雨清明幾日寒。祭榼踞陳君且笑，紙錢焚送我旁觀。先塋願徧深秋拜，倚薄笻枝且漫嘆。

顧列星：「子孫老幼輕船至，風雨清明幾日寒」：暗使龐德公上塚事，而不見用古之蹟，故妙。○第六句妙。

泛舟

綠鴨波晴晝催暖，赤馬船輕人喚伴。意行有路波搖搖，路轉無心船緩緩。朱家村西穀雨將，山月涇北清明方。麥苗沿岸荳花香，菜花滿田水滿塘。桃樹斜紅李花白，參差楊柳灣寬窄。灣前灣後園竹桑，港長浜短墳松柏。小店叢祠石橋跨，三間五間屋兩舍。男但鴉鋤女但機，春之社鼓冬之蜡。海上遠山百里間，山外隔江見越山。槳牙蝴蝶飛相逐，吹急東風又一灣。村屋式多三間兩舍、五間兩舍。

至舊村

中錢望南錢，一里接阡陌。岸岸仍竹桑，畇畇多荳麥。南則臨江居，中惟兩涯宅。食德尚留貽，歷年將四百。先君持我來，童子未五尺。港北復港南，摳衣拜耆碩。港南鍼線嘗，港北酒漿亦。陳俞兩孺人，港南書畫樓從曾叔祖母陳太夫人，港北頤正堂從叔祖母俞太夫人，其時尚未膺封典。難忘去聲提攜劇。兩房子也才，所必振霄翮。雖貧氣象繁，於古禮儀適。太常承啓堂，講學聚縫掖。三十六歸田，廿二史垂冊。雨風長蒿萊，鼠蠹散經籍。最後誰毀諸，村鄰買柱磶。孫枝遞冠紳，王路均世澤。裔遠族憑收，力稀心蓋迫。恩歸歲欲到，獨老此尋迹。南樓桐久死，拜石軒存石。諫草堂又蕪，半完圃何窄。板橋立杈椏，綠水飛雙隻。腸迴甲子週，淚落光陰客。東西各村村，本不一村柵。諸房村塾師，數處村扉隔。先塋太尉廟，三六共松栢。化城逮彭城，松栢更叢碧。永安湖上山，大海見潮汐。其北先墓林，葱蘢絡山脈。考妣四紀餘，祔西安體魄。堧城侍御藏，子孫祔窀穸。地皆百里近，寒食挂帆席。太常顯忠祠，栗主大夫祏。蒼然縣城街，過者敬無斁。港南慶原堂，勑詞用題額。直諒多聞臣，高楹照荒僻。侍御繼太常，瑺磤擊充斥。松溪令比還，故明鼎已革。村東馬家廟，病遷易其簀。祠屋麂山摧，天乎許重闢。諸孫郡城俱，識字幾羣屐。早圖熟荑稗，行偪寒絺綌。同柯每悴榮，既富庶衰益。先壟春風春，先廬夕陽夕。詩書足恆產，仕宦慳長策。無田今亦祭，不善非可積。如延忠孝家，詎慕文章伯？少日先君言，義庄傳在昔。執鞭求豈膺，從井陷徒阬。俯仰重屏營，吁嗟但衰白。諺云近墨朱，其別者黑赤。善則雞鳴舜，不善雞鳴跖。菀枯必由根，甲拆必由核。我方多子孫，披懷自申責。

錢儀吉：慶原堂額，焦竑書。

錢聚朝：「祓」，手校改「披」。○祔，祔。○「祏」，手校改「祏」。○庄，莊。

午晴

纖纖昨晚雨，皓皓今午晴。高天不如是，萬物焉得生。遍灑田畦脈，齊舒草木萌。有桑先飼蠶，多麥旋喚耕。雨今信我澤，鳩亦隨其聲。小堂見新燕，幽谷思黃鶯。籬藥競吐蕾，庭枝已結櫻。筍根出尚遲，頗待雷車轟。薄遊約南廟，小船借西浜。攜酒可滿壺，頃僕來自城。

欲歸郡城

野外誰云所得希，空鈎并弗向苔磯。春難不老花俱落，柳亦何堪絮自飛。男婦忙應蠶月始，游閒我盍郡城歸。多煩鄰老來相款，且住荒村換裌衣。

曹王廟

橫港春暄進小航，雲風車馬望斜陽。杏開橋跨村團社，叟拜爐焚女挈孃。連歲來稀收穀少，今朝歸卽養蠶忙。老無遊伴聊尋迹，定有神明也爇香。

訪故至鐵店浜東圩滙南三首

訪故扁舟東復西，朱墳倪宅總淒迷。母家族黨心長繫，兒日劬勞口欲啼。水廟石橋存只冢，草廬花圃失何蹊。城南隨侍康熙歲，張嫗都亡落照低。先夫人婢張嫗以九十歲歿，于乙巳春葬永安湖先塋後之東塢。

外祖母憐生一女，先夫人逮事雙親。偕攜舅氏倪翁宅，始見村天季月春。高絡紫藤環樹密，深穿白練挺篁新。百年已分成拋撇，何苦兒時迹併湮。

暮雨無情送客還，迴船漠漠淚潸潸。老惟尚作錢家裔，兒實難忘母氏顔。承啓堂寒蝌蚪水，永安湖静鵁鶄山。明春誓復依先壟，仰伴松陰定不慳。

朝晴

亭午門前望欲遮，雨晴晴雨樂無涯。村村緑靄桑榆葉，陣陣香風菜豆花。野老何知蒙帝力，春光最好屬田家。初抽蘆筍將飄絮，不礙南溪又放查。

至安橋張氏二首

石橋侹侹水溶溶，村宅依然竹樹重。外舅外姑悲未見，諸郎諸壻記相從。獨攜密節桃枝杖，再展高原馬鬣封。乙亥春偕張夫人祭其先墓。親故何人皆往昔，孫曾幾葉且雍容。

書舍多鄰午爨烟，木蘭高出草堂櫋。見栽此樹方三月，已過人間半百年。雍正壬子冬婚。明春始來安橋，木蘭初種。客去未逢花朵盛，春歸難遣酒杯前。常談八十一翁聽，積善由來朝夕延。

茶舫歌八首并序

袁方伯鑒屬題《鴛鴦湖茶舫圖》，得讀其從兄明府枚之跋。先生於載同徵，又翰林前輩。庚子秋金陵別後，丁未冬見訪不值。元年先後薦舉二百六十七人，五十年以來海內公車故人，意惟簡齋在矣。即事懷思，能不憮然？遂拉雜寫之。蓋同此鄭重。

拋卻西泠燕尾舩，鴛鴦瀫鶒獨延緣。莫沽蕭九孃家酒，時出煮茶亭子烟。

清涼山後阿兄題，大令名看小令齊。三月柳遮江路永，十年人隔夕陽低。簡齋所居曰隨園，在清涼山後之小倉山。

金陵城北話斜陽，五十年來墮渺茫。難得隨園秋水上，芙蓉千樹兩甌香。

可待明年三月來，便將小舫兩人陪。湖天海月山無隔，檇李城南禊飲杯。

十里菱花雜藕花，白蘋紅蓼碧無涯。不妨甫里通江處，且試端明給事茶。

山杜鵑開穀雨新，筍皮鞵踏采茶人。南高峯下初陽曉，長向春遊記丙寅。

姚家憑說米家同，那必滄江貫月虹。今日卻成茶舫曲，舊情須不付東風。

吾家澉上茗花多，亦有輕舩略似梭。攜得竹爐秋采去，青山影裏唱茶歌。

攈石齋詩集卷第五十

己酉

錢儀吉：八十二歲。

獨坐并序

俯仰天地，門無親故。去年八月末疾乃嬰。今且八十二歲，記明人四書文：「春而暮也，春將去矣。暮而春乎？春猶在也。」此境適合。昨得句「到處敲門問牡丹」，不能成篇，越日補綴此。

獨坐難獨語，晝思甚夜思。此身所被恩，恩亦惟獨知。世無與重輕，我則相本末。況于坐不立，今也殆成蓮。足氣何不生，望春已過春。襄陽耆舊間，半也猶稱人。上冢付騣騣，折花看短短。連朝思牡丹，皆曰及春暖。往嘗夢飛行，高下不跉踦。客固諒哥舒，仙稀逢幸靈。

錢儀吉：《太平廣記》八十一引《豫章記》：「晉幸靈者，建昌人。呂猗母黃氏，痿痺十餘年。靈去，黃氏數尺而坐，瞑目寂然。有頃，試扶起，即能自行。」

庚戌

錢儀吉：八十三歲。

到九豐堂信宿村老多見過

梅蕚初殘杏蕚新，晴朝雨晚忽兼旬。倏來徒有故交夢，半爾不如前歲身。喚艇燒香遊寺緩，澆桑壅竹補籬真。金年早說諸家好，同樂乾隆壽域春。

錢聚朝：「金」，手校改「今」。

辛亥

錢儀吉：八十四歲。

牡丹新種花時有一朶同心者遂爲詩之

越花超絶對徐徐，寶澤堂堦穀雨餘。千葉淺深分背向，一苞濃淡互含舒。思公屏上恐無此，永叔譜中曾未書。莫以雙頭紅作伴，便教得地可能如。陸放翁《天彭牡丹記》云：「雙頭紅者，並蒂騈萼。養之得地，則歲歲皆雙，不爾則間年矣。此花之絶異者。」今此花洛花所未有，則自是越花矣，且非並頭可比。

坐寶澤堂錄昔遊攝山所見石壁高處詩

牡丹新種得，花小解含情。薄情苔蘚最，偏蝕石間名。「不到岩間久，春來樹樹花。多君能屏跡，爲客慣烹茶。屋挂青山角，橋横緑水涯。山中真宰相，何羡葛川家。」題與人名皆莫辨。

朱西村八十一歲所畫月林卷有許雲村相卿徐豐崖泰陳勾谿鑑董碧里穀先太常公題句裝而詩之

西村朱先生，社會小瀛洲。七十有八歲，十老相唱酬。子孫至今西村居，屋分舊港籬環墟。家家耕桑多老壽，令人對此長欷歔。此卷成時早成社，諸耆英齒皆其下。雲村碧里太常諸賢猶是社外人，將三百年那不焚香再拜吟且把。其自題詩云：「黃葉蕭疎委綠蕪，道人經卷對薰爐。夜深一片清秋月，石壁蒼蒼塔影孤。」

盆荷不高感賦

萬蒼翁開寶澤堂，百福巷穿鳳池坊。天許病猶常共住，老來詩更不成章。初更檐蝠掃塵淨，五月瓦松滋蔓荒。種藕清明前及早，盆池葉短肯花香。

題沈明經振麟倚擔評花圖

繡簾揭處定知音，春愛晴來亦愛陰。二十四番風太好，年年吹老看花心。

壬子

錢儀吉：八十五歲。

語永豐鄉人

梅杏桃開次第看，幾番輕暖尚輕寒。堰高作廟神斯妥，村近燒香衆所安。秋月郡東南白苧，石橋溪上下紅欄。來朝放鴨船須借，楊柳絲絲遍蘸灘。

題南樓陳太夫人秋塘花草蟲魚卷子二首

早侍南樓最少年，從曾叔祖母深憐。白頭自惜徒衰矣，橫卷相逢輒泫然。

蘇家圩裏墓門蒼，七十年來未渺茫。只合泊船焚鏹拜，松柯楸葉仰思量。

載以雍正壬子科副浙江鄉試榜今乾隆壬子科六十年矣得循恩例九月十二日鹿鳴宴重逢有述

深被君恩一琖醇，中丞堂敞接如賓。泠泠《魚麗》《南陔》古，濟濟天香桂子新。八秩早開扶杖者，三朝生長太平人。未能遍語諸先輩，感極歸田已十春。

錢儀吉：第三句可商。○冷冷，泠泠。

憶西湖

高峯南北雨還晴，別卻西湖歲幾更。秋日柳非春日柳，老年情重少年情。梅花此際逋仙墓，蓴菜何時內史龔。烟掉瞿塘迴亦得，不須重與話三生。

錢聚朝：「掉」，疑「櫂」。

癸丑

錢儀吉：八十六歲。

春正十二日到九豐堂早起陰

北枝纔發發南枝，邨落微寒豆麥滋。細雨濛濛土膏動，老夫卻許勒花遲。

出籬門

逢迎栗里指桑麻，牛背童騎卽戴家。楊柳陰中溪上句，從來本分有生涯。收得戴嵩畫水牛於琉璃廠，旣題而藏之久矣。茲以注故，錄其所自題四言而傳之：「嘯傲烟霞，本分生涯。燒萁煮豆，埽葉煎茶。日出則藝，月上歸家。牆頭烟盡，廚裏分飽。蓑衣當被，草薦搪遮。爺辰鋤地，娘夜緝麻。哥爲門役，嫂閒紡花。一春生計，早起無差。時廣德癸卯歲仲夏月望日戴嵩識。」然則唐詩之散軼者尚有也。

上元夜九豐堂

佳節頭番拉復行，墓廬偏愜老人情。别村遠見田蠶鬧，歲豐，農家高竿縛稻草，雜熾星炮，曰燒田蠶。近舍寂無簫鼓清。頒白鄰辭醪一琖，昏黄梅伴月三更。耐寒轉憶家人樂，丞相衕衕住外城。

至張夫人塚

此是人間隔世緣，也知歸日豈無年。别離十四番冰蕚，付託兒孫輩硯田。上界徒看黄漠漠，陳根且緩碧綿綿。九豐堂静能無夢，不見來尋本適然。

永豐鄉九豐堂

吾廬寂寂起炊烟，野望鬖鬖縠雨天。檇李本來爲果木，乾隆真是屢豐年。青疇菽麥《豳風》句，曲港蟲魚《爾雅》篇。百里無山行見海，一聲欸乃橛頭船。

小住

墓屋暫如家，家翁犖石耶。東西與南北，鷄犬復桑麻。歲長叢叢樹，春多豔豔花。無人來啓齒，小雨自燒茶。

連雨

十日五風好，三春二月侵。自天常有歲，及物豈無心？夜靜桑麻足，村遥竹樹陰。灣洄橋岸轉，曲曲刺篙深。

西舍

堂西矮屋兩三楹，種竹年多竹已成。有地葬身天實感，無方醫俗理何憑。雨風守墓人堪住，蒼翠穿籬筍又萌。記得趙吳興句子，也思歸去聽秋聲。藏有吳仲圭墨竹卷。其一段題云：「我亦有亭脩竹裏，也思歸去聽秋聲。」文敏之書詩，其得意可知也。

婁師德

順人則必易，逆人則必難。吾思婁師德，吐面乃自乾。

吾畦

吾畦勤灌草勤芟，鄰曲歡然任往還。不碌碌來常碌碌，得閑閑在且閑閑。杏花桑葉能無樹，員嶠方壺可有山。已近清明將上塚，春光報答總應難。

芝瑞草也昨歲壬子春張夫人塚南北左右生百十本乃題楹帖天庥靜迓惟爲善祖澤長延在讀書以自儆而勖其子孫兹更詩之

何所得於天，祇應澤自先。謾言松柏茂，其下有芝田。

晨起課種桑

老民來誠細民荒，五架三間出主張。杏葶元隨柳絲碧，麥苗須及菜花黄。天陰陰未鷄頭鶻，日曖曖先雀口桑。坐享太平能不感，永豐鄉裏九豐堂。

觀祭埽張夫人墓

八十六翁竹椅憑，籬東新買菜畦增。土饅翠色清明曉，楮鏹紅光拉雜升。樹有杉槐松柏槲，人多男女子孫曾。村鄰翁媪挈攜至，野鳥鵲鴉鳴喚興。

憶丁巳京師春正城南

宣南坊底巷西東，寥落飛揚酒琖中。寶馬香車譙鼓急，不勝惆悵落燈風。

二月下澣夜枕上作

春將三月半春虛，獨自光陰肯費徐。行藥翛翛開霽後，坐禪寂寂上關初。東廚粥飯炊憑熟，明日笆籬結且踈。三萬六千猶賸幾，重經丁夘待何如。

錢聚朝：賸，賸。○夘，卯。

荷花紫草田

撤子出茸茸，畦分菜麥中。低低花紫白，簇簇露深濃。寒食罱泥膠，嘉禾膏雨同。幾煩勤灌漑，常足壯培壅。鋪毯眠應愜，盈箱貯已顒。輿謠當芸鼓，傳向別州農。

錢聚朝：撤，撒。○「傳」云「恭避傳」。

清明見新燕

上塜全家昨已回，竹園生筍早驚雷。病翁可有今年喜，斜掠晨光入臥來。

汎舟

南九船通北九搖，北圩先誇八條橋。邨邨瓦屋花纔放，曲曲柴門漲漫消。舜跖支離齊國蚓，助忘荒忽宋人苗。欲晴不雨鳩無語，唱與東君一笑嘲。

錢聚朝：「誇」，疑「跨」。

九豐堂小庭木蘭花重臺

亭亭莫喚女郎花，雙瓣仍看映綠紗。那不手將春十倍，郡西傳向牡丹誇。前年春，寶澤堂牡丹一朶同心。

義田行

天之生物栽者培，我思范公敬且哀。義田之義由孝推，惟其無田無以活，太夫人乃挈我孩。知而獨歸借里寺，斷虀畫粥孝心塞九垓。嗚呼昊穹豈不鑒，然而久始奉母迴。然而久始奉母迴，哀哀公孝特立堪三才。歲寒堂高高崔巍，春風萬古驅秋埃。《易》云積善《書》作善，又聞小往則大來。元氣醞釀深胚胎，小子何能誦公哉！

追記百二十六歲壽人王世芳并序

浙東秀才王翁以百歲祝釐，初來京，尋載於繩匠衚衕，屬書堂額記。其祖、父皆年逾九十。其時穩步，不像百歲人。又十年復來，亦不扶杖。又十年復來，寓全浙會館。載先過之，見其兩子隨侍，皆八十歲外。載既歸里久，莫能詳，尚記蒙恩賜國子監學正，而里人謂其歸後活六年云。

祝釐三度鳳城還，百歲初逢髩未斑。五省分居纔四世，地行仙本在人間。

錢儀吉：王君爲遂昌訓導，見沈先生大成撰傳。據沈《傳》，戊子百歲建坊，庚寅授司業銜。沈爲作傳，後二十又六年，則在乙卯、丙申間矣。公沒於癸丑，此序有誤。庚寅慶典，公遣長子入都，身病未能北上也。○沈《傳》：「辛巳訓導引見，進階六品，在京恭祝慈壽。」然則屬書堂額在辛巳也。時年九十餘耳。庚寅、庚子公兩見之，當無誤耳。○《大清會典》禮部乾隆三十五年正是庚寅，上諭：「原任浙江遂昌縣訓導王世芳，今年百有十二歲，著加恩賞，給國子監司業，並予在籍食俸。」

聚文週歲

視兒爲善有長春，寶澤堂開世澤新。今日曾孫晬盤設，老夫湯餅會中人。

錢儀吉：週，周。○顧樊桐先生名列星，字退飛，著《苦雨堂詩集》、《閉門風雨詞》。有評選先公詩一册。道光戊子秋，從上海曹玉水舍人兄借錄一過。